75 YEARS
आप हैं हम से

AF539444

जयशंकर

जयशंकर का जन्म 25 दिसम्बर, 1959 को नागपुर, महाराष्ट्र में हुआ। नागपुर विश्वविद्यालय से समाजशास्त्र में एम.ए. किया। भारतीय स्टेट बैंक में कार्यरत रहे फिर वहाँ से ऐच्छिक सेवानिवृत्ति ली।

उनकी प्रकाशित रचनाएँ हैं—*शोकगीत, मरुस्थल, लाल दीवारों का मकान, बारिश, ईश्वर और मृत्यु, चेम्बर म्यूज़िक, बचपन की बारिश, प्रतिनिधि कहानियाँ* (कहानी-संग्रह); *गोधूलि की इबारतें* (कथेतर गद्य)। जयशंकर की कहानियों के अनुवाद मराठी, बांग्ला, मलयालम, अंग्रेज़ी और पोलिश में प्रकाशित हुए हैं।

उन्हें 'विजय वर्मा कथा सम्मान', 'श्रीकांत वर्मा स्मृति पुरस्कार' से सम्मानित किया जा चुका है।

ई-मेल : jayshankar58@gmail.com

सर्दियों का नीला आकाश

जयशंकर

राजकमल पेपरबैक्स

राजकमल पेपरबैक्स में
पहला संस्करण : 2022

राजकमल पेपरबैक्स : उत्कृष्ट साहित्य के जनसुलभ संस्करण

राजकमल प्रकाशन प्रा.लि.
1-बी, नेताजी सुभाष मार्ग, दरियागंज
नई दिल्ली-110 002
द्वारा प्रकाशित

शाखाएँ : अशोक राजपथ, साइंस कॉलेज के सामने, पटना-800 006
पहली मंजिल, दरबारी बिल्डिंग, महात्मा गांधी मार्ग, प्रयागराज-211 001
36 ए, शेक्सपियर सरणी, कोलकाता-700 017

वेबसाइट : www.rajkamalprakashan.com
ई-मेल : info@rajkamalprakashan.com

बी.के. ऑफसेट
नवीन शाहदरा, दिल्ली-110 032
द्वारा मुद्रित

मूल्य : ₹250

SARDIYON KA NEELA AKASH
Stories by Jaishankar

ISBN : 978-93-93768-19-3

क्रम

मृत-कथा

बरसाली में सर्दियाँ कुछ ज़्यादा वक़्त तक बनी रहती हैं। मार्च आते-आते तक रातें सर्द बनी रहती हैं। मार्च के दिनों के आसमान की लीला देखने के लिए जब मैं रेलवे इंस्टीट्यूट के पड़ोस के स्टेज पर बैठा रहता हूँ, तब अपनी नीले रंग की शॉल का उपयोग करता हूँ। यह शॉल वन्या की है। वह और मेरी बिटिया अभी-अभी यहाँ से गए हैं। कभी वे दोनों यहाँ आ जाते हैं और कभी मैं दो घंटे की दूरी पर बसे हुए अपने शहर में चला जाता हूँ। मुझे बरसाली में बसे हुए एक साल से भी ज़्यादा वक़्त बीत चुका है। अपने परिवार, अध्यापक की अपनी नौकरी को छोड़कर जब यहाँ आया था तब मन में कुछ ऐसी कहानियाँ लिखने की प्रबल आकांक्षा थी जैसी कहानियाँ मैं लिख तो नहीं पाया था, किन्तु लिखना चाहता रहा था।

न लिख पाने का, ज़रा-सा भी अर्थपूर्ण न लिख पाने का बंजरपन, ख़ालीपन और अवसाद जब मेरे लिए असहनीय होता चला गया तब मैं बरसाली में चला आया। मैंने दो कमरे का मकान किराये पर लिया। अपनी साइकिल, कुछ किताबें, डेस्क, कुर्सी, रिकॉर्ड प्लेयर और बायनाकुलर को भी साथ में रखकर, पैसेंजर ट्रेन से यहाँ चला आया। मेरे यहाँ आने का पहला दिन निरन्तर होती बारिश का दिन था। रिक्शे मिलने तक मैं पुराने पुल पर खड़ा हुआ सतपुड़ा की पहाड़ियों, जंगलों और ज़मीन पर गिरती बारिश को देख रहा था। इतनी-इतनी बारिश को अड़तालीस साल की उम्र में पहली बार देखा था। फिर तीन रिक्शों में क़स्बे की एकमात्र पक्की सड़क से मैं अपने घर आया था। बारिश में लुटे-पिटे दो कमरे। दो-तीन दिन तक छत टपकती रही। फिर धूप निकलने पर एक कारीगर ने छत की मरम्मत की।

पहले-पहले तो जगह-जगह पर कीचड़, बारिश के पानी के चहबच्चे, बिजली

का गुल होते जाना, चाय तक के लिए रेलवे स्टेशन तक जाना, कुछ इस तरह अखरता रहा कि यह भी सोचा कि अपने शहर लौटना ही ठीक रहेगा। कहानी लिखना भले नहीं हो सकेगा पर जीना तो सम्भव हो सकेगा! यहाँ पर तो जीना ही मुश्किल जान पड़ रहा था। आसपास रेलवे कर्मचारियों के मकान थे। एस्बेस्टस की शीट्स की छतें और दीवारें। उनके सामने खड़े कनेर या चमेली के छोड़े-बड़े पेड़। एक बड़ा-सा मैदान, जिस पर बच्चे खेला करते थे और जहाँ से लोको शेड से बाहर निकलता धुआँ नज़र आता रहता था।

मैंने वन्या को अपनी पहली ही चिट्ठी में नीले रंग के सूती कपड़ों में काम पर जाते और काम से लौटते कारीगरों के चेहरों के बारे में लिखा था। कुछ चेहरों को पेंसिल से काग़ज़ पर उतारकर भिजवाया था। तभी मैंने जाना था कि किसी भी चेहरे को क़रीब से देखना, उस चेहरे पर कुछ देर तक ठहरना, ठिठकना कितना आत्मीय-सा, कितना अलग-सा अनुभव होता है। बरबस ही हम ख़ुद को किसी के बहुत ज़्यादा क़रीब पाते हैं। उसकी ज़िन्दगी को साझा करने की लालसा मन में जगती है और उससे बातचीत करने की इच्छा मन में अपना घर बनाती है। कभी स्वेटर बुनती हुई अपनी अम्मा के चेहरे की तरफ़ या संस्कृत के श्लोक दोहराते हुए अपने पिता के चेहरे को ख़ूब मन से देखा करता था। यह बचपन का वक़्त था जब इस तरह का बहुत कुछ किया जा सकता था, इस तरह देखने का वक़्त हुआ करता था।

बाबा मेरे बचपन में ही चले गए और अम्मा को गुज़रे हुए भी दो बरस होने को आ रहे हैं। अब भी बीच-बीच में माँ का साँवला, दक्षिण भारतीय चेहरा सामने आता रहता है और पूछता रहता है कि "जयु, तुम अपनी ज़िन्दगी को गम्भीरता से लेना कब शुरू करोगे?"

इस तरह का कुछ-न-कुछ वह मेरे बचपन से ही कहती आई थी। माँ की मुझसे उम्मीदें बँधी ही रहीं। वह मेरे जीवन का कोई ठोस और गहरा आधार होने की इच्छा रखती रही। मेरे किशोर होते ही वह मुझे यात्राओं पर निकलने, लोगों से मिलने, किताबें पढ़ने और सबसे ज़्यादा प्रकृति के निकट बने रहने के लिए प्रोत्साहित करती रही थी। उसने कभी मुझ पर हाथ नहीं उठाया। पर कभी भी ज़रूरत से ज़्यादा न पैसे दिये और न ही उपयोगी चीज़ें। क़मीज़ें हों या पेंसिल, जूते या

रूमाल, आइसक्रीम हो या सिनेमा के टिकट, हर जगह फ़िज़ूलख़र्ची के लिए कोई जगह नहीं थी। माँ ने अपने तीनों बच्चों को सिर्फ़ वस्तुओं से ही नहीं, विचारों से भी जोड़ने का प्रयत्न किया था।

जब मैंने मेरे कॉलेज में मनोविज्ञान पढ़ रही मुझसे तीन वर्ष बड़ी लकड़ी से विवाह की इच्छा ज़ाहिर की तो माँ को यह जानना अच्छा लगा कि वन्या का मन के विज्ञान से कोई रिश्ता है। यह दीगर बात थी कि वन्या का मनोविज्ञान से उतना ही कामचलाऊ रिश्ता रहा, जितना मेरा अंग्रेज़ी साहित्य से। हम दोनों ने ही नौकरी पाने की ख़ातिर, इन विषयों को चुना भी और पढ़ा भी। हम दोनों ही अपने-अपने विषय में एम.ए. में प्रथम श्रेणी में उत्तीर्ण हुए, लेकिन हम दोनों की कभी कोई सच्ची परख हो पाती तो हम बी.ए. पास होने के भी क़ाबिल नहीं थे।

ऐसा होता है। कोई आदमी किसी विषय से बरसों जुड़ा रहता है पर उस आदमी का उस विषय से अन्तरंग तो क्या, ज़रा-सा भी सम्बन्ध नहीं बन पाता है। मैं ही इसका उदाहरण हूँ। बरसों से कहानियाँ छपी हैं। कभी-कभार कुछ पाठकों की चिट्ठियाँ भी मिली हैं। पर जब कभी थोड़ी-सी निस्संगता के साथ मैं अपनी किसी भी कहानी को पढ़ता हूँ, तब मुझे उसमें तरह-तरह की कमज़ोरियाँ, क़िस्म-क़िस्म के पलायन, रेखांकित की जा सकने वाली लापरवाही, एकदम नज़र आती अधीरता और इस तरह एक मुकम्मिल कहानी की जह एक मुकम्मिल क़िस्म की ग़ैरजिम्मेदारी नज़र आती है।

अपने लेखक का ऐसा आलस्य, अपना कुशल कारीगर न होना, मेहनत से बचते रहना, अधीरता लिये हुए लिखते चले जाना, छपते चले जाना, थोड़ा-थोड़ा मेरे ध्यान में आता ही रहा था। फिर यह हुआ कि मैं अपनी पत्नी और बिटिया के साथ करमाझिरी के जंगल के डाकबँगले में तीन-चार दिन रहा। वे दोनों सुबह-सुबह सफारी पर निकल जाते और मैं डाकबँगले में अकेले रह जाता। वहीं मुझे अंग्रेज़ी लेखक किपलिंग की सीधी-सादी कहानियों को पढ़ने का मौक़ा मिला। शायद उसी जंगल में उनका पात्र मोगली, जंगली जानवरों के साथ भटका करता था। जंगल की ही एक सुबह मैं कुछ जल्दी ही जाग गया था। उस सुबह ही मुझे अपना लिखा गया बहुत ही ज़्यादा निरर्थक, हद से ज़्यादा सतही, छल-कपट, आलस्य और अधीरता से रचा गया जान पड़ा। मुझे अपनी आत्ममुग्धता पर शर्म भी आई। मुझे अपने पर ही

शर्म आई कि मैं पत्र-पत्रिकाओं में छपी अपनी साधारण से भी गई-गुज़री कहानियों को अब तक देख नहीं पाया था। परख नहीं पाया था।

मेरे सामने मध्य भारत का वह विशालकाय, सदियों पुराना जंगल खड़ा था और मेरे भीतर उसका सन्नाटा, उसकी सरसराहटें और फुसफुसाहटें। वहीं मुझे बहती हुई वैनगंगा नदी का ख़याल आया। मैं माँ के साथ उस नदी के क़रीब जाता रहा था। वह वहाँ पर पूजा के लिए जाती रही थी। जंगल के उस सन्नाटे में, वहाँ पर आती नदी की कलकल आवाज़ में कुछ ऐसा रहा होगा कि उस सुबह से मैंने अपने जीवन को कुछ गम्भीरता से लेने का संकल्प लिया था।

करमाझिरी के जंगल में मेरे भीतर के जंगल से उठी उस हूक ने, उन सरसराहटों ने फिर थमने का नाम ही नहीं लिया। मैं रात-रात भर सो नहीं पाता। अपने घर की छत पर चहलक़दमी करता रहता। मेरा मन आकाश, तारों, ग्रहों और उनकी असाधारण सुन्दरता में भी नहीं अटकता। मेरा खाना-पीना हराम हो गया। वन्या मुझे डॉक्टरों के पास ले जाने लगी। मेरी देह की तरह-तरह से जाँच की जाने लगी। फिर एक मनोचिकित्सक ने मुझे आबोहवा बदलने, नेचरोपैथी के लिए बरसाली के पास के आरोग्य-निकेतन में कुछ वक़्त गुज़ारने का सुझाव दिया और पहले मैं यहाँ कुछ समय के लिए और बाद में नौकरी से अलग होकर हमेशा के लिए चला आया।

यहाँ जंगल, पेड़, पहाड़, झरने और दूर-दूर तक फैले हुए आदिवासियों के गाँव हैं। गोंडवाना के इस इलाक़े के आदिवासियों को मैं बीच-बीच में बाज़ार-हाट में देख भी लेता हूँ। ये यहाँ जलाऊ लकड़ी को बेचने, शहद, जड़ी-बूटियों, महुए की शराब और दोना-पत्तल बेचने के लिए आते रहते हैं। यहीं अंग्रेज़ों के दिनों में बसाई गई रेलवे कॉलोनी है और उसी ज़माने में कभी खड़ा किया गया एयरफोर्स स्टेशन। कभी वन्या और बिटिया यहाँ चले आते हैं और कभी मैं उनके पास चला जाता हूँ। यहाँ जब कभी अपने पढ़ने-लिखने से ऊब जाता हूँ, तब आसपास के खेतों-खलिहानों, किसानों के घरों, उनके मकानों के आसपास खड़े पेड़ों, मन्दिरों, चौपालों, कुम्हारों के घरों, पगडंडियों, तालाबों की तरफ़ निकल पड़ता हूँ। पड़ोस में ही एक गाँव है जहाँ खुदाई में बौद्धकालीन मूर्तियों के अवशेष मिल रहे हैं। कभी-कभी खुदाई के उस इलाक़े में भी चला जाता हूँ।

पर कोई ठीक-ठाक-सी, किसी एक आदमी के लिए भी उपयोगी, कम-से-कम ख़ुद ही पढ़ी जा सके, ऐसी अत्यंत साधारण कहानी का लिखा जाना, यहाँ भी, यहाँ के आत्मीय एकान्त में भी सम्भव नहीं हो पाया है। मौसम बदल रहा है। पेड़ों की सरसराहटें आती हैं। गर्मियों की आने की अपनी-सी गन्ध आती है। प्रवासी परिन्दों के झुंड-के-झुंड आते हैं, पर कहानी नहीं आती है। कहानी का चेहरा तक नहीं उभरता है। पन्नों पर पन्ने लिख चुका हूँ। दिन-दिन भर भी लिखा है। लगातार भी लिखा है और रुक-रुककर भी लिखा है। एक पैराग्राफ़ ही ऐसा लिख लेता जिसे वन्या को सुनाने का साहस बटोर पाता! मैं सोचता रहता हूँ कि मैंने कितनी ऐसी कहानियाँ पढ़ी हैं जिनको बार-बार पढ़ने का मन होता रहा है। जिनमें कितनी ही अविस्मरणीय जगहें आई हैं और कितनी ही मार्मिक और शाश्वत पंक्तियाँ। कितने ही उजले शब्द, कितने ही याद किए जाने वाले पात्र। कहाँ से आता होगा यह सब? किस तरह लिखते होंगे ये सब लेखक? क्या यह सब दैवीय ढंग से होता होगा? क्या लिखना कोई जादू-टोना होता होगा? क्या लेखक को जादूगर बनने तक जाना पड़ता होगा?

वन्या कहती है कि लिखना मेरा स्वभाव नहीं है। मेरे अपने बस की बात नहीं है। मुझे कुछ और करना चाहिए। कुछ और से उसका मतलब यह भी होता है कि मुझे संगीत, नाटक या चित्रकला के इलाक़े में कुछ करने के बारे में सोचना चाहिए। वह मुझे हताश नहीं करना चाहती। सीधे-सीधे यह नहीं कहना चाहती कि मुझे लिखने का ख़याल ही छोड़ देना चाहिए। जिस इलाक़े को अपने जीवन के इतने बरस दिए और वहीं कुछ नहीं कर पाया तब चित्रकला, संगीत या नाटक में क्या कुछ कर पाऊँगा? थोड़ा-सा हिन्दुस्तानी क्लासिकल सुना है। कभी-कभार यूरोप के कुछ प्रसिद्ध चित्रकारों के चित्रों को किताबों में ही देखा है। एक परिन्दे तक का अच्छा चित्र नहीं उतार सकता। न किसी राग की समझ है और न आवाज़ की रियाज़। इतना-इतना संकोच साथ है तो क्या नाटक में अभिनय करूँगा? वन्या भी यह सब जानती-समझती है, लेकिन मेरे दिल को छोटा नहीं करना चाहती। मुझे थका हुआ, हारा हुआ देखने से बचना चाहती है।

वह जानती है कि मैं भावुक हूँ। मुझमें सच्चाई को स्वीकार करने की उतनी और वैसी क्षमता नहीं है जो मेरी उम्र में होनी चाहिए। मैं भागना और भूलना जानता हूँ, समझना और सहना नहीं। मैं सोचता कुछ और हूँ और जीता कुछ और ही

हूँ। मैं ट्यूशन की संस्कृति से असहमत रहता आया हूँ और मैंने अपनी बिटिया को ट्यूशन के लिए भिजवाया है। मैं दूसरों को मदद करने की बात ज़रूर करता हूँ पर हमारे घर काम करती आई साँवली की शिक्षा का पूरा ख़र्च मैंने नहीं वन्या ने उठाया है। वन्या मुझे जानती है। मेरी माँ भी मुझे जानती रही थी और इसीलिए बार-बार अपनी आख़िरी साँस तक कहती रही थी कि "जयू, तुम अपनी ज़िन्दगी को गम्भीरता से क्यों नहीं लेते?"

एक शाम इसी बरसाली की सड़क पर, जब आकाश में तारों की टिमटिमाहट देखते ही बनती थी, चाँद अपना असाधारण सौन्दर्य लिये हुए सैर कर रहा था तब मैंने वन्या से न लिख पाने के अपने अवसाद का ज़िक्र किया था। फिर न जाने हमारी बातों में क्यों बनारस के घाटों का, कुम्भ के तीर्थयात्रियों का और फिर इस तरह हम दोनों के ही परिचित रहे उस आदमी का ज़िक्र आया था जो ठुमरी गायन में निपुण हो चुका था। जहाँ-तहाँ उसके गायन की महफ़िलें खड़ी होने लगी थीं वह नाम भी कमाने लगा और धन भी। कलकत्ता का संगीत का एक बड़ा रसिक उसे छात्रों को संगीत सिखाने के लिए ले गया था। बाद में हमने जाना कि वह युवा गायक संन्यासी हो गया है। मध्य भारत के किसी प्रसिद्ध शिव मन्दिर के परिसर में रहता है, वहीं गाता है और भिक्षा से अपना पेट भरता है, तन ढकता है।

कभी हम दोनों के ही शहर के नागरिक रहे उस अधेड़ गायक और संन्यासी का ज़िक्र, मुझे उदास कर गया था। हमारी बिटिया घर पर थी। वन्या घर लौट आई। मैं बरसाली की उस चाँदनी रात में आधी रात तक भटकता रहा। मैं सोचता रहा कि क्यों एक दिन, एक आदमी अपना स्वेटर और मफ़लर, अपना चश्मा और घड़ी, अपना पेन और पर्स छोड़कर अपना घर हमेशा के लिए छोड़ देता है, अपने परिवार और पड़ोस के लोगों को बताए बिना किसी अज्ञात जगह पर, किसी नदी के किनारे, किसी क़स्बाती पहाड़ी पर अपना जीवन गुज़ारने लगता है। और हमारी इस पुरानी दुनिया में ऐसे लोग भी तो आते रहते हैं जो अपने दुःख से छुटकारा पाने के लिए अपना घर ही नहीं, इस संसार को ही छोड़ने का फ़ैसला कर लेते हैं।

इस तरह के अभागे और विरले लोगों की कहानियाँ किस तरह लिखी जाती होंगी? कोई चाहे तो कितने-कितने लोगों की कितनी-कितनी कहानियाँ लिख सकता है। पर चाह भर लेने से तो कहानी नहीं बनती। कितना-कितना काम करना पड़ता

है तब कहीं कहानी पनप पाती है। शायद कहानी अपने वाचक और लेखक को जादूगर ही नहीं, कारीगर के रूप में भी देखना चाहती होगी। इसीलिए तो इतनी बूढ़ी दुनिया में, इतने बड़े संसार में कहानियों के नाम पर इतनी कम कहानियाँ हैं। लोग जीते हैं। बड़े से बड़ा, कठिन से कठिन जीवन जीते हैं। कितनी सारी घटनाओं, कितने-कितने, कैसे-कैसे अनुभवों के साथ उनका जीवन खड़ा होता रहता है। पर कहानी कहना ही नहीं आता हो, तब ऐसे दुर्लभ अनुभव, मार्मिक से मार्मिक घटना को जीना भी, कहानी कहने या लिखने में देर तक, दूर तक मददगार नहीं हो पाता है। उस रात अपने लिए एक मुश्किल काम को चुनने की व्यथा और चुनौती के साथ मैं आधी रात को बरसाली के अपने घर में लौटा था। वन्या और मेरी बिटिया के बिस्तर के पड़ोस में खिड़की से आता चाँदनी का चौकोर टुकड़ा सो रहा था।

अब तक यह जान लेने पर भी कि मेरी लिखी गई कहानी मुझे ही अच्छी नहीं लगेगी, दूसरों के लिए मेरी कहानी का ज़रा-सा भी अर्थ नहीं होगा, मैं अपनी डेस्क के क़रीब बैठता ही हूँ, कुछ-न-कुछ लिखता ही हूँ। अब लगता है कि अगर मैं लिखूँगा नहीं तो अपना इतना सारा समय किस तरह काट सकूँगा? पढ़ने में मेरा मन ज़रा-सा भी नहीं लगता। इतनी उम्र में भी मैं एक पुअर रीडर ही हूँ। हमेशा से ही इतना स्वार्थी रहता आया हूँ कि मित्रता मेरे बस की बात नहीं है। वन्या और बिटिया मुझसे इतना ज़्यादा अलग महसूस होती हैं कि उनसे ज़्यादा साझा नहीं किया जा सकता है। इसीलिए लिखते रहना एक तरह की विवशता है। सिर्फ़ मुझे यह साहस जुटाना चाहिए कि मैं अपने लिखे गए को प्रकाशित भी करवाने का लोभ संवरण कर सकूँ। ऐसा हो सकता है। मुझे अपनी सीमाओं को समझना होगा। अपने स्वभाव को समझना भी होगा और बदलना भी।

मैं इधर थोड़ा-सा समझ पा रहा हूँ कि एक अच्छी कहानी लिखने के लिए, सिर्फ़ प्रयत्नों की ही नहीं, प्रतीक्षा की भी ज़रूरत होती है। शब्दों, वाक्यों, विचारों और भावनाओं को कहानी में अपनी-अपनी जगहों को बनाने की प्रतीक्षा। इन सबके अपने बेहतर रिश्तों के बनने की प्रतीक्षा। अब मैं कुछ ज़्यादा प्रयत्न भी करूँगा और कुछ ज़्यादा प्रतीक्षा भी, ताकि मेरी लिखी कहानी में कोई विचार खड़ा हो सके, कोई भावना पनप सके, कोई शब्द या वाक्य जन्म ले सके। अब मैं मरे हुए

वाक्यों को लिखने से बचना चाहूँगा और अगर लिख भी लिया तो उसे छपवाने की लालच से दूर चला जाऊँगा।

बरसाली के एकान्त अकेलेपन के इन बसन्ती दिनों में न जाने उन बूढ़े लेखक की इस बात का क्यों ख़याल आ रहा है कि या तो ठीक से लिखना हो पाता है या ठीक से जीना। अच्छी तरह जीना भी और अच्छी तरह लिख भी सकना शायद सम्भव नहीं है। यहाँ की पहाड़ियों, पगडंडियों, पेड़ों और सड़कों के आसपास भटकते हुए मुझे उस बूढ़े, जीवन के आख़िरी दिनों में पूरी तरह अन्धे हो चुके लातिनी अमेरिकी लेखक की कुछ असाधारण कहानियों की याद भी आती रही है।

कभी उनकी कहानियों को पढ़ते हुए भी कहानी की कला, कहानी के रस और रहस्य का और इस तरह कहानी की अपनी लीला का गहरा अहसास मिला था। कहानी की उस लीला को अपनी ख़ुद की किसी कहानी में एक प्रतिशत भी पकड़ पाना, क्या इस जन्म में, मेरा स्वप्न ही बना रहेगा? स्वप्न जो सिर्फ़ देखने के लिए ही नहीं, जीने के लिए भी होता है।

मंजरी का जीवन

मंजरी ने अपने तानपूरे को उसकी जगह पर रख दिया। रियाज़ में उसका मन नहीं लगा। शाम को उसे एक महफ़िल में गाना था। इसीलिए वह कबीर के एक भजन को तैयार कर रही थी। इधर यह हुआ है कि मंजरी की अपने गाने में थोड़ी-सी भी दिलचस्पी नहीं बची है। वह यहाँ-वहाँ गाने के लिए जाती भी है। आकाशवाणी और दूरदर्शन के लिए उसकी रिकॉर्डिंग्स भी होती रहती है। पर अब उसका मन अपने गाने में डूबता नहीं। एक तरह की आदत-सी बन गई है और वह आवेग से नहीं आदत के कारण गा ही लेती है, थोड़ा-सा ठीक-ठाक ही गा लेती है।

पैंतालीस की अपनी उम्र में मंजरी को यह चिन्ता घेरने लगती है कि अगर गाना भी नहीं होगा तो वह अपना बचा हुआ जीवन कैसे अच्छी तरह से बिता सकेगी? दूसरी किसी भी चीज़ पर न उसने कभी ज़्यादा ध्यान ही दिया और न उस पर कुछ काम ही किया। जैसे-तैसे एक लड़के को पाल-पोसकर बड़ा किया और अब वह भी बंगलोर में पढ़ रहा है। उसके पति डॉक्टर हैं और उनकी अपनी तरह की ज़िन्दगी है, व्यस्तताएँ हैं। कभी उनकी सास साथ में रहा करती थी और अब वह भी अपने दूसरे बेटे के पास चली गई है।

सर्दियों की एक सुबह में आधी-अधूरी रियाज़ के बाद मंजरी अपने बचपन, प्रेम, विवाह, गृहस्थी और नौकरी से होती हुई इन दिनों के अपने अजीब से अवसाद पर लौट रही है। कहीं यह एक क़िस्म का वैराग्य तो नहीं है? अपने कमरे से, अपने बाग़ में खड़े हुए अमलतास के पेड़ को देखते हुए मंजरी को अपनी कई-कई भूलों का, तरह-तरह के भटकावों का भी ख़याल आ रहा है।

मंजरी इतना ज़रूर महसूस कर रही है कि उसके अपने गाने का उसे अच्छा न लगना, उसका अपना सच्चा अहसास है और एक ऐसी बात, जिसमें न कोई भूल है और न ही कोई भटकाव!

मंजरी को शास्त्रीय गायन से जुड़े अपने पिता का ख़याल आता है। उनका समूचा जीवन गाने को समर्पित रहा। अपने अत्यधिक आत्मस्वाभिमान और अक्खड़पन की वजह से उन लोगों के बीच बहुत कम ही गाया। अपनी साधना करते रहे। मंजरी को सिखाते रहे। मंजरी को वैनगंगा नदी के किनारे बसा अपना वह घर याद आता है, जहाँ उसने हिन्दुस्तानी क्लासिकल गाना सीखना शुरू किया था। बहती नदी पर उतरती सुबह और पिता के गाने के स्वरों के साथ-साथ मंजरी यह भी याद करती है कि उसका मन गाने में नहीं होता था। वह हसरत भरी निगाहों से नदी के किनारे के पेड़ों पर झूलती हुई अपनी सखियों को देखती रहती थी। तब उसका मन सर्कस, सिनेमा, रामलीला और आल्हा गाने वाले बूढ़े बाबाजी के आसपास भटकता रहता था।

गाने पर ही ध्यान न देने, अपने कम समर्पित होने, आइसक्रीम और कुल्फी के लिए अपनी चाहत जताने के लिए, वह अपने पिता की डाँट और ग़ुस्से को सहती रहती। वह ग़ज़ल गाने की भी आकांक्षा लिये हुए रहती और उसके पिता उसे मना करते। उनकी निगाह में ग़ज़ल का कलात्मक महत्त्व कुछ कम था।

फिर मंजरी का अपने ही शहर के एक फ़िज़िशियन से विवाह हुआ। शादी के कुछ ही बरसों के बाद अपना गाना, उसके अपने जीने का बड़ा सहारा जान पड़ा। पति के पास न वक़्त था और न वह मन जो मंजरी को समझ पाता। अब पिता नहीं रहे और न ही माँ। गाना ही सब कुछ बनता गया। एक बेटा हुआ और उसका पालन-पोषण भी उसकी विधवा और नि:सन्तान बुआ ने ही किया।

इस सबके बावजूद मंजरी को ऐसा वक़्त याद ही नहीं आता है जब उसे अपने गाने से आनन्द मिला हो, उसने मन से, डूबकर गाना गाया हो। वह अब भी वैनगंगा के किनारे खड़ी हुई वह किशोरी ही है जिसकी अपने गाने में ज़रा-सी भी रुचि नहीं है, जिसका मन स्वरों, रागों और तानों में नहीं, पेड़ों पर चहचहाते परिन्दों

में, उनकी शाखाओं पर लटकते रस्सी के झूलों में, नदी की कलकल और वहाँ से आती हवाओं में रमता है।

मंजरी अब भी गाती है, कुछ ठीक-ठाक ही गाती है; पर अपने लिए नहीं, अपने मन से भी नहीं।

वह मालवा की वसंत के दिनों की रात थी। मंजरी राग केदार को गा रही थी। एक तो नई जगह के नए संगतकार थे और दूसरे ट्रेन सुबह की जगह, दुपहर में पहुँची थी। वैसे भी मंजरी ने गायन की कोई विधिवत् शिक्षा नहीं ली थी। जो कुछ थोड़ा-सा सीखा, वह अपने पिता से, जो ख़ुद कभी गा न सके थे पर यह चाहते रहे थे कि उनकी इकलौती बेटी ज़रूर गाए।

मालवा के इस इलाक़े में वह गाने के लिए आती रही थी। इस इलाक़े से कभी अमीर ख़ान और कुमार गन्धर्व के जुड़े होने का ख़याल उसके साथ बना रहता था। किसी कंसर्ट के दौरान ही वह इस इलाक़े में आई थी और उसने अपनी एक दुपहर कुमार गन्धर्व के साथ बिताई थी। वह दुपहर मंजरी के अपने पैंतालीस साल के जीवन की एक आत्मीय दुपहर रही। इतनी उम्र में भी ऐसा कितना कम ही वक़्त होता है जो याद रह जाता है, जिसकी याद तसल्ली देती है और तमन्ना भी।

उसने गाना ख़त्म किया और कुछ लोगों ने आकर उसके गाने की प्रशंसा भी की; पर वह जान रही थी कि उसने कहाँ-कहाँ भूल की थी, कहाँ-कहाँ पर उसके गाने की साँसें अटकी थीं, वह गाना नहीं रहा था, उसके साथ लापरवाही से गाने की शर्म थी और वह स्कूली बच्चों के लिए अपने ऑटोग्राफ़ दे रही थी। मंजरी के मन में अपने लिए भी दया जागी और उन बच्चों के लिए भी जो गाना जानते नहीं थे, पर इसके साथ ही मंजरी के मन में यह सवाल भी जागा कि क्या वह गाना जानती है?

मंजरी को अपने गाने में किसी चीज़ का बड़ा-सा, गहरा-सा अभाव नज़र आता है। कुछ अत्यंत अनिवार्य-सा है, जो उसे अपने गाने में हमेशा से ही ग़ायब नज़र

आता रहा है। वह उस अभाव को महसूस तो करती रही है, लेकिन उसको नाम दे पाना, परिभाषित कर पाना, उसके लिए कभी सम्भव नहीं हो पाया। जब कभी वह हिन्दुस्तानी क्लासिकल गायन के उस्तादों को सुनती है तब उसे अपने गाने की वह कमज़ोरी, अपने गाने में रची-बसी वह कमी सताने लगती है।

अवसाद के अपने ऐसे क्षणों में उसे अपने उस समकालीन गायक का भी ख़याल आने लगता है जो पिछले कुछ बरसों से मन्दिरों में, आश्रमों में ही गाना गाता रहा है। वह एक जगह से दूसरी जगह, एक मन्दिर से किसी दूसरे मन्दिर की यात्राएँ करता रहता है। संन्यासियों की तरह बहुत कम ज़रूरतों के साथ अपना जीवन गुज़ारता है और गाने को, सिर्फ़ गाने को अपने जीवन के केन्द्र में रखता है।

तब वह यह भी सोचती है कि वही सचमुच में गाता है, अपने लिए गाता है, गाने के अलावा किसी भी दूसरी चीज़ या बात पर अपना ध्यान नहीं बँटाता है। इस तरह का वैराग्य ही किसी को सच्चा कलाकार बनाता है पर मंजरी को ऐसे वैराग्य से जुड़ी वीरानगी, ग़रीबी और पागलपन का भी ध्यान आता है।

फिर मंजरी को चित्रकार वैनगॉग के जीवन की दयनीयता, ग़रीबी, अपमान और परिणति का भी ख़याल आता है। क्या दुनिया उसे पागल ही नहीं समझती रही, क्या दुनिया ने उसे पागल बनाकर ही नहीं छोड़ा था?

अब मंजरी जिस जगह रह रही है, वह एक बड़ा-सा और नया बँगला है। कभी यहीं पर डॉक्टर रह चुके उसके ससुर का घर भी था और दवाख़ाना भी। अब यह सिर्फ़ घर है और उसके पति का क्लिनिक दूसरी जगह पर है। इस बँगले को पुराने पेड़ों और नए-नए बाग़ ने घेर रखा है। यहाँ के कम्पाउंड में विदेशी नस्ल का युवा कुत्ता और बूढ़ा होता हुआ चौकीदार नज़र आता रहता है। डॉक्टर के क्लिनिक चले जाने के बाद बँगले के बाहर कुत्ता और चौकीदार रह जाते हैं और बँगले के भीतर मंजरी और यशोदाबाई।

मंजरी जब अपने ससुराल में पहली बार आई थी तब यशोदाबाई अधेड़ उम्र की, महाराष्ट्रियन वेशभूषा में नज़र आती सुन्दर औरत थी। इस घर में बरसों से काम करती आई थी। मकान के पिछले हिस्से में अपने परिवार के साथ रहती

थी। अब वह विधवा है, बूढ़ी हो रही है, और अपना ज़्यादातर वक़्त मंजरी के यहाँ बिताती है।

मंजरी को उसके साथ रहना, उससे बतियाना, कभी-कभार उसे अपना गाना सुनाना, किसी किताब के किसी-किसी रोचक अंश को उसे पढ़कर बताना, अच्छा लगता रहा है। मंजरी के लिए यशोदाबाई एक सीधी-सादी सरल-सी और विवेकशील औरत है। उसे पता होता है कि क्या बोलना चाहिए और क्या नहीं। कब बोलना चाहिए और कहाँ चुप रहना चाहिए। उसमें न उसके पति की तरह की जटिलता बसती है और न उनकी तरह का छिछोरापन।

मंजरी को महसूस होता रहा है कि यशोदाबाई इस बात को समझती रही है कि किसी को प्रेम करने के लिए बहुत कुछ करना पड़ता है, बहुत कुछ सहना पड़ता है। वह जानती है कि प्रेम करना, एक तरह का काम ही है, एक प्रकार का परिश्रम। प्रेम में कठिन परीक्षा भी होती है और बहुत-सी परेशानियाँ भी।

इस वक़्त मंजरी तानपूरा लिये हुए रियाज़ कर रही है और यशोदाबाई चटाई पर बैठे हुए गाना भी सुन रही है और कुछ बुन भी रही है। मंजरी के गाने में मीरा का कोई भजन है और यशोदाबाई के मन में मीरा का भक्तिभाव!

कभी-कभी मंजरी के मन में यह बात भी उतरती है कि उसने गाने को नहीं, सारंगी को ख़ुद को व्यक्त करने का माध्यम बनाना था। सारंगी के स्वर उसे अपने एकदम क़रीब के स्वर जान पड़ते हैं। वह कहीं भी, कभी भी, किसी की भी सारंगी को सुनती है और उसे महसूस होता है कि उसके किशोर जीवन के मकान के उसके पड़ोस का कोई उसे पुकार रहा है। वह चाँदनी रात के वक़्त का कोई हिस्सा है। पड़ोस में ही वैनगंगा नदी बह रही है। एक किशोर उसके मकान के सामने की फेंस के पास खड़ा हुआ मंजरी...मंजरी...पुकार रहा है।

मंजरी की आत्मा में सारंगी का स्वर उतरते ही बनारस के घाट, नदी के किनारे खड़ी सीढ़ियों और सुबह-सुबह किसी गुम्बद पर बैठे हुए कबूतरों का ख़याल आता है। वह एकदम सुबह के समय, सीढ़ियों पर बैठी हुई किसी की सारंगी सुनती रहती है, किसी को सारंगी बजाते हुए देखती रहती है। उसकी याद में सारंगी बजती रहती

है, गंगा बहती रहती है और बनारस के घाट पर एक और सुबह की शुरुआत होती रहती है।

मंजरी ने आज तक बनारस नहीं देखा। बनारस की कुछ तसवीरें ज़रूर देखी है। बचपन में जब अपनी नानी से शिव-पार्वती और गंगा के क़िस्से सुना करती थी तब उनमें काशी का भी ज़िक्र हुआ करता था। उसने दो-तीन बार बनारस जाने, वहाँ कुछ दिन गुज़ारने का मन बनाया। पर वह बनारस जा न सकी। यह वह शहर है जिसे उसने पकड़ना चाहा, पर वह छूटता ही चला गया।

मंजरी के लिए सारंगी भी, बनारस की ही तरह एक छूटा हुआ नगर है। कभी-कभी, जब कभी मंजरी को सारंगी के छूट जाने, बनारस के पकड़ में न आने का रंज सताता है तब उसे उसके जीवन की एक और छूटी हुई बात का ध्यान आता है। वह गंगा के किनारे नहीं, वैनगंगा के किनारे के अपने मकान की खिड़की के पास खड़ी रहती है और उसके मकान के सामने की फेंस के पास वह किशोर, जो मंजरी का पहला प्रेम था, जिसने पहली बार उसे अपने होने, अपने स्त्री होने का अहसास दिलाया था।

मंजरी यह निरन्तर महसूस करती रहती है कि वह पच्चीस बरसों से गा ज़रूर रही है पर उसके अपने गाने में आज भी कुछ अप्रत्याशित-सा, कुछ आत्मीय-सा उपस्थित नहीं रहता है। वह अपने गाने में एक तरह की गहराई का और इस तरह से एक क़िस्म की सच्चाई का अभाव महसूस करती रहती है। वह अपने गाने में कोई ठोस तत्त्व को पाने का, कुछ गहराकर गुज़रने का प्रयत्न करती रहती है। इसका स्वप्न देखती रहती है।

जब कभी अमीर ख़ान का राग दरबारी सुनती है, अमीर ख़ान के गाने से बनते-बिगड़ते आकारों को महसूस करती है। आकार से निराकार की तरफ़ बढ़ती उनकी आवाज़ पर ठहरती है तब अपना अब तक गाना, मंजरी के लिए निरर्थक, असहनीय और फूहड़ हो जाता है।

वह अपनी बालकनी पर आती है। पेड़ों की सरसराहटों और वहाँ से गुज़रती हवाओं को सुनती है। गुज़रती हुई ज़िन्दगी, छूटती हुई उम्र, बहते हुए काल के

अहसासों के साथ यह ख़याल भी उतरता है कि उसने इतनी उम्र में कुछ भी नहीं किया, थोड़ा-सा भी नहीं जिया। ख़ुद को लेकर भ्रमों से घिरी रही। गाने से जुड़ी रही, लेकिन गाने के इलाक़े में ही ऐसा जरा-सा भी नहीं किया, जिसका कोई महत्त्व रहा हो। क्या कलाकार का जीवन ऐसी वीरानगी का शिकार होता ही है? क्या कला अन्तत: कलाकार को अकेलापन ही सौंपती है?

मंजरी अपनी बालकनी से डूबते हुए सूरज को देखती है और बरबस ही उसकी आँखें डबडबाने लगती हैं। माँ की याद आती है। उनके आख़िरी वक़्त की याद जब वह माँ को शाम की सैर के लिए ले जाती थी। माँ भी डूबती शाम के आईने में अपनी डूबती ज़िन्दगी को देखने लगती थी।

वह सर्दियों की उदास शामें हुआ करती थीं और तब तक मंजरी ने न प्रेम को जाना था और न ही अकेलेपन को। वह कोई दूसरा वक़्त हुआ करता था और वह कोई दूसरी मंजरी।

इधर मंजरी रोज़ ही सुबह की अपनी सैर पर निकलती है। सुबह की सैर में उसे कुछ ज़्यादा ही शुरू होता हुआ जान पड़ता है। बाहर निकलने पर चेहरे नए होते हैं, उनकी उम्र अलग-अलग होती है और चलने और बोलने का ढंग भी अलग-अलग। मंजरी को लगता है कि घर के बाहर कितना कुछ घटता रहता है और घर के भीतर कितना कम, अगर कम नहीं भी तो कितना एकरस, ख़ुद को दोहराता हुआ, बोरियत लिया हुआ बेढंगापन।

सैर के वक़्त उसका अलग-अलग चेहरों से वास्ता पड़ता है और अलग-अलग आवाज़ों से। हर कोई अपने ढंग से बोलता है। हर कोई अपनी शैली में चलता है। हर पेड़ का सरसराना अलग होता है और हर पंछी का चहचहाना। सुबह के रंग उभरते रहते हैं। धीरे-धीरे जहाँ छाया और अँधेरा खड़ा था वहाँ धूप और उजाला खड़ा होने लगता है। आसमान का रंग बदलता है और इसी तरह पेड़ों की पत्तियों का, ग्रीनपार्क के आसपास के लैंडस्केप का। वह अशोक के पेड़ के नीचे की बेंच पर बैठे हुए यह सब देखती रहती है। उसे लगता है कि निसर्ग ख़ुद को कितना ज़्यादा, कितनी बार सँवारता हुआ चलता रहता है और आदमी?

अपनी सुबह की सैर के वक़्त में ही कभी-कभी मंजरी के मन में आता है कि क्या वह भी किसी दिन गाते-गाते, अपनी ही, सिर्फ़ अपनी ही आवाज़ को खोज सकेगी? क्या इस जन्म में उसका गाना, सिर्फ़ उसका ही गाना अपनी तरह का गाना बन सकेगा? वह सुबह की सड़क पर चलती रहती है, अपने स्वप्न की पगडंडी पर बढ़ती रहती है। उसने हमेशा ही सोचा है। उसे सोचना अच्छा लगता है। मंजरी को सोचते हुए जीना अच्छा लगता है। शायद इसीलिए भी वह दुःख में डूब जाती है और अपने दुःख में भी भीग जाती है।

इस बरस का मानसून केरल में अरब सागर के कन्नामलाई तट तक पहुँच चुका है।

मंजरी सुबह-सुबह अपने घर की बालकनी में रखी गई आरामकुर्सी पर बैठ जाती है। यह कुर्सी उसके पिता की है। उनके न रहने पर वह उनकी कुर्सी, उनका हारमोनियम और चश्मा अपने साथ यहाँ ले आई थी। मंजरी के पिता की लिखी कुछ चिट्ठियाँ और उनका चश्मा, बैंक के लॉकर में रखा गया है।

बालकनी से उसे अमलतास का हिलना-डुलना नज़र आता है और वहीं से उसकी सरसराहटें भी सुनाई देती हैं और उस पर उतरते-चढ़ते परिन्दों की चहचहाहटें भी। वह सोचती है कि उसके जीवन की एक और बारिश शुरू होने को है। उसने कितनी-कितनी बारिशें देखी हैं। वह और कितनी बारिशें देख सकेगी? इतनी सारी बारिशों से गुज़रे हुए उसके जीवन ने कितना कुछ देखा है, कितना कुछ सहा है।

तब क्या इस सृष्टि में एक ही आदमी के साथ इतना कुछ घटता चला जाता है?

हर बरस मानसून इसी तरह आने लगता है। पेड़ों से हवाएँ गुज़रती हैं। आसमान पर बादल छाने लगते हैं। कहीं दूर बादल गरजते हैं। शायद प्रकृति अपने मूल में बिलकुल भी नहीं बदलती है और आदमी इतना ज़्यादा बदल जाता है! पर मंजरी जब इस दिशा में सोचना शुरू करती है तो उसे लगता है कि आदमी ज़रा-सा भी नहीं बदलता है। कितने ही लोग आदमी को बदलने के कितने ही प्रयत्न करते रहे हैं, लेकिन ऐसा शायद ही कोई संत होगा, शायद ही कोई मसीहा या सुधारक जो

एक रात भी इस तसल्ली के साथ सोया होगा कि आदमी बदल रहा है, आदमी बदल गया है।

अमलतास सरसराता है और मंजरी को महसूस होता है कि जीवन इस तरह बीतता चला जाता है, काल इस तरह गुज़रता जाता है। धीरे-धीरे हर कोई मृत्यु की तरफ़, अन्त की तरफ़ बढ़ता जाता है।

मंजरी सुबह-शाम अपनी बालकनी में रखी हुई आरामकुर्सी पर बैठती ही है। उसे इस तरह किसी एक जगह पर कुछ देर तक बैठना, कुछ भी नहीं करना, सिर्फ़ होना, सिर्फ़ सोचना, पिछले कुछ दिनों से अच्छा लगता रहा है। शायद उस दिन से जब उसने बचपन से साथ बनी रही अपनी सखी को, पैंतीस साल से भी ज़्यादा बनी रही अपनी सहेली को पहले साल भर कैंसर से जूझते हुए और अन्ततः उसे मरते हुए देखा है।

उसे लगता है कि आदमी के बाद उसका कुछ नहीं रहता है। उसके बाद और उसकी अनुपस्थिति में भी उसकी खिड़की पर धूप के धब्बे उतरते हैं, उसके पड़ोस का गुलमोहर दहकता है, उसके मकान की रसोई से पकते हुए गोश्त की गंध आती है, उसके घर की ट्यूबलाइट जलती है और उसकी दीवार पर टँगा कैलेंडर हवा से फड़फड़ाता रहता है।

किसी दुपहर को कैंसर की अथाह यातना से टूटी उसकी देह से आख़िरी साँस निकलती है। उसके शव को ज़मीन पर रख दिया जाता है। उसके सिरहाने दीया जलता रहता है। लोग उसके शव के पास आते रहते हैं। कोई रोता है, कोई किसी को रोने से रोकता है। कोई तसल्ली चाहता है, कोई तसल्ली देता है। फिर उसकी अरथी को बनाते हैं। उसकी अरथी को फूलों से सजाते हैं। और उसका शव, शवयात्रा में, उन्हीं गलियों और चौराहों से श्मशान की तरफ़ बढ़ता है जहाँ कभी वह अपने दोस्तों के साथ बतियाता रहता था। जहाँ खड़े-खड़े उसने अपने जीवन में अनेक सिगरेटों को फूँका था। फिर श्मशान में, कुछ दूसरी जलती-बुझती चिताओं के आसपास उसके शव को भी जलाया जाता है। किसी पेड़ के नीचे एकत्र लोग उसको याद करते हैं। कोई किसी उपनिषद् के संस्कृत में रचे गए श्लोकों का पाठ

करता है। फिर हर कोई उसे श्मशान के एक हिस्से में अकेला छोड़कर, अपने-अपने घरों की तरफ़ निकल पड़ते हैं। सिर्फ़ वही, वह मृतक ही बेघर हो जाता है। उसका कोई घर नहीं बचता है। अब उसे यहाँ-वहाँ भटकना होगा।

अपनी मौत के बाद, हर कोई भटकता है, हर कोई बेघर हो जाता है। जहाँ कभी वह रहा करता था, वहाँ उसकी चीज़ें होती हैं और वे लोग, जिनके साथ उसने अपना अच्छा-बुरा जीवन बिताया था। कहीं-कहीं और कभी-कभी, मृतक के घर की किसी दीवार पर उसकी काली-सफ़ेद तसवीर को टाँग दिया जाता है। उस तसवीर को देखकर कभी उसका होना याद आता है। वह अपनी तसवीर से कभी अपने होने और अब अपने न होने को देखता रहता है।

पेड़ सरसराते हैं। परिन्दे चहचहाते हैं। सुबह होती है। शाम होती है। जीवन अपनी और सिर्फ़ अपनी गति से आगे बढ़ता रहता है। आदमी के बाद कुछ नहीं रह जाता। अगर उसकी माँ हो तो वह कुछ दिनों तक उसे याद करती रहती है, उसके बारे में बात करती रहती है। मंजरी को यह सब अजीब-सा लगता है। अजीब-सा नहीं भी लगता है।

वह दुपहर में गुज़र गया। मंजरी शाम को उसके घर गई और तब तक उसके शव के आसपास, नीचे के उनके आँगन में काफ़ी लोग जमा हो गए थे। उस युवा मृतक के सिरहाने पर उसकी युवा विधवा बैठी हुई थी। वहीं मिट्टी का दीया जल रहा था। यह आदमी मंजरी के संगतकारों में से एक था। कंसर्ट में मंजरी के गायन के वक़्त हारमोनियम पर बैठता था। पिछले ही बरस, जब मंजरी का बासर में कंसर्ट होना था, यह आदमी कैंसर का शिकार हो गया। साल भर तक इसकी देह कैंसर से लड़ती रही, कैंसर से थकती रही।

शाम के अन्तिम उजाले में उसकी शवयात्रा निकली। मृतक के आगे-पीछे बढ़ते हुए जीवित लोग। लौटते हुए परिन्दे। डूबती हुई शाम। अपने-अपने दरवाज़ों पर खड़े हुए उसके पास-पड़ोस के लोग। इस सँकरी सड़क से वह आख़िरी बार गुज़र रहा है। कभी इस सड़क से वह रोज़ ही गुज़रता था। यहीं से वह सिगरेट ख़रीदने के लिए गुमटी तक जाया करता था। यहीं से अपनी बिटिया को स्कूल

छोड़ने के लिए या अपनी चिट्ठियों को लेटर-बॉक्स में डालने के लिए। उसके माता-पिता भुवनेश्वर में रह रहे थे। पहली बार मंजरी ने केलुचरण महापात्र के नृत्य के बारे में इस आदमी को ही गहरे उत्साह से बताते हुए सुना था। कभी यह आदमी केलुचरण महापात्र के पैर छू चुका था। "तो आदमी इस तरह जाता है," मंजरी ने घर लौटते हुए ये शब्द दुहराए। उसके ऊपर सर्दियों का आकाश था। आकाश बना हुआ है और वह आदमी नहीं है जो कभी उसके साथ बैठा करता था, बतियाता रहता था, यात्राएँ किया करता था। "क्या आदमी के न रहने पर, उसका कुछ भी नहीं रह जाता है," इस सवाल के साथ मंजरी अपने घर में लौट रही थी।

"देवता बूढ़े हो चुके हैं," कहाँ पढ़ा था मंजरी ने इस वाक्य को? मृतक के घर से लौटने के बाद, मंजरी ने स्नान किया था। अपने लिए कॉफ़ी बनाई थी और बाद में कुमार गन्धर्व का गाया हुआ कबीर का कोई भजन सुन रही थी। भजन सुनते-सुनते पता नहीं कहाँ से उसके मन में ईश्वर के थक जाने, उसके बूढ़े हो जाने के बारे में कहीं और कभी कुछ पढ़े जाने का ख़याल आया और उसने अपना प्लेयर बन्द कर दिया।

मंजरी अपने पिता की शवयात्रा में शामिल हुई थी। वह उनकी चिता जलने तक श्मशान में रही। उसे याद है कि अन्तिम संस्कार के बाद पिता के ही एक मित्र ने उपनिषद् के कुछ संस्कृत श्लोकों को दुहराया था। वे मृत्यु को लेकर हमारे पुरखों का चिन्तन था। दुनिया में मृत्यु कितनी पुरानी, कितनी बूढ़ी है और उस पर कितने-कितने बरसों से सोचा जा रहा है। आदमी मरता ही है। आदमी सोचता भी है। वह मरने के बारे में सोचता चला आ रहा है।

मंजरी के मन में अपनी मृत्यु का ख़याल उभरने लगा। शायद अपनी ही उम्र के किसी आदमी का न रह जाना, हमें अपने भी जाने का ख़याल देने लगता है। मंजरी के मन में यह लालसा भी जागी कि कितना अच्छा रहेगा अगर वह वसंत के दिनों में अपनी आख़िरी साँस ले सके। तब पेड़ कितने ज़्यादा जीवित होंगे, कितने ज़्यादा जीवन्त। वह पेड़ों को सुनते हुए, पेड़ों से बतियाते हुए इस दुनिया

को छोड़ना चाहेगी। यह दुनिया, जो मंजरी को कभी न बहुत अच्छी लगी और न बहुत बुरी। इस दुनिया ने मंजरी को कभी बहुत ज़्यादा सम्मोहित भी किया और कभी बहुत ज़्यादा विचलित भी।

मंजरी अपनी बालकनी में खड़े हुए, अपने जीवन के बारे में, इस दुनिया को लेकर सोच रही थी और आकाश में ध्रुवतारा नज़र आने लगा था।

एक लैंडस्केप बचपन का

बिलमोरिया पेवेलियन और रेल क्लब के बीच के चौराहे पर बरसों पुराना अत्यंत घना और विशालकाय पेड़ खड़ा रहता था। मार्च के महीने में पेड़ के नीचे रात में झड़े हुए फूल पड़े रहते। मैं उन फूलों को दीदी को बताने के लिए अपनी हाफ़ पैंट की जेब में रख लेता।

उन फूलों से मुझे याद आता है कि अब जब मैं ट्रेन से नानी के गाँव जाऊँगा तब ट्रेन की खिड़की से संतरे के बग़ीचे ही नहीं, पलाश के पेड़ों पर कुछ दिनों के लिए आए और छाए हुए पलाश के फूल नज़र आएँगे। अपनी बारह बरस की उम्र में मैं हर वीकएंड में अपनी दादी के पास दवाइयाँ, फल, पत्र-पत्रिकाएँ और मराठी में लिखी गई किताबों को पहुँचाने के लिए हमारे शहर से एक घंटे की दूरी पर स्थित, विदर्भ के एक गाँव में जाया करता था। दादी वहाँ स्कूल में प्रिंसिपल थीं और उसी बरस उनको अपनी नौकरी से रिटायर होना था।

"तेरे बाबा की खाँसी कैसी है?"

"रात में शुरू रहती है।"

"उसने डॉक्टर को बताया है?"

"मैं भी उनके साथ डॉ. सेनगुप्ता के पास गया था।"

"स्कूल जा रहा है या नहीं?"

"अभी तो जाना ही पड़ेगा। मैट्रिक की परीक्षाएँ नज़दीक हैं।"

"और कल्याणी की परीक्षा?"

तब मैं सोचता कि दादी ने मेरे बारे में नहीं पूछा है।

मैं कितनी मुश्किल से सूनी पगडंडी को पार करते हुए इमली के चार-चार पेड़ों के पास से उन तक पहुँचा हूँ। दादी के घर से दोपहर के तीन बजे के क़रीब की सूनी

धूल-धूसरित निर्जन पगडंडी का ख़याल आता है और साथ-साथ अम्मा का भी जो इस वक़्त रेडियो से अनुरंजनी में आते शास्त्रीय गायन या वादन को सुन रही होंगी।

"एक ही लाइन को कितनी-कितनी बार दोहराते हैं।"

"क्लासिकल गायन वैसा ही होता है।"

"पता नहीं अम्मा को उनका गाना क्यों अच्छा लगता है?"

"वे लोग बहुत ज़्यादा मेहनत से वह सब सीखते हैं...। गाते-बजाते उनकी पूरी उम्र बीत जाती है...तू अभी बच्चा है...जब बड़ा हो जाएगा..."

"लेकिन अम्मा तुम्हारी और बाबा की तरह किताबें क्यों नहीं पढ़ातीं?"

"उसका स्वभाव दूसरा है। तेरे बाबा आजकल क्या सुना रहे हैं?"

"विक्रम बेताल की कहानियाँ।"

"क्या तुम दोनों सुनते हो?"

"पड़ोस की अजरा भी आ जाती है।"

"और तेरी अम्मा?"

"वह छत पर घूमती रहती है।"

अम्मा को रात के वक़्त अपने टैरेस पर गुनगुनाना, तारों को देखते जाना, चाँद का बढ़ना-घटना देखना अच्छा लगता है। वह कुछ तारों को नाम से जानती है। माँ को लता के पुराने गाने याद हैं और उनको जब-तब गुनगुनाती है। बाबा ने अम्मा को पहली बार अपनी किसी सहेली की सगाई की शाम में देखा था। उस शाम में अम्मा 'ओ बसंती पवन पागल...' गा रही थी।

"क्या आपने भी गाया था?" दीदी पूछती है।

"मुझे न तब गाना आता था, न अब आता है।"

"तुमने साहिर की नज़्म पढ़ी थी।"

"नज़्म क्या होती है?"

बाबा नज़्म का अर्थ समझाने लगते हैं। धीरे-धीरे ग़ज़ल, शायरी, ग़ालिब, मीर और इक़बाल का ज़िक्र होने लगता है। बाबा कहते हैं कि बड़े होने पर हम दोनों को ग़ालिब की शायरी पढ़नी ही चाहिए। वह अपनी किताबों की अलमारी से इंडियन प्रेस, इलाहाबाद से प्रकाशित 'महाकवि ग़ालिब की ग़ज़लें' शीर्षक की किताब बहन को बताते हैं पर मुझे नहीं। बहन के चेहरे पर शरारत उतरती है। वह किताब को

कम, मेरे उदास होते जाते चेहरे की तरफ़ ज़्यादा देखती है। उसकी निगाहें मुझसे कहती हैं कि 'पहले तू बड़ा हो जा फिर ग़ालिब की किताब को छूना।'

हम दोनों को बड़े होने पर क्या-क्या करना चाहिए, इसको लेकर माँ-बाबा की अपनी-अपनी ख़्वाहिशें हैं। अम्मा सोचती हैं कि मुझे अमीर ख़ान की तरह गाना आना चाहिए और बाबा को लगता है कि मुझे ग़ालिब की तरह लिखना। फ़िलहाल मैं सिर्फ़ बड़ा होना चाहता हूँ। रेलवे स्टेशन से जब दादी के घर की तरफ़ जाती सूनी पगडंडी पर पहला क़दम ही रखता हूँ तब पगडंडी को पार कर लेना ही जीवन की सबसे बड़ी इच्छा जान पड़ती है। गाँव की सूनी पगडंडी पर ग़ालिब की नहीं, हनुमान चालीसा की याद आती है।

"क्या तू हनुमान चालीसा की लाइनें दोहराता है?"

"नहीं, लेकिन इमली के पेड़ों की याद आते ही हनुमान जी की याद आने लगती है।"

"क्या तू अकेला ही रहता है?" दीदी पूछती है।

"आजू-बाजू खेत में इक्का-दुक्का लोग रहते हैं।"

"तू खेत से ही क्यों नहीं जाता?"

दीदी का दिमाग़ कमाल का है। कितनी बड़ी मुश्किल को इतना आसान कर दिया। वह सचमुच में बड़ी हो गई है। इस बार उसके लिए मीठे-मीठे संतरे ले आऊँगा। वह सिर्फ़ नक़्शा उतारना ही नहीं, डर भगाना भी जानती है। इसीलिए बाबा उसे ग़ालिब की किताबें बताते हैं। इसीलिए टेलीफ़ोन आने पर उसे रिसीवर उठाने दिया जाता है।

"भूत आदमी का भ्रम होता है।" बाबा कहते हैं।

"और भगवान?"

"वह भी आदमी की कल्पना, विचार और खोज है।"

"पर हनुमान चालीसा तो है न!"

"बिलकुल है...वह कविता है...जैसे ग़ालिब की ग़ज़ल।"

"आपसे ग़ालिब का नाम ही नहीं छूटता।" मैं कहता हूँ।

"वह बहुत बड़ा कवि है।"

"और हनुमान जी?"

"बेवकूफ़...वह एक काल्पनिक चरित्र है।"

"पर लोग उन्हें कितना मानते हैं।"

"अभी तू नहीं समझेगा।"

"आजकल मैं नानी के घर जाते वक़्त बिलकुल भी नहीं डरता हूँ।"

"भगवान, भक्ति, भूत यह सब बहस के विषय हैं...तू अभी छोटा है...तू जब बड़ा हो जाएगा..."

दादी के गाँव मैं अकेला जाता हूँ। उनका टेंपरेचर मैं लेता हूँ। उनके फाउंटेन पेन में स्याही मुझे भरना है। उनके हॉट वाटर बैग को मुझे तैयार करना है। उनका चेक मुझे भरना है और यह सब करते हुए भी मैं छोटा ही हूँ। ऐसा है तो दीदी क्यों नहीं जाती है दादी के गाँव? अम्मा भी ठीक से टेंपरेचर लेना नहीं जानतीं पर वह बड़ी हैं, क्योंकि मुझसे पहले इस धरती पर आई हैं। क्या मैं अपनी मर्ज़ी से इस धरती पर आ जाता? अब तीन महीनों की ही बात है। बारिश के आते ही मैं नौवीं कक्षा में बैठने के लिए दूसरे स्कूल में जाऊँगा। बस से जाऊँगा, तब तो ये लोग मुझे छोटा नहीं कहेंगे?

देखते-देखते ये तीन महीने भी बीत ही जाएँगे पर गर्मियों के दिन कितने ज़्यादा लम्बे जान पड़ते हैं। वक़्त धीरे-धीरे सरकता है। धूप धीमी गति से सिमटती है। मकानों, पेड़ों, सड़कों और पुलों पर वीरानी-सी छा जाती है। दरवाज़े-खिड़कियाँ बन्द हो जाते हैं। कूलर चलने लगते हैं। लोगबाग दिन में भी सो जाते हैं।

अनुरंजनी की धुन ख़त्म हो जाती है और अम्मा अपनी चटाई-तकिया बिछा लेती हैं। दीदी सोई ही रहती है। कुत्तों का भौंकना तक सुनाई नहीं देता। बिल्लियाँ कहाँ चली जाती हैं? अम्मा की इजाज़त मिल जाती तो पड़ोस के किसी दोस्त के घर जाकर कैरम बोर्ड या शतरंज खेलता। उसकी पढ़ ली गई कोई कॉमिक्स पढ़ता या उसके साथ बैठे हुए गपशप करता रहता।

अभी अप्रैल ही नहीं गुज़रा है। गुड़ीपाड़वा से चैत की शुरुआत ही हुई है। मई-जून कैसे बीतेंगे? भूगोल की कक्षा में विदर्भ की गर्मियों के बारे में इसी साल बताया गया है। नल में पानी एक दिन छोड़कर आ रहा है। सुबह के वक़्त बिजली गुल हो जाती है। सरकारी अस्पतालों में लू लग जाने से बीमार मरीज़ों की संख्या बढ़ती जा रही है।

इन गर्मियों में भगवान कहाँ चले जाते होंगे?

भयावह और तपती गर्मियों का भगवान के शरीर पर बहते पसीने का, उनके सिरों पर छत न होने और उनके आसपास पंखे या कूलर न होने का ख़याल आता है और मैं नींद में डूबी दीदी से यह सब जानने के लिए उत्सुक हो जाता हूँ। उसे नींद से जगाता हूँ। उसके चेहरे पर पानी के छींटे फेंकता हूँ।

"बेवकूफ़...क्या भगवान तेरे भरोसे बैठे हैं?"

"मैं उनका भक्त हूँ।"

"पर मैं उनकी भक्तिन नहीं हूँ।"

"तुम समझा तो सकती हो।"

"तेरे जैसे मूर्ख को समझाना मेरे बस की बात नहीं है...मुझे सोना है... अब बड़ा हो जाएगा...यह पागलपन बन्द कर...दिनोदिन और बच्चा होता जा रहा है।"

इतना सुनाने के बाद दीदी सो नहीं जाती तो मैं ज़रूर कहता, "और तीन महीने रुको...तुम सबको मज़ा चखाता हूँ।"

मुझसे पहले जन्म क्या मिल गया, मुझ पर अपना रौब जमाते रहते हैं। दादी ही हैं जो मुझे छोटा नहीं समझतीं। मेरे लिए पूरा कप भरकर चाय या कॉफ़ी तैयार करती हैं। दो-दो उबले हुए अंडे और मक्खन लगी ब्रेड देती हैं। कभी-कभार सिनेमा-सर्कस देखने, कॉमिक्स ख़रीदने या किसी होटल में जाकर नाश्ता करने के लिए पैसे भी दादी से ही मिलते हैं। अगर गाँव में ही कोई अच्छा-सा स्कूल रहता तो मैं बाबा से कहकर अपनी आगे की पढ़ाई के लिए दादी के ही पास चला जाता। तब मुझे रोज़-रोज़ अपने बड़े न होने के लिए नीचा तो नहीं देखना पड़ता।

"रामलीला की नहीं, सर्कस की टीम तैयार करेंगे।" मोहल्ले का मेरा दोस्त कहता।

"तम्बू, घोड़े, लड़कियाँ, शेर और जोकर कहाँ से लाएँगे?" मैं कहता।

"बिना शेर के भी सर्कस बन सकता है लेकिन रावण के दस सिर, धनुष-बाण और हनुमान की पूँछ के बिना काम नहीं चलेगा।"

"ठीक है...कल शाम को बात करेंगे...बाक़ी लोग भी रहेंगे...पर हनुमान मैं ही बनूँगा।"

रामलीला दशहरे के दिनों में होती थी। इलाहाबाद, बनारस या कानपुर के लोग रोज़ शाम को दशहरा मैदान के पंडाल में रामलीला करते। आख़िरी दिन कुम्भकर्ण, मेघनाद और रावण के बड़े-बड़े पुतलों को जलाया जाता। घर-घर जाकर सोने की पत्तियाँ देते और बड़ों के पैर पड़ते। दुर्गा विसर्जन की रात में मैं पहले ही उस ट्रक में बैठ जाता जिसमें दुर्गा की प्रतिमा रहती। इससे मुझे उस नाव में भी बैठने को मिल जाता जिसमें रखकर शुक्रवारी तालाब में दुर्गा को सिराया जाता था। नवरात्र के उन दिनों में शंख सुनाई देते, साबूदाने की खिचड़ी मिलती, अम्मा दुर्गा सप्तशती का पाठ करतीं, बाबा कोलकाता की काली के बारे में बताते।

"मैं कालीघाट गई थी।" अम्मा बतातीं।

"और तुम मैहर गई हो?"

"तेरे बाबा गए थे...उस्ताद अलाउद्दीन ख़ाँ वहीं रहते थे।"

"ये कौन हैं...?"

"शारदा माँ के भक्त थे...सरोद बजाते थे...संगीत की दुनिया में इनका बहुत नाम है।"

"मैंने भेड़ाघाट देखा है।" मैं कहता।

"भेड़ाघाट और कालीघाट में अन्तर है।" दीदी चहकती।

"मैं दादी के साथ कालीघाट जाऊँगा।"

"अच्छा रहेगा...एक अन्धी के साथ एक लँगड़ा रहेगा।"

"दीदी मुझे लँगड़ा कह रही है।"

अम्मा अपना चश्मा चढ़ाए हुए कुछ बुनती रहतीं या कपड़ों को अलमारी में रख रही होतीं। वह बीच-बीच में चश्मा लगातीं और बाबा हमेशा ही चश्मा पहने रहते। मैं हर सुबह जब देहरी से उठाकर उनके हाथ में अख़बार देता तो मुझे उनका मेज़ पर रखा चश्मा भी देना पड़ता। घर की दहलीज़ से बाबा की पलंग तक के रास्ते में मैं कभी-कभार हितवाद पढ़ने लगता और दीदी कहती, "पहले बड़ा तो हो जा...लगा इंग्लिश पेपर पढ़ने।"

"इतनी इंग्लिश मुझे आती है।"

"अच्छा तो बिस्कुट की स्पेलिंग बता।"

कितनी चालाक है दीदी। शुगर, टी या कप की स्पेलिंग पूछती तो बता देता।

अच्छी तरह जानती है कि मुझे बिस्कुट ख़रीदने के लिए नहीं भेजा जाता है। एक बार मैंने बहुत पुराना पैकेट ले लिया था। आज रात बाबा से डिक्शनरी माँगूँगा। वह घर की पुरानी डिक्शनरी है। अलमारी में रखी जाती है। एक संस्कृत-हिन्दी शब्दकोश भी है। दोनों ही डिक्शनरियाँ बाबा के बाबा ने पुणे में ख़रीदी थीं। उन पर हमारे दादा का नाम, शहर और ख़रीदने के बरस का ज़िक्र है। हमारे दादा कविताएँ लिखा करते थे। उनकी कविताओं की छोटी-सी किताब भी है जिसकी बीस-पच्चीस प्रतियाँ बाबा की किताबों की रैक पर नज़र आती हैं।

"दादा जी क्या करते थे?" बहन पूछती है।

"सरकारी प्रेस में क्लर्क थे।"

"मीठा नीम की दरगाह के पास।" मैं कहता।

"मैं वहीं से स्कूल जाता था और वे गुमटी के सामने खड़े हुए सिगरेट पीते रहते थे।"

"आपने सिगरेट पीना क्यों छोड़ दिया?" दीदी बाबा से पूछती।

"मेरी साँस में तकलीफ़ रहने लगी थी।"

"दादी कह रही थीं कि सिगरेट पीने से कैंसर हो जाता है।" मैं कहता।

और फिर बाबा ने नहीं, दीदी ने कैंसर की बीमारी, उसके इलाज, उसके अस्पतालों और ख़र्चों के बारे में बताया था। हाल ही में उसकी एक सहेली के पिता कैंसर से मरे हैं। वह अपनी इस सहेली के साथ अकसर कैंसर अस्पताल के चक्कर लगाती रही है। वह कैंसर के बारे में बता रही होती है और माँ-बाबा उसकी तरफ़ गर्व के साथ देख रहे होते हैं। दीदी कितनी साहसी है। कितनी अच्छी तरह से अपने अनुभवों को बता सकती है। तभी तो रिज़र्वेशन करवाने के लिए, बीमे की किस्तों को भरने के लिए उसे ही भेजा जाता है। बाबा की साइकिल वही चला सकती है, मैं नहीं। मेरे लिए साइकिल मेरे बड़े हो जाने पर ख़रीदी जाएगी।

"आदमी जल्दी-जल्दी बड़ा क्यों नहीं हो जाता?" मैं दादी से पूछता हूँ।

"यह सब भगवान की मर्ज़ी है।"

"वह ख़ुद तो एक ही बार में इतना ज़्यादा बड़ा हो जाता है।"

"उसकी बात ही निराली है।"

"क्यों?"

"यह दुनिया ही उसी ने बनाई है।"

"तुम्हें कैसे पता?"

"सब यही कहते हैं।"

"कोरी बकवास है...क्या दुनिया ऐसे किसी आदमी से बन सकती है...इस दुनिया को बहुत से लोगों ने बनाया है।"

"तेरे बाबा ने कहा होगा।"

"हाँ।"

"वह नास्तिक क्या जानेगा।"

"और जो लोग उन्हें इतना मानते हैं?"

"वे सब-के-सब नास्तिक हैं।"

"बाबा कहते हैं कि बुद्ध भी नास्तिक थे।"

"यह बहस अपने बाबा से ही करना...अब तू भी बड़ा हो रहा है...पता नहीं हमारे घर में धरम-करम कब तक रहेगा।"

"क्यों...अम्मा पूजा-पाठ नहीं करतीं?"

"उसका मन भी गाने-बजाने में ज़्यादा लगता है...रेडियो कान से छूटता ही नहीं...अपनी देवी-देवता की चिन्ता ही नहीं रहती...तेरा बापू भी तेरे दादा की तरह अहंकारी है।"

"बाबा को आपकी बहुत याद आती है।"

"पर वह यहाँ आता तो नहीं...कभी-कभी तो आ ही सकता है।"

"अगली बार हम सब आएँगे।"

"कितने साल हो गए, न तेरी माँ आई और न कल्याणी।"

"क्या कोई बात हुई थी दादी?"

"तू अभी नहीं समझेगा...तेरे बाप को मेरी कुछ बातें अच्छी नहीं लगती हैं।"

उस शाम मुझे दादी कुछ-कुछ बताती रही थीं और मैं कुछ-कुछ समझता रहता था। आज कई वर्षों के बाद उस शाम की याद आती है तो सामने दादी की डबडबाती निगाहें होती हैं और उनकी डायरी में रखी हुई एक आदमी की तसवीर जो हमारे दादा नहीं थे। बरसों बाद मैंने कहीं और से जाना था कि चालीस वर्ष की

उम्र में विधवा हो जाने के बाद, दादी के जीवन में कोई पुरुष कुछ वर्षों के लिए आया भी और चला भी गया था।

"तुम मेरे साथ दादी के पास चलोगी?"

"क्या फिर भूत सता रहा है?"

"वह तुमको याद कर रही थीं।"

"और माँ-बाबा को?"

"बाबा को सबसे ज़्यादा...मैंने पहली बार दादी को इतना ज़्यादा दुखी देखा।"

"बाबा को मत बताना।"

"मैंने बता दिया।"

"क्या कह रहे थे?"

तब मुझे बाबा का उदासी से घिरता हुआ चेहरा याद आया। माँ ने मुझे जाने के लिए कह दिया। बाद में मैंने खिड़की से बाबा को पलंग पर लेटे हुए और माँ को उनके सिर को सहलाते हुए देखा था। मुझे कुछ भी समझ में नहीं आया। तब मुझे यह ज़रूर याद आया था कि मैं अकसर बाबा के नाम दादी की चिट्ठियाँ लाता रहा था और बाबा ने कभी भी किसी चिट्ठी का जवाब मेरे हाथ में नहीं दिया था। एक बार मेरे पूछने पर बाबा ने यह ज़रूर कहा था, "आई को बताना कि मुझे कुछ नहीं कहना है।"

"आप मेरे साथ क्यों नहीं चलते?"

मेरे इस सवाल पर बाबा देर तक ख़ामोश ही बने रहे थे। पता नहीं ऐसा क्या था घर में कि दादी के बारे में ज़्यादा देर तक बात होने पर एक क़िस्म का तनाव-सा खड़ा होने लगता था। ऐसा होने का थोड़ा-सा कारण दीदी ज़रूर जानती आई थी लेकिन मैं बिलकुल भी, कुछ भी नहीं जानता था। तब तक मैं बड़ा नहीं हुआ था।

"मैं इस बारिश में बड़ा हो जाऊँगा।"

"कैसे?" दीदी के चेहरे पर शरारती मुस्कान उतरती।

"मेरा बस का पास बनेगा...मैं अकेले ही शहर की सरहद पर खड़े स्कूल में जाऊँगा।"

"तू छोटा तो है ही लेकिन बेवकूफ़ भी कम नहीं है।"

"क्या माँ-बाबा भी मूर्ख हैं?"

"अगर बस में अकेले बैठने से कोई बड़ा हो जाता है तो तू ट्रेन में कब से अकेला ही बैठ रहा है।"

"यह तो दीदी सच कह रही है," मैं मन में सोचता हूँ।

"फिर बाबा ऐसा क्यों कह रहे हैं?"

"वे जानते हैं कि तू बेवकूफ़ है...तुझे बहलाया जा सकता है।"

"पर अम्मा तो मुझे इतना चाहती हैं।"

"वह तेरा दिल दुखाना नहीं चाहतीं।"

"और तुम?"

"मुझे तेरे ऊपर तरस आता है...मुझे बुरा लगता है कि मेरा छोटा भाई इतना ज़्यादा नालायक है।"

और इस तरह का कुछ-कुछ कहते हुए दीदी मेरे कन्धों को सहलाने लगती है। मेरे बालों पर हाथ फेरती है। दीदी के हाथ मेरे बालों को सहलाना शुरू करते हैं और बरबस ही मेरी आँखें डबडबाने लगती हैं। पर मुझे तब आश्चर्य होता है जब मैं दीदी की आँखों से झड़ते हुए आँसुओं की तरफ़ देखता हूँ। क्या वह मेरे लिए रो रही है? क्या दीदी के साथ यह पछतावा जुड़ रहा है कि वह मेरे लिए थोड़ा-सा भी वक़्त नहीं निकालती है, मेरे अन्दर की उथल-पुथल का ज़रा-सा भी अनुमान दीदी को नहीं रहता है। दीदी क्यों रो रही है?

ऐसा भी अभी-अभी ही हुआ है कि दीदी का ख़याल कहीं और भटकता रहता है और वह हम लोगों के बीच बनी रहती हैं। उस रोज़ विक्रम बेताल की कहानी का कुछ मुझसे छूट गया और मैंने दीदी से जानना चाहा पर दीदी बोली, "बाबा ने यह कहानी कभी नहीं सुनाई।"

"फिर उन्होंने कल कौन-सी कहानी सुनाई थी?"

"तू सच कहता है जयु...आजकल मेरा ध्यान बाबा की कहानियाँ सुनने में नहीं रहता है...मैं सुनने का स्वाँग करती रहती हूँ।"

"फिर तुम्हारा ध्यान कहाँ रहता है?" माँ कह रही थी।

"यह मेरा रहस्य है।"

"मैं तुम्हें सब कुछ बताता हूँ।"

"लेकिन मेरी बातें अभी तुम्हें समझ में नहीं आएँगी।"

हम दोनों की यह बातचीत अप्रैल की शाम के उतरते वक़्त, अपने घर की छत पर हुई थी। उसके बाद के दिनों में मेरा आठवीं का रिजल्ट निकला। मैं नए स्कूल में एडमिशन की औपचारिकताओं की ख़ातिर, दो-तीन दिन घर से बाहर रहा। एक शाम को मैं दहलीज़ पर जूतों के फीते खोल ही रहा था कि मुझे दीदी के रोने की, बाबा के चीख़ने-चिल्लाने की आवाज़ें आने लगीं। मैं वहीं रुक गया। अपने ही घर की बातचीत को चुपचाप, किसी जासूस की तरह सुनने लगा। अम्मा का एक हाथ बाबा के कन्धे पर था। दीदी कुर्सी पर बैठी हुई रो रही थी। उसका दुपट्टा सीने से सरक गया था और शायद रोने-चीख़ने से उसके स्तनों का चढ़ना-उतरना नज़र आ रहा था।

"मैं बच्ची नहीं हूँ...बाईस साल की लड़की अपनी ज़िन्दगी का फ़ैसला ख़ुद कर सकती है।"

"इसके लिए तुम्हें कोई नहीं रोक रहा है...ऐसा फ़ैसला तुम इस घर से बाहर जाकर ज़रूर ले सकती हो," बाबा कह रहे थे।

"मैं चली जाऊँगी...तुम सबको छोड़कर चली जाऊँगी।"

"कल्याणी बाहर सब सुन रहे होंगे।" मैं कह रही थी।

बाहर अँधेरा था और मैं भी। अपनी अम्मा की हिदायत और बहन के चिल्लाने को सुनता हुआ। दीदी का रोना-सुबकना शुरू था। बाबा कुर्सी पर बैठ गए थे। माँ कोने में खड़ी थीं। मुझे लगा था कि घर में उन तीनों के अलावा दुख भी खड़ा है और संकट भी। धीरे-धीरे मेरे घर का चेहरा ऐसे घर का चेहरा होता जा रहा था जिसमें दुख, तनाव, विडम्बना और संकट साथ-साथ रहने लगते हैं। मैंने धीरे-धीरे दरवाज़े पर दस्तक दी थी। धीरे-धीरे दरवाज़ा खुला भी था। फिर घर देर तक ख़ामोश, शान्त और तनावग्रस्त बना रहा। मेरे बाजू में सोई दीदी रात सिसकती-सुबकती रही। मेरे अलावा किसी ने भी रात का खाना नहीं खाया। माँ-बाबा जल्दी ही सोने के लिए अपने कमरे में चले गए। किसी ने भी मेरे नए स्कूल के बारे में कुछ भी नहीं पूछा। अम्मा ने ज़रूर यह पूछा कि स्कूल में खेलने का मैदान घिरा हुआ है या नहीं? अम्मा के पूछते ही मैंने कहा था, "वहाँ तैरने के लिए पूल भी है।"

"लेकिन तुम्हें तैरना कहाँ आता है?"

"मुझे दीदी सिखा देगी।"

और मेरे मुँह से दीदी शब्द आते ही माँ की आँखें डबडबा आई थीं। माँ दीदी के लिए रो रही थी पर दीदी किसके लिए रो रही थी? क्या यही दीदी का रहस्य है? और अप्रैल के उन मनहूस और मैले दिनों में ही एक दिन मेरे सामने दीदी का रहस्य खुल गया। दीदी अपने कॉलेज के एक मुस्लिम लड़के को चाहने लगी थी और कुछ लोगों ने उन दोनों को साथ-साथ कॉलेज की कैंटीन में बैठे हुए, कैंटीन से निकलते हुए देख लिया था। इन लोगों में मेरी बुआ भी थी, जो कॉलेज के पड़ोस की सेंट्रल लाइब्रेरी की ग्रंथपाल थी। माँ-बाबा ने उतना नहीं जितना बुआ ने सारे मामले को परिवार की इज़्ज़त से जोड़कर तूफ़ान-सा खड़ा कर दिया था। बुआ बार-बार दादी को बुलाने को कह रही थीं और बाबा पूरे मामले को अपनी तरह से सँभालने की चेष्टा कर रहे थे। बुआ यह रट लगाए हुई थीं कि बदनामी फैलने के पहले दीदी की कहीं शादी करवाना ही संकट का सबसे अच्छा समाधान रहेगा और बाबा इसको मानने के लिए बिलकुल भी तैयार नहीं थे। वे ख़ुद ही इस घटना को इत्मीनान से समझना चाह रहे थे और दीदी को भी इन सब बातों को अच्छी तरह से समझाने की कोशिशें करना चाह रहे थे।

आज उन शामों के सात-आठ वर्षों के बाद, यह याद आए बिना नहीं रहता कि उन दिनों घर में कितनी घनी चुप्पी छाई रहती थी और कितना घना सन्नाटा। रेडियो बन्द पड़ा रहता था। दीदी अपने बिस्तर पर लेटी रहती और बाबा देर रात में घर लौटते। माँ को एक तरह की उदासी ने घेर लिया था और दादी पुणे में अपना इला0ज करवा रही थीं। मेरे मोहल्ले के दोस्त छुट्टियों में बाहर चले गए थे और पुराना स्कूल और उसके दोस्त छूट गए थे।

शायद गर्मियों के इन दिनों में ही, बिना बस में अकेले बैठे, मैं बड़ा होने लगा था। कम-से-कम बड़ा होना किसे कहते हैं, इसे थोड़ा-थोड़ा-सा समझने लगा था। उन गर्मियों में मैंने ही पहले माँ, बाबा और दादी के बड़े हो जाने को जाना था। बाद में दीदी के बड़े होने को। बड़ों की दुनिया कितनी अलग नज़र आती थी और कितनी अराजक भी। पर छोटे लोगों की दुनिया भी कुछ कम जटिल नहीं थी। दरअसल दुनिया ख़ुद ही एक जटिल कल्पना, विचार और जगह थी जिसे मुझे बाद के वर्षों में समझना था।

मार्च-अप्रैल की गर्मियों के उन दिनों में जब पेड़ों से पत्ते झरा करते थे, उन

पत्तों को हवाएँ सड़कों पर उड़ाती रहती थीं। कहीं दूर पलाश के पेड़ दहका करते थे, एक लड़का बड़ा हो रहा था। आज उन गर्मियों को बीते सात-आठ बरस हो गए हैं। मार्च में पेड़ों से झड़ते हुए पत्तों को देखकर उन बरसों की दोपहरों की, उन बरसों की शामों की यादें बरबस ही घेर लेती हैं। मैं दक्षिण के एक महानगर के समुद्र के किनारे खड़ा हुआ, मार्च की उन भूली-बिसरी, अच्छी-बुरी, उजली-काली रातों को याद करता हूँ, जिन रातों में मैं बड़ा हो रहा था, जहाँ मेरा बचपन मुझसे छूटता जा रहा था, जहाँ मैं एक दूसरे आदमी में बदल रहा था।

मार्च-अप्रैल की वे शामें, मेरे बचपन की आख़िरी शामें थीं।

बचपन की सर्दियाँ

नीना दहलीज़ पर ही रुक गई। जनवरी की शाम का अन्तिम उजाला चमक रहा था। माँ ने कपड़ों पर इस्त्री की होगी। इस्त्री, स्विच बोर्ड से जुड़ी थी और मेज़ पर माँ और दादी की साड़ियाँ रखी हुई थीं। वह करुणा मौसी के मुँह से अपना नाम सुनकर ठिठक गई थी।

"कुछ दिनों से वह बहुत ज़्यादा उदास नज़र आ रही है—"

"इम्तहानों का तनाव होगा," माँ ने कहा, "कुछ और भी हो सकता है।"

"उससे सीधे ही क्यों नहीं पूछ लेती?"

"तुम कुछ नहीं करोगी।"

"कुछ होता तो वह मुझसे ज़रूर बताती।"

नीना ने सोचा कि माँ नहीं, मौसी उसे जान रही है। सचमुच में वह पिछले कई-कई दिनों से स्वयं को कुछ ज़्यादा ही ख़ाली, उदास और अकेली महसूस करती रही है। पढ़ते-पढ़ते उसका मन कहीं और भटकने लगता है। उसे अपनी नीबू की चाय अच्छी नहीं लगती। उसके पास तीन-चार स्वेटर हैं और वह एक ही स्वेटर को पहने हुए स्कूल जाती है, ट्यूशन क्लास में और मौसी के घर भी।

"तुम बालों में तेल नहीं डालतीं?"

"आज भूल गई।"

"अपने पर ध्यान दिया करो।"

"परीक्षा पास आ रही है।"

"तुम्हारा ध्यान पढ़ने में ही कहाँ रहता है?"

वह किसी तरह अपने गणित की टीचर से पीछा छुड़ाती है। स्कूल के गलियारे के कोने में खड़े टॉयलेट तक बढ़ती है। वहाँ आईने में उसे अपना कुम्हलाया-सा,

बुझा-सा, साँवला चेहरा नज़र आता है। शायद इस आईने पर धूल चढ़ी है, पर मौसी के घर का आईना तो चमचमाता रहता है। मौसी ख़ुद उसकी धूल हटाती है।

"तुम नहीं कहना चाहती तो जीजा से कहो," मौसी की शिकायत बाहर आती है।

"उनको भी तो कुछ नज़र आता होगा।"

"आदमी इतना ध्यान नहीं देते; फिर जीजा को तो दोस्तों और घटिया उपन्यासों से फ़ुरसत ही नहीं मिलती।"

"करुणा, तुम कुछ ज़्यादा ही परेशान हो रही हो।"

"ठीक है...बाद में पछताना...चलती हूँ...इमला नहीं आएगी।"

"तुम कुछ दिनों के लिए किसी और को रख लो।"

"अभी उसका पाँचवाँ महीना है...फिर मेरे पैसों से ही जचगी का ख़र्च निकलेगा।"

"उसका आदमी?"

"वह निकम्मा है...पीकर पड़ा रहता है।"

नीना दहलीज़ के पास रखे हुए स्टूल पर बैठकर जूते उतारने लगी। अपने दाहिने पैर की जुराब उतारते हुए उसे इमला के बढ़े हुए पेट का ख़याल आया। मकर संक्रान्ति की शाम में वह तिल्ली के लड्डू का डिब्बा लिये हुए मौसी के घर गई थी। मौसी ने एक लड्डू इमला को दिया और कहा, "दूसरा नहीं मिलेगा।"

"पूरा डिब्बा भरा है, मौसी।"

"इसके पेट में बच्चा है।"

फिर नीना ने इमला के पेट को छुआ था, पेट पर अपने कान को रखकर कुछ सुनना चाहा था। मौसी और इमला मुस्कराते रहे। इमला ने कहा, "आपकी लड़की बावली है।"

"आजकल गुमसुम रहती है।" मौसी बोली, "क्या बड़ी हो गई है?"

"पिछले महीने में, मार्च...में इसके मैट्रिक के इम्तहान हैं।"

"मैं भी पढ़ना चाहती थी।"

"तब पढ़ती रहती...इतनी छोटी उम्र में शादी भी कर ली।"

"बाप पियक्कड़ था और नवरा भी पियक्कड़ निकला।"

"नवरा का मतलब?" नीना ने पूछा।

"इसका पति...तुम्हें उसके रिक्शे में ही अपने सेंटर तक जाना है।"

"यह किशन भैया की औरत है।"

"हाँ...पर उससे बहुत छोटी है...अभी बीस की भी नहीं होगी।"

मौसी का घर गली में था। गली के दूसरे छोर पर अमलतास के पेड़ से सटा हुआ दत्त मन्दिर। वहीं बेंच पर चार-पाँच बूढ़ी औरतें बैठी थीं। वे रोज़ ही वहाँ बैठे-बैठे कुछ देर तक ज्ञानेश्वरी का पाठ किया करते थे। नीना ने गली पार करते हुए जनवरी के आसमान की तरफ़ देखा। परिन्दे लौट रहे थे। इक्का-दुक्का तारे निकल आए थे। एक अधेड़-सा आदमी लैम्पपोस्ट के उजाले में लिफ़ाफ़े पर लिखा पता पढ़ रहा था।

"यहाँ बापट का मकान कौन-सा है?"

"मुझे नहीं मालूम।"

"इधर आ...मैं बताता हूँ..."

वह अधेड़ हँस रहा था। नीना अपने घर की तरफ़ भागने लगी। वह डर गई थी। अधेड़ की आवाज़ और हँसी में कुछ अश्लील-सा, अजीब-सा था जिसने नीना को डरा दिया था।

नीना अपने घर की तरफ़ दौड़ रही थी और उसके पीछे-पीछे उस अधेड़ की बेशरम हँसी और अश्लील आवाज़। अपने घर पहुँचते ही वह माँ से उस अधेड़ की शिकायत करेगी। फिर देखूँगी कि माँ के सामने कैसे हँसता है? और मौसी से पाला पड़ेगा तो हँसना ही भूल जाएगा। पर बताने से उस पर भी मुसीबत आ सकती है। इतनी देर से कहाँ थी? क्या अन्धी है कि अँधेरा नज़र नहीं आता? सीने पर दुपट्टा ठहरता ही नहीं। क्या जवान होती लड़कियाँ इतना खिलखिलाकर हँसती हैं?

नीना ने हाँफते हुए गेट खोला। गेट पर मधुमालती की लताएँ थीं। दादी दहलीज़ के क़रीब कुर्सी पर बैठे हुए कोई किताब पढ़ रही थी।

"कहाँ गई थी?"

"मौसी को तिल्ली के लड्डू देना था।"

"तेरी माँ नहीं जा सकती थी...देवयानी...बाहर अँधेरे में बच्ची को भेज दिया।"

"अम्मा...तुम भी हद कर देती हो...कौन-सा दूर गई थी।"

"पर अँधेरा घिर आया है।"

"इतनी देर क्यों लगी?"

"वहाँ इमला थी...मैंने उसके पेट के पास अपना कान रखा था।"

"मौसी ने डाटा नहीं?" माँ ने पूछा।

"इमला हँस रही थी।"

"क्या कुछ सुनाई दिया था?"

नीना ने सोचा कि उसे इमला के पेट से आती आवाज़ के बारे में नहीं, उस अधेड़ की अश्लील आवाज़ के बारे में माँ को बता देना चाहिए। हो सकता है कि वह अधेड़ कभी उसके पीछे लग आए। उसके पास साइकिल है। वह शायद कूरियर की डाक बाँटता है। रहने देती हूँ। अम्मा से नहीं, मौसी से कहूँगी। इस वक़्त अम्मा से कहा तो फिर अम्मा और दादी का युद्ध छिड़ जाएगा। वैसे भी मुझे लेकर दोनों लड़ते ही रहते हैं। एक को लगता है कि मुझे निडर बनना चाहिए और दूसरी को लगता है कि मुझे डरपोक बनी रहना चाहिए। बाबा सोचते हैं कि उन दोनों की कभी भी नहीं पटी। नीना सिर्फ़ एक बहाना है। वे एक-दूसरे को पसन्द नहीं कर ले। दादी अध्यापन के लिए बाहर रहती रही। और हाल ही में हमारे साथ रह रही है। दादी का अपना सोचना है और अम्मा का अपना। दादी के अपने अनुभव हैं और अम्मा के अपने। अम्मा की अपनी दुनिया है और दादी की अपनी।

"इमला का बच्चा कहाँ पैदा होगा?"

"अस्पताल में।"

"मिसेज दलाल के नर्सिंग होम में।"

"वे ग़रीब लोग हैं...उनके पास इतना पैसा कहाँ से आएगा?" माँ ने कहा।

"ग़रीब लोगों के बच्चे कहाँ पैदा होते है?"

"सरकारी अस्पतालों में...उनकी अपनी झोंपड़ियों में।"

"यह है पैसे की महिमा।" नीना ने मन-ही-मन कहा इसीलिए दादी एक-एक रुपये का हिसाब रखती हैं। अम्मा एक डायरी में रोज़ ही घर के ख़र्च उतारती हैं। बाबा गैस पर पानी गरम करने पर गंज पर ढक्कन लगाने के लिए कहते हैं। मौसी रद्दी ख़रीद रहे छोटे-छोटे ग़रीब लड़कों से भाव-ताव करना नहीं भूलती।

एक दिन उसे भी किसी डायरी में दूध, सब्ज़ी-भाजी, अख़बार, लांड्री, फल और फूल ख़रीदे जाने को उनकी क़ीमत सहित उतारना पड़ेगा। दादी अभी से

आइसक्रीम, चॉकलेट, पेंसिल, पेन, रबर और क्रेपपेपर का हिसाब-किताब रखने के लिए कहती हैं। "मैं जब और बड़ी हो जाऊँगी तब अपने लिए संतरे ख़रीदा करूँगी।" नीना ने अपने दिल्ली प्रवास के वक़्त, ट्रेन की खिड़की से संतरे के क़तार में आते बग़ीचों को देखा है।

पिछले नवम्बर में वह दादी और बाबा के साथ दिल्ली गई थी। दादी को वहाँ के किसी प्रसिद्ध होमियोपैथ को दिखाना था। अम्मा पहले दिल्ली हो आई थीं और डॉक्टर को दादी की बीमारी और उससे जुड़े पेपर सौंप आई थीं।

"उनका क्लिनिक निजामुद्दीन औलिया के मकबरे के पास ही है।" माँ बता रही थीं।

"ये औलिया और मकबरा क्या है?" नीना ने पूछा।

"संत और समाधि के लिए उर्दू के शब्द।" दादी ने कहा।

दादी को कितना कुछ पता है। इस उम्र में भी पढ़ती रहती हैं। घर में उनका अपना कमरा है और लकड़ी की रैक पर उनकी अपनी किताबें। वहीं छोटी-सी स्कूली डेस्क और कुर्सी रखी है। डेस्क के ऊपर की दीवार पर वैनगॉग के एक चित्र का प्रिंट फ्रेम में जड़ा हुआ टँगा है।

"क्या वहाँ लोग सिर्फ़ आलू ही खाते थे?"

"वे लोग गाँव के ग़रीब लोग थे।"

"और वैनगॉग?"

"वह भी ग़रीबी में रहा...ग़रीब लोगों के बीच ही रहा था।"

"तुम क्या बचपन से पढ़ती रही हो?"

"मेरे घर में एक भी किताब नहीं थी...तेरे दादा को पढ़ने का शौक़ था... लेकिन आजकल श्रीकान्त उनके साथ ही पब्लिक लाइब्रेरी जाने लगा था...लेकिन आजकल श्रीकान्त फ़ालतू किताबें ज़्यादा पढ़ता है।"

"बाबा को पेड़-पौधों का बहुत ज्ञान है।"

"तेरे दादा उसे जंगलों में, बग़ीचों में अपने साथ घुमाने ले जाते थे।"

"बाबा तुम्हारे साथ ज़्यादा नहीं रहे?"

"मेरे ट्रांसफर होते रहते थे।"

"तुमको अकेले डर नहीं लगता था?"

"शुरू में लगता था...फिर अकेले रहने की आदत-सी हो गई।"

इस तरह दादी ने अपने उन दिनों के बारे में, अपने स्कूलों, छात्रों सहकर्मियों और सरोकारों के बारे में बताना शुरू किया था।

रात में जब नीना दूध का गिलास लेकर दादी के पास गई तो उसने सोचा कि उसे उस अधेड़ की अश्लील हरकतों के बारे में बता देना चाहिए। दादी ने जान लिया तो माँ उसे चौराहे तक भी नहीं भेजेगी। उसे दूध-डेयरी के उस बूढ़े की लगातार घूरती निगाहों से मुक्ति मिलेगी। दही नापता रहता है पर ध्यान नीना के सीने के उभारों पर रहता है। माँ से बताया, तो कहने लगी कि ऐसा हो ही नहीं सकता, वह ख़ुद बचपन से उस डेयरी में जाती रही है। बाबा जी योग सिखाते हैं, दुर्गा के भक्त हैं।

"आप उसे डरपोक बना रही हैं।" माँ चिढ़ जाती है।

"अब वह बच्ची नहीं रही।" दादी कहती है।

"वह अकेली जवान नहीं हो रही है।"

"ज़माना ख़राब चल रहा है।"

"लड़कियों के लिए ज़माना ऐसा ही था।"

"तुम बहस करने लगती हो...मैं श्रीकान्त से बात करूँगी...तुम्हारे घर में यह सब चलता होगा...यहाँ वह सब नहीं चलेगा।"

"मैं पन्द्रह साल से यहाँ रह रही हूँ...आप ख़ुद यहाँ नहीं रहीं..."

और फिर देर तक सास और बहू की बहस चलती रहेगी। उसका विज्ञान और गणित के लिए मोतीबाग तक जाना भी रोका जा सकता है। स्कूल में तो गणित ज़रा-सा भी समझ नहीं आया। सिस्टर रैचल के ट्यूशन का ही सहारा है। भले ही शाम के अँधेरे में, उसे गणित के लिए चर्च कम्पाउंड के भीतर जाना ही पड़ेगा।

कभी चर्च का वह इलाक़ा आबाद रहा करता था। तब भाप के इंजन से रेलगाड़ियाँ चला करती थीं। लोको शेड में चौबीसों घंटे काम चलता रहता और पड़ोस की रेलवे कॉलोनी में चहल-पहल बनी रहती। रेलगाड़ियाँ इलेक्ट्रिक इंजनों से चलने लगीं और लोको शेड, उसके पड़ोस की रेलवे कॉलोनी उजड़ती चली गई। धीरे-धीरे कर्मचारियों को यह इलाक़ा छोड़ना पड़ा। अंग्रेज़ों के जमाने के मकान टूटते गए। मकानों के खँडहर खड़े होते गए। पेड़ कटने लगे। बग़ीचे नहीं रहे। वर्कशॉप की विशालकाय संरचना की जगह भुतहा खँडहर खड़ा हो गया।

दादी नहीं चाहती हैं कि ऐसे उजाड़ और वीराने को पार करते हुए नीना सिस्टर रैचल के घर ट्यूशन के लिए जाए पर माँ को कोई दूसरा रास्ता नज़र नहीं आता। माँ को अपने इस इलाक़े में बरसों से रहने का विश्वास है और दादी को नहीं। बाबा बीच में नहीं बोलते। उनकी नीना की पढ़ाई में उतनी दिलचस्पी भी नहीं है। वे ख़ुद अपना ज़्यादातर वक़्त दोस्तों के बीच गपशप करते हुए, सस्ते अंग्रेज़ी उपन्यासों के बीच गुज़ारते हैं।

सिस्टर रैचल से उसे गणित और विज्ञान पढ़ता तो अच्छा लगता ही है पर उसे साइकिल पर चढ़े हुए, रास्ते के दोनों तरफ़ खड़े नीलगिरि के पेड़ों पर उतरतीं सर्दियों की शामें भी बहुत अच्छी लगती हैं।

सिस्टर रैचल का छोटा-सा घर भी जिसकी दीवारों पर गहरे रंग की पोशाक में मरियम की तसवीर रहती है, जीसस की छोटी-सी प्रतिमा। सिस्टर रैचल का युवा, मासूम, साँवला और दक्षिण भारतीय चेहरा, उनकी महीन आवाज़, उनके घर की कॉफ़ी और केले के चिप्स भी हैं जो नीना को बराबर प्रभावित करते रहते हैं।

सिस्टर रैचल के घर की सफ़ेद दीवारों पर टँगी तसवीरों का ख़याल ही था कि नीना ने अपने दिल्ली प्रवास में, आधुनिक कला संग्रहालय से अमृता शेरगिल और जामिनी रॉय के चित्रों के प्रिंट्स ख़रीदे थे और उनको मढ़ाकर अपने घर में लगाया था।

सिस्टर का पूरा शरीर एक तरह के चोग़े में ढका रहता है। इस शहर की गर्मियों में उन्हें तकलीफ़ होती होगी। वे सुबह अपने घर के आसपास के पेड़-पौधों पर पानी डालती हैं। अपना नाश्ता तैयार करती हैं। चर्च से जुड़े प्रेस का कुछ काम करती हैं और उसके बाद उनको गणित और विज्ञान की चार-पाँच क्लासेज लेनी पड़ती हैं। नीना सोचती है कि सिस्टर को रात के वक़्त ही थोड़ा-सा चैन, हल्की-सी तसल्ली मिल पाती होगी।

"आपको अपना गाँव और घर याद आता होगा?"

"किसे याद नहीं आता नीना...बचपन जहाँ बीतता है उसका कुछ भी, कभी भी नहीं छूटता है।"

"आपके माता-पिता?"

"दोनों नहीं रहे...मैं अनाथालय में पली हूँ।"

"और आपका कोई भी नहीं है?"

नीना के इस सवाल का सिस्टर ने कोई भी जवाब नहीं दिया था। सिस्टर के बचपन से ही अनाथ हो जाने की बात से नीना को अपने घर की याद आ गई। अम्मा तुलसी के चौरे के पास खड़ी होंगी। वहाँ दीया जल रहा होगा। दादी वहीं कहीं शॉल ओढ़े हुए चहलक़दमी कर रही होंगी। बाबा कॉफ़ी हाउस में अपने दोस्तों के साथ बैठे होंगे। बाबा की किताबों के कवर पर अधनंगी, गोरी और चंचल लड़कियों की तसवीरें रहती हैं। क्या-क्या लिखा होता होगा, उन किताबों में, जिन्हें बाबा देर रात तक टेबल लैम्प के उजाले में पढ़ते रहते हैं।

"तुम अपनी किताबों पर कवर क्यों नहीं चढ़ा लेते?" दादी कहती हैं।

"क्यों?"

"नीना बड़ी हो रही है।"

"तुम भी कमाल करती हो अम्मा।"

"तुम्हारा दोष नहीं है...तेरी कोई बहन नहीं रही।"

"तुम दोनों मिलकर नीना को बरबाद करोगे।"

"और तुम?"

"मैं उसे रोकता-टोकता तो नहीं।"

"तुम्हारे पास घर के लिए वक़्त ही कहाँ रहता है।" माँ कहती हैं।

"इसीलिए मैं घर में नहीं रहता...तुम दोनों हमेशा ही चिड़चिड़ाती रहती हो।"

"मैं तो जाने वाली हूँ...बिटिया तुम्हारी है...अब कुछ नहीं कहूँगी...मुझे इस घर में लौटना ही नहीं था...मैं दीदी के पास चली जाऊँगी..."

दादी का रोना, बड़बड़ाना शुरू हो जाता है। बाबा बाहर निकल जाते हैं और अम्मा रसोई में। नीना दादी के पास बैठ जाती है। तब ही उसे दादी की उस बड़ी बहन के घर की याद आती है जहाँ दादी की बड़ी और बूढ़ी बहन, अपने बहू-बेटे और नाती-नातिन से अलग-थलग अकेले मकान में अकेली रहती हैं।

"दादी अकेले क्यों नहीं रहती हैं?"

"वह हमेशा से ऐसे ही रहीं...जीवन भर पढ़ाती रहीं...रिटायर होने पर छोटा-सा मकान ख़रीद लिया...कभी-कभार अपने बच्चों के घर चली जाती हैं...कभी बच्चे उनके पास चले जाते हैं।"

"उन्हें इस उम्र में अकेले रहने में डर नहीं लगता," नीना पूछती है।

"उनसे ही पूछना...तेरी परीक्षा के बाद हम दोनों कुछ दिनों के लिए वहीं चले जाएँगे।"

दादी धीरे-धीरे रोती रहती हैं। नीना उनके एकदम क़रीब चली जाती है। अपनी दादी के हाथ को छूते-सहलाते हुए नीना की समझ में आता है कि लोग एक-दूसरे के साथ, एक छत के नीचे रहते ज़रूर हैं लेकिन एक-दूसरे को पसन्द नहीं भी करते हैं। हर आदमी कितनी-कितनी बातों से, कितनी छोटी-छोटी बातों से आहत होता चला जाता है, दुखी बना रहता है और इन सबके बीच सोता-जागता है, खाता-पीता है, घर में रहता है, घर के बाहर निकलता है।

कितने लोग कितने ही कारणों से कम-ज़्यादा उदास बने रहते हैं, दुखी होते चले जाते हैं, अकेलेपन और ख़ालीपन का बोझ ढो रहे होते हैं और आकाश में तारे हमेशा की तरह चमकते हैं, पेड़ों पर परिन्दे उतरते हैं, पहाड़ों पर धूप, नदियों पर चाँदनी और पृथ्वी पर रात और दिन। सृष्टि का अपना सिलसिला जारी रहता है। प्रकृति की अपनी लीला चलती रहती है।

नीना सोचती है कि ईश्वर इतना कुछ देखते-देखते बुरी तरह थक जाता होगा। घोड़े बेचकर सोता रहता होगा।

"ईश्वर सोता कहाँ होगा?" वह माँ से पूछती है।

"तेरी परीक्षा नज़दीक आ रही है।"

"पढ़ती ही तो रहती हूँ।"

"तेरा ध्यान कहीं और रहता है।"

"तुम्हारा भ्रम है।"

"तेरी मौसी कह रही थी।"

"वह आख़िर तुम्हारी बहन है।"

"दादी भी बता रही थीं..."

और तब नीना को लगता है कि उसे इसी वक़्त माँ को उस अधेड़ के अश्लील इशारों के बारे में, कार्नीवाल मैदान में उसे छेड़ते लड़कों को लेकर बता ही देना चाहिए। माँ ने सुना तो वह उसे अपने पिछले कई दिनों से आते स्वप्न को भी बताएगी। अभी माँ ख़ाली हैं। घर के कपड़ों को इस्त्री कर रही हैं। दादी अपनी दुपहर की नींद

के साथ। बाबा अपने बैंक में। मौसी अपने अन्धे छात्रों का पीरिएड ले रही होंगी और इमला? और इमला के पेट में पल रहा बच्चा इस वक़्त क्या कर रहा होगा?

"पेट में अँधेरा रहता है...बच्चे को डर लगता होगा।"

"नीना...अपनी किताब निकाल और पढ़ना शुरू कर...दिन-पर-दिन बावली होती जा रही है...परीक्षा के बाद मौसी तुझे पूना ले जाएगी।"

माँ को नहीं, मौसी को अपना सपना बताऊँगी।...कैसे वह स्वप्न में बहती नदी पर बँधे पुल की रेलिंग पर अपने दोनों हाथ टिकाए खड़ी रहती है। नदी का पानी चट्टानों से टकराता है। दूर-दूर तक सिर्फ़ पानी और सिर्फ़ पानी नज़र आता है। तभी कोई पीछे से आता है। उसकी टाँगों को पकड़कर, उसे नदी में धकेल देता है। वह डूबते-डूबते चीख़ती-चिल्लाती है और वह अधेड़ आदमी हँसता रहता है। तब उसे बहते पानी की नहीं, पानी के चट्टानों से टकराने की नहीं, कूरियर का नीले रंग का झोला लिये उस अधेड़ के हँसने की आवाज़ आती है।

"ऐसा आपने क्यों किया?" नीना पूछती है।

"तुम उस दिन आई क्यों नहीं?"

"मुझे डर लग रहा था।"

"अब तुम्हें मौत का डर नहीं लग रहा?"

इस तरह नीना नदी में डूबती और डूबती चली जा रही है। शाम का अँधेरा। सर्दियों के दिनों का अँधेरा नदी पर तैरने लगा है। एक हँसी है जिसे नीना मरते-मरते भी महसूस कर रही है।

नीना को याद आया कि उसके स्वप्न में नदी का जो इलाक़ा, नदी का जो हिस्सा नज़र आता है, वह होशंगाबाद के पास की नर्मदा का है। नर्मदा के इस हिस्से को उसने दिल्ली जाते हुए, दिल्ली से लौटते हुए देखा था। सर्दियों की सुबह का वक़्त था। दादी ने ट्रेन की खिड़की से नदी में कुछ सिक्के फेंके थे।

"नर्मदा की भी महिमा होती है।" बाबा बोले।

"गंगा ख़ुद साल में एक बार नर्मदा स्नान करती है।"

"क्या किसी ने देखा है?" बाबा हँसते हैं।

"ऐसी चीज़ें दिखती नहीं...पूरी दुनिया में सिर्फ़ नर्मदा नदी की ही परिक्रमा की जाती है।"

"उससे क्या होता है?" नीना पूछती है।

"पुण्य मिलता है।"

"और पुण्य क्या होता है?"

"तुम अभी छोटी हो...पाप और पुण्य को धीरे-धीरे समझोगी...यह सब बड़े लोगों को भी समझ में नहीं आता...तेरे बाबा को ही देख...गंदी-गंदी अंग्रेज़ी किताबों ने इनका दिमाग़ ख़राब कर दिया है।" दादी कहती हैं।

और तभी ट्रेन के उस कम्पार्टमेंट में नीना ने बाबा की एक किताब के कवर पर लेटी अधनंगी तस्वीर थी। कितनी गोरी है यह लड़की। फिरंगी होगी। देह का कितना कम हिस्सा ढका हुआ है। क्या इसकी कोई दादी या अम्मा नहीं, जो इसे अपने सीने पर दुपट्टा डालने के लिए टोकती रहे।

"यह सब हमारे संस्कार हैं।" माँ कहतीं।

"वे भी तो इनसान ही हैं।"

"उनकी अपनी संस्कृति है, हमारी अपनी।"

"और बाबा जो शराब पीते हैं?"

"नीना," माँ की यह बात और आवाज़ कह देती है कि अब उसे चुप रहना चाहिए। चुप सिर्फ़ नीना को ही रहना है। वह अभी छोटी है। उसे सवाल करने की इजाज़त नहीं है, भले ही उससे कितने ही उलटे-सीधे सवाल किए जाते हों। लड़कियों को बहुत ज़्यादा खुलकर हँसना नहीं चाहिए। उनको सोफे पर पैर फैलाकर नहीं बैठना है। दीवान पर लेटे तो पैर दीवार की तरफ़ होना चाहिए। सड़क पर निगाहें नीची होनी चाहिए। मौसी अपने पति से अलग हो चुकी हैं। उनका लड़का होस्टल में रहता है। मौसी के यहाँ उनके पुरुष दोस्त भी आते हैं। उनके ड्राइंग रूम में सिगरेट पीते हैं। इमला को सिगरेट के धुएँ से तकलीफ़ होती है। बाबा रात के वक़्त रोज़ ही अपनी ड्रिंक के लिए बर्फ़ लेने फ्रीज तक आते हैं, पर इनको कोई कैसे कह सकता है? ये सब बड़े हो गए हैं।

नीना अभी छोटी है।

"मैं कब बड़ी हो जाऊँगी?"

"तू बड़ी हो गई है।" इमला हँसती है।

"कैसे?"

"हर महीने तेरा खून जो आता है।"

"उससे क्या?"

"आईने में अपने शरीर को देखना।"

"माँ ग़ुस्सा हो जाएँगी।"

"बीबीजी जब नहीं रहेंगी तब यहाँ आना...मैं तुझे समझाऊँगी।"

"तुम्हारा बच्चा घूमता है।"

"अभी नहीं...पर जल्दी ही उसकी हलचल मालूम पड़ने लगेगी।"

इमला कितना कुछ जानती है। आठवीं तक स्कूल गई है। कहती है कि कोई आदमी कैसी निगाहों से औरत की तरफ़ देख रहा है यह औरत को पता चल जाता है। इमला को उस अधेड़ के बारे में बता सकती हूँ। अभी नहीं। वह ख़ुद ही परेशान है। ऐसी हालत में भी दो-दो घरों का सारा काम करती है। पियक्कड़ आदमी की परेशानियाँ और आने वाले बच्चे का डर और तनाव। यह उसका पहला बच्चा रहेगा।

"तेरी माँ का पहला बच्चा पेट के अन्दर ही मर गया था।" दादी ने बताया था।

"फिर?"

"उसके पाँच साल बाद तू आई...तेरे दादा बहुत खुश थे...हमने नाती-नातिन की उम्मीदें छोड़ दी थीं...तेरी माँ का बड़ा ऑपरेशन हुआ था।"

"इसलिए माँ इतनी कमज़ोर हैं।"

इस बात को सुनने की रात में नीना अपनी माँ के आसपास ही मँडराती रही थी। उसने उस रात रोज़ की तरह दादी के पास नहीं, माँ के पास सोना चाहा था। उस दिन वह अपनी माँ से सटकर सोयी थी। दो-तीन बरस पहले की वह रात नीना के लिए तसल्ली की रात रही।

"माँ को मरना नहीं चाहिए।" उसके अन्दर यह भय शुरू हुआ और बढ़ता गया। माँ ही उसका बड़ा सहारा है। दादी, बाबा और मौसी ने उसे डाँटा भी है और मारा भी है लेकिन माँ ने आज तक उस पर हाथ नहीं उठाया है।

"लड़कियों पर हाथ नहीं उठाते।"

"ये सब ग्लास मैंने बम्बई से मँगवाए थे।"

"फिर आ जाएँगे...वह वहाँ पर कैंची ढूँढ़ रही थी।"

"आजकल इसका दिमाग़ ठिकाने पर नहीं रहता।"

"तुम उस पर चिढ़ने लगे हो।"

"उसे मेरा पीना बुरा लगता है।"

"नीना...काँच अच्छी तरह चुनना...मैं झाड़ू लाती हूँ।"

आख़िर उसके पैर में काँच गड़ ही गया था। वह नर्वस हो गई थी। उसके हाथों काँच के गिलासों के टूटने पर बाबा का चीख़ना-चिल्लाना था या स्कूल के प्रोजेक्ट का पूरा न होना, इन दिनों बाबा की चिड़चिड़ाहट थी या उसे आता अपने मरने का स्वप्न, कोई चीज़ ज़रूर थी जो उसके अवसाद को गहरा करती जा रही थी। वे जनवरी के आख़िरी दिन थे और मार्च की शुरुआत में इम्तहानों को शुरू होना था।

उस सुबह माँ और बाबा ने मिलकर नीना के पैर पर पट्टी बाँधी थी। बाबा के हाथ नीना के बालों को सहलाते रहे थे। बाबा का सहलाना बन्द न हो इसीलिए भी वह झूठमूठ का रोना रोती रही थी। उस दिन स्कूल में ख़बर करने की ज़िम्मेवारी बाबा ने ली थी। माँ ने उसे एक नहीं, तीन-तीन तिल्ली के लड्डू दिए थे। उस रोज़ दादी भी उसे बहलाती-फुसलाती रही।

बाबा ने उसे बैंक से फ़ोन किया था।

कई-कई दिनों के बाद, वह नीना के लिए तसल्ली का दिन रहा था। शायद यही वह तसल्ली थी जिसका अभाव, उसके पिछले दिनों के ख़ालीपन का, पिछले दिनों के संताप का कारण रहा होगा। उस दिन अपनी खिड़की से अपने गेट पर छाई मधुमालती की लताओं को देखना सुख था, तो माँ के हाथों अपने बालों का सँवारा जाना भी। उस दिन मौसी के साथ इमला भी घर आई थी। नीना ने देर तक अपने एक कान को इमला के पेट से सटा रखा था। शाम को बाबा अपने साथ कैंची लाए थे और उसका क्राफ्ट का प्रोजेक्ट तैयार करने लगे थे। उस दिन और बहुत दिनों के बाद उसी दिन, दादी ने उसे महाभारत के कुछ दिलचस्प प्रसंग सुनाए थे। फिर जनवरी का वह सुनहरा दिन बीत गया।

उसके बाद भी दिन पर दिन बीतते चले गए। इम्तहान हुए। नतीजा निकला। वह कॉलेज जाने लगी। इमला के यहाँ लड़का हुआ। दादी बीमार रहने लगीं। बाबा ने शराब पीना छोड़ दिया। माँ और मौसी उर्दू सीखने के लिए जाने लगीं।

और इस तरह नीना बड़ी होती गई।

अगस्त और अतीत

“जीवन की भी क्या बात है।” बाबा कहा करते थे।

अगस्त और बारिश की इस सुबह में ईदगाह हिल्स की इस पगडंडी पर बाबा का हमेशा कहा जाने वाला यह वाक्य तब याद आया जब मैं एक बन्दरी को अपने बच्चे को लिपटाए हुए एक पेड़ से दूसरे पेड़ पर जाते हुए देख रहा था। पगडंडी, पेड़, मकानों की छतें, पहाड़ी चट्टानें बारिश के दिनों का गीलापन लिये हुए थी। वहीं से दूर खड़ा शहर का बड़ा तालाब नज़र आ रहा था। पुराने शहर का पुराना तालाब।

बाबा का बरसों पहले कहा गया यह वाक्य इस समय क्यों याद आया? मैं इस वाक्य के आसपास के वाक्यों को इसके सन्दर्भों, परिवेश और पड़ोस को भूल चुका हूँ। कभी-कभी बाबा अपनी बातचीत में दार्शनिकता ले आया करते थे। अब याद आ गया। वे दादी को भक्त और भगवान के रिश्तों को समझाते वक़्त बन्दर और बिल्ली के अपने बच्चों को सँभालने के तरीक़ों का उदाहरण दे रहे थे। मेरे बचपन से मेरे जवान होने तक घर में दादी ही रहीं। माँ मेरे बचपन में ही चल बसी थी। दादी ने ही मुझे और छोटी बहन को पाल-पोसकर बड़ा किया था। अपनी मृत्यु तक वह हमारे ही साथ रहीं। पहले वे मरीं और फिर बाबा नहीं रहे। तब तक बहन का विवाह हो चुका था और वह एक दूसरे शहर में बसे अपने ससुराल में चली गई थी।

बाबा अपने आख़िरी दिनों तक हमारे शहर की सौ साल से भी ज़्यादा पुरानी बेकरी में सेल्समैन रहे। इस बेकरी का मालिक एक आर्मेनियन यहूदी था। सत्तर के आसपास पहुँचते-पहुँचते वह अपने परिवार के साथ अपनी मातृभूमि में लौट गया। अपने देश लौटने के कुछ बरसों पहले ही उन्होंने बाबा को अपना पुराना स्कूटर, मुझे अपनी रेसिंग साइकिल और बहन को बायस्कोप और दूरबीन दे दी थी। बाबा उसी स्कूटर से बेकरी का सामान ख़रीदने के लिए बाज़ार जाते रहे, बैंक

और रेलवे स्टेशन जाते रहे और मैं उनकी साइकिल से ही पहले-पहले स्कूल और बाद में कॉलेज जाता रहा था।

उस वक़्त हमारे शहर में न इतनी गाड़ियाँ थीं और न इतने सारे लोग। उन दिनों में कोलाहल भी कम हुआ करता था और प्रदूषण भी। पुराने शहर में ताँगे और रिक्शे चला करते थे। यह उन्नीस सौ सत्तर के आसपास का दौर था। हम गेहूँ के लिए अमेरिका के भरोसे रहा करते थे। अच्छी घड़ियाँ स्मगलिंग से बाज़ार में आती थीं। स्कूटर ख़रीदने के लिए घर में टेलीफ़ोन लगवाने के लिए नम्बर लगवाना पड़ता था। वह इस देश का कोई दूसरा ही वक़्त रहा था।

बाबा अपना स्कूटर शुरू करने के पहले एक निगाह बरामदे में टँगे तोते के पिंजरे पर डालते। उसके लिए कटोरी में पानी और खाने की कोई चीज़ रख देते। लेटर-बॉक्स से अपने लिए आई चिट्ठियाँ, अख़बार या पत्रिकाएँ निकालते। दादी दहलीज़ पर खड़ी रहतीं। लौटते वक़्त क्या-क्या लाना है। क्या-क्या करना है यह बताती रहतीं। फिर बाबा मेरी पढ़ने की मेज़ तक आते। मेरे कन्धों या बालों को सहलाते। साइकिल ठीक से चलाने और स्कूल की कैंटीन से ही कुछ खाने की हिदायतें देते।

बहुत पहले माँ यह सब कहा करती थीं। माँ नहीं रहीं और बाबा ने माँ की जगह ले ली। मेरे लिए दूध बाबा ही गरम करते थे। मेरे कपड़ों को इस्त्री करना, विज्ञान और क्रॉफ्ट के मेरे स्कूली प्रोजेक्ट्स में मेरी मदद करना। मेरे साथ सर्कस और रामलीला देखने के लिए जाना बाबा के ही कामों में आता था। घर में बाबा के अलावा दादी, राधा और अम्मा के दिनों की नौकरानी देवकी रहा करती थी। राधा मुझसे पाँच बरस छोटी थी। और अम्मा की मौत के वक़्त उसने प्राइमरी स्कूल में जाने की शुरुआत की थी।

"मुझे लगता है कि तुम्हें अपनी माँ के न होने का अभाव खलना नहीं चाहिए।"

पता नहीं बाबा ने ऐसा कुछ कभी कहा था या नहीं लेकिन उनके मन में ऐसा विचार उस वक़्त तक बना रहा जब तक मैं उन्नीस का नहीं हो गया और वे पैंतालीस-छियालीस के। दादी बूढ़ी हो रही थीं। राधा सयानी होने लगी थी। मेरे कॉलेज के दूसरे बरस में ही बाबा ने किसी रात में हमें बुन्देलखंड के आल्हा गायन के बारे में बताया ही नहीं, हमें बावन में से किसी एक उस लड़ाई के कुछ हिस्सों को गाकर भी सुनाया था जिसमें मलखान की वीरता का बहुत ज़्यादा बखान किया गया था।

"आपने यह सब कब सुना था," राधा ने पूछा।

"उन दिनों इस शहर में बिजली का बहुत बड़ा कारख़ाना खड़ा किया जा रहा था। मैं अपने कुछ दोस्तों के साथ पुलिया पर बैठे हुए गपशप करता रहता और क़रीब ही मज़दूरों का एक ग्रुप आल्हा सुनता रहता। मैं वहाँ रोज़ ही जाने लगा। एकाध बार गाने वाला नहीं आया तो मैंने भी कुछ हिस्से पढ़े थे।"

"यह सब लिखा हुआ भी है?" मैंने पूछा था।

"बिलकुल। अपने ही यहाँ इसका एक खंड था, तुम्हारी अम्मा के लिए ख़रीदा था।"

"अम्मा ने पढ़ा था?" मैंने पूछा था।

"शायद नहीं...उसे जंगलों के बारे में, शिकारियों के बारे में पढ़ना अच्छा लगता था...कॉन्वेंट की पढ़ी हुई थी...अंग्रेज़ी की किताबें अच्छी तरह पढ़ लेती थी।"

"जिम कार्बेट की एक किताब पर उनका नाम है किसी ने उन्हें उनके जन्मदिन पर दी थी।" मैंने बताया था।

"उसे जंगलों में जाना अच्छा लगता था। तुम दोनों जब छोटे थे तब हम लोग बांधवगढ़ के जंगलों में गए थे।"

"मुझे याद है, मैंने हाथी पर बैठकर शेर को मांस खाते हुए देखा था।"

"तुम्हारी माँ को घूमने का बहुत शौक़ था। मुझे घूमने और पढ़ने की आदत उसने ही लगाई..."

बरसों पहले बाबा माँ के बारे में यह सब बता रहे थे और बरसों बाद मैं माँ को हमारे घर की बालकनी में रखी हुए आरामकुर्सी पर बैठे पढ़ते हुए देखता हूँ। यह दुपहर का समय रहता था। मैं स्कूल से लौटता था। लकड़ी की सीढ़ियों पर चढ़ते हुए मुझे किताब, चश्मे और पेंसिल के साथ अम्मा नज़र आती हैं। वह कठिन शब्दों के अर्थों को हिन्दी में किताब पर ही लिख दिया करती थीं ताकि उनके बाद पढ़ने वाले किसी पाठक को समझने में सहूलियत मिल सके।

कितनी अजीब बात है। अपने मरने के बरसों बाद भी हमारे माँ-बाप, कितने अलग-अलग रास्तों से कैसे-कैसे अँधेरे गलियारों से होते हुए हमारे पास लौटते रहते हैं। उनका लौटना हमारे लिए कितनी बड़ी तसल्ली बनता है और कितना बड़ा त्रास। वे कभी उनके हमारे जीवन में होने की याद दिलाते हैं तो इस बात की

याद भी कि हम वैसा जीवन जी नहीं रहे हैं, जैसा उन्होंने चाहा था, जिसका स्वप्न हमारे बचपन में उन्होंने देखा था। और इस तरह माँ और बाबा का लौटना मुझे अपने अकेलेपन में ढकेलता है। मुझे अपनी पत्नी और अपने उन दो बच्चों की याद सताने लगती है जो पिछले चार बरसों से मुझसे अलग होकर इसी शहर में, एक दूसरे मकान में रह रहे हैं।

कभी-कभार अपनी शाम की सैर के वक़्त में उतरती रात के समय, उस घर के दरवाज़े और खिड़की की तरफ़ अपनी निगाहें ठहराता हूँ जहाँ मेरी पत्नी रहती है, मेरे दो बच्चे रहते हैं, उस वक़्त मेरे साथ यह उम्मीद बँधी रहती है कि दूर से ही सही, पर मैं अपने बड़े होते बच्चों को देख सकूँगा। अब मेरी बिटिया बीस पार कर चुकी है और मेरा बेटा उन्नीस का हो चुका है। पता नहीं वह क्यों हुआ, यह सब कैसे हुआ कि अपने किशोर जीवन को पार करते ही, मेरे दोनों ही बच्चों ने मुझसे दूर होकर, अपनी माँ के साथ रहने का फ़ैसला कर लिया। अपने अतीत में झाँकता हूँ तो अपनी ढेर-सी भूलों, अपनी ही ग़लतियों और कमज़ोरियों का ख़याल आए बिना नहीं रहता। पर इन भूलों को, ऐसी भूलों को माफ किया जा सकता था। इस तरह की भूलें हर आदमी से कभी-न-कभी हो ही सकती हैं। और इससे उसके परिवार का जीवन प्रभावित हुए बिना नहीं रह सकता है। मेरे जीवन में ऐसा भी एक वक़्त रहा कि मैं दिन में ही शराब के नशे में डूब जाता था, नौकरी पर जाता ही नहीं था इसलिए तनख्वाह ही नहीं मिलती थी। इन सबसे मेरा अपना जीवन, अपना परिवार, मेरे आसपास का जीवन और लोग ज़बरदस्त रूप से प्रभावित भी हुए थे।

पर यह भी सच है कि मैंने बहुत जल्दी ही अपने आपको सँभाल भी लिया, शराब और सिगरेट छूट गई। मैं नियमित रूप से नौकरी पर जाने लगा, और धीरे-धीरे मेरा लिया गया क़र्ज़ भी कम होता जा रहा था। इतना है कि इसमें वक़्त ज़रूर लगा। मेरी पत्नी के पिता और भाई ने इस बात को अपनी प्रतिष्ठा का प्रश्न बना लिया और उसे और बच्चों को हमेशा अपने ही पास रखने का कड़ा निर्णय ले लिया। मैंने उनको बहुत समझाया। मैं उनके सामने बहुत ज़्यादा गिड़गिड़ाया भी लेकिन आख़िरी तक वे नहीं माने। बाद के दिनों में उन्होंने क़ानून का सहारा लिया और तब तक वैसे भी मेरी हार हो चुकी थी। और मैं स्वयं ही उस यातना और यंत्रणा से मुक्त होना चाहता था। माँ-बाबा होते तो उसका बहुत ज़्यादा दुख मिलता और फिर

उनकी ख़ातिर भी मैं शर्मिंदा होता, और ज़्यादा पछतावे में डूबता, और ज़्यादा थक जाता, और किसी-न-किसी तरह का समझौता कर ही लेता। इतने लम्बे वैवाहिक जीवन में पत्नी ने सिर्फ़ मेरी कमज़ोरियों, मेरे पतन, मेरी पराजय और मेरे पापों को ही जाना था तब आगे भी वह मुझे उसी निगाह से देखती रहती।

फिर मैं दूसरों के लिए नर्क नहीं रचना चाहता था। दूसरों के दुख का कारण नहीं बनना चाहता था। और इस तरह तलाक़ हो जाने के डेढ़ साल बाद मैं कुछ महीनों के लिए अपने शहर से दूर, एक दूसरी जगह पर नौकरी के लिए चला गया। वह छोटा-सा क़स्बा था। वहाँ शान्ति और एकान्त मिला। वहीं मैंने कविताएँ पढ़ने और कविताएँ लिखने की शुरुआत की, धीरे-धीरे मेरा मन कवियों और कविता के जीवन में रमने लगा। तीन-चार बरसों के बाद मुझे थोड़ा-बहुत लिखना आ भी गया था। मैं नोटबुक पर अपनी कविताओं को बार-बार काटते हुए उतारने लगा, धीरे-धीरे पच्चीस-तीस कविताएँ तैयार हो चुकी थीं। मैंने उन कविताओं को साधारण डाक से वापसी के लिए टिकट लगा ही कुछ ऐसा है, एक के बाद एक आती-जाती हैं। जुड़ती जाती हैं और उसका एक सिलसिला-सा, कारण-सा बनने लगता है।

सुबह-सुबह सैर पर निकलते वक़्त किसने सोचा था कि बन्दरों का एक परिवार, मुझे मेरे परिवारों की यादों और यातना से इस तरह जोड़ता चला जाएगा। सुबह-सुबह बरसाती निकालते वक़्त मेरे हाथ में बाबा की नीले रंग की छतरी भी आई थी और राधा के बारिश के लिए ख़रीदे गए जूते भी दिखे थे। पर तब तक कुछ नहीं हुआ था, मैंने यह ज़रूर सोचा था कि राधा को चिट्ठी लिखे हुए बहुत दिन गुज़र गए और अब जल्दी ही उसे एक पत्र लिखूँगा। इसके बाद ताजुल मस्जिद के क़रीब की सड़क से मैं यहाँ आ गया था।

ताजुल मस्जिद की विशालकाय दीवारों, उसके क़रीब खड़ी लाइब्रेरी और बेनजीर मैदान को देखकर मैं मुग़ल सल्तनत के दिनों के बारे में, मुग़ल सल्तनत के बरसों की इमारतों के खँडहरों के बारे में सोचता रहा था। मेरे मन में आ रहा था कि बुलन्द-से-बुलन्द दरवाज़ा भी एक दिन नष्ट हो जाने के कगार पर खड़ा होता है। बड़ी-से-बड़ी ज़िन्दगी को भी एक दिन मौत आती ही है। एक आदमी किसी सड़क से बरसों-बरस तक गुज़रता चला जाता है और एक दिन आता है कि वह आदमी सड़क से तो क्या, दुनिया से ही ग़ायब हो जाता है।

तभी से मेरे मन में बाबा की यह बात उतरने लगी होगी कि "जीवन की भी क्या बात है" और फिर धीरे-धीरे बाबा के वाक्य के बाद बाबा सामने आए। बाबा की दुनिया याद आई और फिर ख़ुद की दुनिया और ख़ुद के दुःख, जो इस बारिश में भीगने लगे हैं।

आदमी का दुख भीगता भी है और बढ़ता भी है। दुख को आदमी के साथ रहते-रहते और आदमी को दुख के साथ रहते-रहते न जाने कितनी सदियाँ बीत गई हैं।

मैं ही जीते-जीते बावन पार कर चुका हूँ, इसी उम्र में बाबा की मौत हुई थी। वे एक दिन के लिए भी बीमार नहीं रहे। रात में पढ़ते-पढ़ते सो गए थे। टेबल लैम्प जल ही रहा था। अधखुली किताब पर चश्मा था। कॉलेज के लिए निकलते वक़्त मैंने टेबल लैम्प बुझा दिया। उनकी किताब में बुकमार्क रखकर उसे उनकी मेज़ पर रख दिया। जाते-जाते मैंने उनके दूध के गिलास को ढकना चाहा तभी मेरी निगाहें उनके चेहरे पर ठहरीं। वे सो नहीं रहे थे। वे रात के ही किसी वक़्त में गुज़रे होंगे। बाद में डॉक्टर ने हॉर्ट अटैक से मरने का प्रमाणित किया था। वह नवम्बर की सुबह थी। दीवाली आने ही वाली थी। सिर्फ़ राधा के लिए उनके शव को दूसरी सुबह तक घर में ही रखना पड़ा था।

राधा आई थी। फूट-फूटकर रोई थी। उसके साथ मैं भी बहुत रोया था। हम दोनों ही अनाथ हो गए थे। हम दोनों पर से ही माँ-बाप का साया उठ चुका था। अब मुझे एक अलग-सी, एक दूसरी ज़िन्दगी के लिए ख़ुद को तैयार करना था। नवम्बर की उस सुबह के बाद मेरी एक और ज़िन्दगी, एक दूसरी ज़िन्दगी की शुरुआत हुई थी और शायद वही ज़िन्दगी, वैसी ही अकेली, उदास और अनाथ ज़िन्दगी अब भी मेरे साथ खड़ी हुई है, मेरे साथ सुबह को सैर कर रही है। आदमी की अपनी ज़िन्दगी चाहे वह जैसी भी रहती हो, आदमी के मरने तक उसके साथ बनी ही रहती है। वह एक पल के लिए भी उसका साथ छोड़कर नहीं जाती है। कुछ तो है जो आदमी के साथ बना ही रहता है। आदमी के प्रति वफ़ादार बना रहता है।

माँ या बाबा में से कोई भी जीवित रहता और मैं उन्हें आज सुबह की सैर के अपने अनुभवों, उन अनुभवों से लौटती रही अन्तर्दृष्टियों के बारे में बताता तो वे ज़रूर सोचते कि अब उनका लड़का बड़ा हो गया है, जीने के क़ाबिल हो चुका है, उसने जीना सीख लिया है। बाबा होते तो मेरे बालों को सहलाते। माँ होतीं तो

मुझे गले से लगा लेतीं। वे दोनों ही होते तो इन सबके बारे में हमारे बीच देर तक बातचीत होती रहती। माँ नहीं है, बाबा भी नहीं हैं, दादी गुज़र गई हैं और राधा यहाँ से मीलों दूर है, पत्नी और बच्चे इसी शहर में हैं लेकिन उनसे मेरी दूरी सबसे ज़्यादा है। अगर कोई मेरे बहुत ज़्यादा क़रीब है तो वह मैं ही हूँ। बावन पार करता हुआ सैर के लिए निकला हुआ एक अकेला आदमी।

मैं उन अकेले आदमियों में नहीं आता हूँ जो अपना परिवार ही नहीं बसाते हैं। उनका अकेलापन उनका ख़ुद का चुना गया अकेलापन होता है। उनके साथ चुनने की तसल्ली होती है। अपने ही किए गए के फल को भुगतने का साहस भी होता है और मजबूरी भी। मैं परिवार की परिधि के बाहर नहीं, परिवार के भीतर, परिवार के केन्द्र में रह चुका अकेला आदमी हूँ। मेरी व्यथा और वेदना कुछ अलग क़िस्म की है। मेरा विषाद और अवसाद एकदम अलग प्रकार का है।

कभी मेरी पत्नी मेरे लिए दूध और पानी गरम किया करती थी, मेरे कपड़ों को लांड्री तक पहुँचाया करती थी। मेरे लिए खाना बनाती थी और अब यह सब मैं ख़ुद ही किया करता हूँ। पहले कोई मेरा इन्तज़ार किया करता था और अब किसी को भी मेरा इन्तज़ार नहीं करना है। सुबह उठने से लेकर रात में सोने तक का हर काम, हर काम की ज़िम्मेदारी मेरी अपनी है, सिर्फ़ मेरी अपनी। पता नहीं मैंने यह कहाँ पढ़ा था कि एक अकेले आदमी को अपने खाने की मेज़ पर बाल नज़र आए तो उसके साथ यह तसल्ली होती है कि यह टूटा हुआ बाल उसका ही हो सकता है। कहाँ पढ़ा था, यह वाक्य? याद आ गया। वह कैथरीन मेंसफील्ड की डायरियों और पत्रों की पेंगुइन से आई पेपरबैक किताब थी। कभी घोड़ानक्कास और जुमेराती के उस इलाक़े में किताबों के लिए कितना ज़्यादा जाया करता था।

लोग ही नहीं, शहर भी पराए होते चले जाते हैं, धीरे-धीरे लोगों से ही नहीं सड़कों, गलियों और पगडंडियों से भी हमारी दूरियाँ बढ़ती चली जाती हैं, कितना कुछ छूटता चला जाता है कि याद रखना ही मुश्किल हो जाता है। बारिश के दिनों की इस सुबह में, बन्दरों का वह परिवार, मुझे कितना कुछ याद दिला गया। शायद अपने साथ अच्छी तरह रहकर ही, दूसरों के संग अच्छी तरह रहना सीखा जा सकता है।

पर हमेशा-हमेशा के लिए अपने ही साथ बने रहना शायद ही दिलचस्प और सहनीय अनुभव बन पाता होगा, मेरा ही उदाहरण लिया जा सकता है। चार बरस

पहले जब परिवार के बीच रहा करता था तब मन परिवार से अलग रहने के लिए तरसता था और अब जब उनसे दूर, उनसे अलग रह रहा हूँ तब मन उनके साथ, उनके बीच रहने के लिए मचला करता है। यही आदमी का जीवन पाने का विरोधाभास है। इसे ही शायद अंग्रेज़ी में पैरडॉक्स कहा जाता है। भूलने-भटकने का लम्बा और अन्तहीन सिलसिला निरन्तर नष्ट होता नीड़। यह भूल जाने वाला आदमी कि हर नदी के नसीब में समुद्र तक जाना नहीं हो सकता है। नदी भी कभी रुक जाती है और जीवन भी कभी ठहर सकता है। यह आज की सुबह, मेरे साथ क्या-क्या हो रहा है, क्या-क्या घट रहा है?

वह बन्दरों का परिवार था या तपस्या कर लौट रहे ऋषि-मुनियों का कोई दल कि उनके दर्शन मात्र से मेरे जैसा मामूली आदमी पिछले एक घंटे से दार्शनिक हुआ जा रहा है? कभी-कभी ऐसा हर आदमी के साथ होता होगा। उसके पुरखे उसे जीवन की तरफ़, ज्ञान की तरफ़ ले जाने की चेष्टाएँ करते होंगे। वे कहीं से अपने बच्चों के दुख की तरफ़ देखे होंगे। और उनमें फिर से उन्हें सँभालने, सँवारने की लालसा जागी होगी। उनका ध्यान फिर से अपने बच्चों की पीड़ा, अपने बच्चों की उदासी पर ठहरता होगा। और वे उनके पास आ जाते होंगे। मेरे साथ वह आज की सुबह में हुआ है, पहाड़ी की सुबह की सैर में हुआ है।

हमसे हमेशा के लिए विदा ले चुके हमारे पुरखे अपनी मोहमाया से कहाँ बाज आते होंगे। कहीं किसी पेड़ को सोचते हुए, किसी नदी में नहाते हुए, किसी चट्टान पर कपड़े रखते हुए, उन्हें अपने नीचे छूटे हुए बच्चों का ख़याल आ जाता होगा। वे कुछ देर तक उनके साथ बीते अपने बरसों पर ठहरते होंगे। उन्हें अपने घर की छत पर उतरती धूप का, स्कूल से लौटते अपने बच्चों का ध्यान आता होगा। फिर उन्हें यह भी लगता होगा कि वे अब अपने बच्चों की ज़रा-सी भी मदद नहीं कर सकते हैं। यह ख़याल उनको उदास कर देता होगा। वे अगस्त की इस सुबह से अलग-अलग होकर, धरती के अपने अतीत के बारे में सोचना शुरू कर देते होंगे। अगस्त के दिनों में अपने अतीत के बारे में सोचना।

यहाँ से लौटते ही मैं अपनी डेस्क पर रखी नोटबुक के ख़ाली पन्ने पर अगस्त और अतीत शीर्षक लिखूँगा। यह मेरी बहुत दिनों के बाद लिखी जा रही कविता का शीर्षक होगा।

किसी एक दिन

किसी एक दिन कोई आदमी अपनी ज़िन्दगी के किसी नाजुक मोड़ पर खड़ा हो जाता है, एकदम दूसरी तरह की ज़िन्दगी की शर्तें और चुनौतियाँ उसे घेरने लगती हैं।

इस आधी-अधूरी, कच्ची-पक्की कहानी के लिंकन के साथ ऐसा ही कुछ हो रहा है।

लिंकन अपने विवाह के दस बरस के बाद, किसी दूसरी स्त्री के साथ घर बसाने के लिए, अपना घर, नौकरी, माँ-बाप, पत्नी और बिटिया को छोड़कर, दूसरे शहर में, दूसरी औरत के साथ रहने लगा। कैथोलिक ईसाइयों का घर था। कुहराम मच गया। गिरजे से पादरी को बार-बार लिंकन के घर आना पड़ा। बात कोर्ट-कचहरी तक भी गई। दूसरी औरत एडविना के घर में भी अशान्ति छाई रही। कैसे उनकी लड़की अपने से इतने ज़्यादा बड़े, शादीशुदा, एक बच्ची के बाप के साथ विवाह करने जा रही है, यह बात घर के हर आदमी के सामने सवाल बनकर खड़ी हो गई। उन दिनों में, आज से चार-पाँच बरस पहले लिंकन के घर में, एडविना के परिवार में, बहुत कुछ दुखदायी, शर्मनाक और ट्रेजिक घटता रहा था।

इस वक़्त, सितम्बर की इस दुपहर में, लिंकन भोपाल के तालाब के किनारे खड़े एक होटल के बार में, अपने एक अधेड़ दोस्त के साथ बैठे हुए बियर की दूसरी बोतल पी रहा है। कल शाम को यहाँ की एक आर्ट गैलरी में उसके चित्रों की प्रदर्शनी की शुरुआत हुई। बहुत पहले लिंकन इस शहर में चित्रकारों से मिलने, कला पर किसी वर्कशॉप या सेमिनार में आता रहा था। वे भोपाल में घटी गैस त्रासदी के आसपास के दिन थे।

"जैकलिन को छोड़ना मेरी बड़ी भारी भूल साबित हुई। लेकिन अब सोचने से क्या मिलेगा।" लिंकन कह रहा था।

"क्या तुमने कभी जैकलिन से बात की है?" अधेड़ ने पूछा।

"वह मेरा चेहरा भी नहीं देखना चाहती।"

"तुम अपने डैडी-मम्मी से मिलने तो जाते हो?"

"तब वह स्कूल में रहती है।"

"और तुम्हारी बेटी?"

"वह भी मुझसे कतराती है...मैंने जब उसे छोड़ा था तब वह चौदह साल की थी।"

लिंकन की निगाहें तालाब के उस पार नज़र आती मस्जिद की मीनारों पर थीं। धूप में चमचमाता एक पुराना शहर। इसी शहर में उसने देश के कुछ बड़े चित्रकारों को, उनके चित्रों को पहली बार देखा था। यहीं उसकी पहचान देश के कुछ असाधारण लोक कलाकारों के काम से हुई थी। इसी शहर में उसने दुनिया भर के नामी-गिरामी कवियों की कविताएँ भी सुनी थीं।

"मैं यहाँ पहली बार जैकलिन के साथ आया था।"

"मुझे याद है...तब वह पेंट किया करती थी।"

"वह अभी भी पेंट करती है।"

"तुमने देखे हैं उसके नए चित्र?"

"पिछले साल एक ग्रुप एग्जिबिशन में उसके तीन-चार चित्र थे।"

"तुमने उसे बताया था?"

"उस वक़्त वह वहीं थी...मेरी बिटिया भी...मैं हिम्मत कर चल गया...मुझे उसके चित्र कमज़ोर लगे थे और मैंने कह दिया था।"

"उसे बुरा लगा होगा।"

"उसकी नहीं जानता, पर मुझे बाद में पछतावा हुआ।"

"क्यों?"

"मैंने उसे साल भर बाद देखा था...वह डरबन में स्कूल के किसी काम से साल भर रही थी।"

"अरे तुम्हारे डैडी-मम्मी!"

"मैं उनके पास जाता रहा था।"

"तुम भी शायद कहीं गए थे?"

"मैं कुछ दिनों के लिए भूटान गया था...मैं कुछ दिनों तक अकेला रहना चाहता था।"

उस अधेड़ आदमी ने सोचा कि लिंकन इस वक़्त भी बहुत ज़्यादा अकेला ही है। यह उसकी बियर की तीसरी बोतल थी और उसकी आवाज़ और बातों में अधेड़ को एक तरह की आत्मदया का अंश नज़र आता रहा था। अधेड़ जंगल विभाग से जुड़ा हुआ है। किताबों और कलाओं में दिलचस्पी रखता है। बीच-बीच में, कभी-कभार कविताएँ लिखता रहता है। इनकी ज़िन्दगी का एक बड़ा हिस्सा, मध्य प्रदेश के जंगलों में बीता है। जंगल से जुड़ी किताबों और फ़ोटोग्राफ़ी का अधेड़ का ज्ञान और अनुभव, लिंकन को उनके पास ले गया था। इस अधेड़ से लिंकन की पहचान ही लिंकन को जिम कार्बेट की दिलचस्प किताबों की तरफ़ ले गई थी।

"मैं अपनी ज़िन्दगी का कोई भी फ़ैसला ठीक से नहीं ले सका...अपना घर-परिवार छूट गया...दस साल की नौकरी छूटी...कल शाम को अपने एक भी चित्र को टँगाने का मन नहीं हो रहा था।"

"अब मैं निकलूँगा।"

"खाना नहीं खाएँगे?"

"ऑफ़िस में मेरा टिफिन रखा है।"

"आप भाग्यशाली हैं।"

"इसमें भाग्य कहाँ से आया।"

"बचपन में ही मम्मी ने मेरे लिए टिफिन तैयार किया है और बाद में।"

"तुम भी ऑफ़िस चल सकते हो...थोड़ा-सा काम निपटाना है...फिर वह विहार चलेंगे।"

"आज नहीं...मैं यहीं कमरे में आराम करूँगा।"

"शाम को मिलते हैं...मेरी बेटी तुम्हारे चित्रों को देखना चाहती है।"

"और भाभी?"

"उसे अमूर्त चित्र अच्छे नहीं लगते।"

"मुझे भी मेरे ये चित्र पसन्द नहीं आ रहे हैं।"

"तुम एकाध शाम को घर आ सकते हो...वहीं खाना खाएँगे...मेरे पास जिम कॉर्बेट पर एक अच्छी फ़िल्म भी है।"

"कल प्रदर्शनी का आख़िरी दिन रहेगा...मेरा मन तो कुछ दिन ठहरने का है, लेकिन घर के कुछ ज़रूरी काम हैं।"

"अच्छा...मुझे देर हो रही है।"

उसका मित्र चला गया। दुपहर ढल रही थी। पूरा बार ख़ाली पड़ा था। तालाब के उस पार का संसार होटल के आयताकार ग्लास से किसी लम्बे-चौड़े चित्र-सा नज़र आ रहा था। तभी लिंकन को बम्बई के उस रेस्तराँ का ख़याल आया जहाँ उसने पहली बार अपनी पत्नी को उससे अलग होने के अपने फ़ैसले को सुनाया था। रेस्तराँ जहाँगीर आर्ट गैलरी के सामने था। वहाँ मशहूर फ़ोटोग्राफ़र ब्रेसां का एक काला-सफ़ेद फ़ोटोग्राफ़ टँगा था। छुट्टी का दिन होने से, म्यूज़ियम के आसपास के इलाक़े में ज़्यादा लोगबाग नहीं थे।

"यह सब कब से चल रहा है?" जैकलिन ने रोने के बाद पूछा था।

"हम पूना में एक सेमिनार में मिले थे...सेमिनार एडविना के स्कूल में ही था।"

"लिंडा पन्द्रह बरस की हो रही है...उसके बारे में सोचा है...और तुम्हारे मम्मी-डैडी...मेरा क्या होगा। तुम्हें शर्म आनी चाहिए...तुम्हारी नौकरी कितनी मुश्किल से लगी है...अब तुम उसे छोड़ना चाह रहे हो...हमारा अपना घर कैसे चलेगा...तुमसे ऐसी उम्मीद नहीं थी। मैं तुम्हारे डैडी-मम्मी से यह सब बता भी नहीं सकती...वे कहेंगे कि मैं ही तुम्हें जहाँ-तहाँ जाने के लिए कहती आई थी...तुम्हें पेंट करना है... इसलिए मैं ही घर-बाहर के काम किया करती थी..."

लिंकन ने पहली बार जैकलिन को इतनी देर तक रोते हुए देखा था। इतनी ज़्यादा उदास, अकेली, इतना-इतना घबराई-सहमी-सी। ज़्यादा व्याकुलता और ख़ामोशी लिये हुए।

फिर बाद के दिन लिंकन के लिए असहनीय, अप्रत्याशित दिन रहे। कभी अपने घर में अपमानित होना पड़ता, तो कभी अपने ऑफ़िस में। एडविना ने एबार्शन करवाने से इनकार कर दिया था। उसके घर से भी दबाव बढ़ता चला गया। डैडी-मम्मी के बीच लिंकन और जैकलिन के तलाक़ का विवाद ज्वालामुखी की तरह सामने आया। और डैडी ने बिस्तर पकड़ लिया। लिंडा ने स्कूल जाने में आनाकानी शुरू कर दी। जैकलिन घर में चुप ही बनी रही। पूरे घर में एक तरह का मातम-सा छाया रहा। पास-पड़ोस में घर के उस संकट की बातें फैलने लगीं।

एडविना के भाई-बहन ने पूना से आकर लिंकन के घर और बाहर एक तरह का तमाशा ही बना दिया था।

आख़िर एक दुपहर में लिंकन ने अपने सूटकेस में अपना सामान बाँधा, अपने डैडी-मम्मी को समझाया और अपनी पत्नी और बेटी को बिना कुछ कहे, पूना के लिए ट्रेन पकड़ ली। इस तरह अपने घर से अलग होने का दुःख लिंकन के साथ रहने लगा। उस दुपहर से लिंकन के साथ और न जाने कितनी-कितनी, कैसी-कैसी, अपनी और परायी तकलीफ़ें साथ रहने लगी थीं।

लिंकन के लिए होटल के रिसेप्शन काउंटर पर फ़ोन था। होटल के गलियारे में लिंकन सोच रहा था कि अगर फ़ोन एडविना का रहा तब अपने लौटने का कौन-सा दिन बताएगा? वह कुछ दिनों तक भोपाल में रहना चाह रहा था। वहाँ के संग्रहालयों, गैलरियों को देखना, वहाँ की लाइब्रेरियों में कुछ वक़्त बिताना चाह रहा था। बहुत दिनों के बाद वह पूना-बम्बई से बाहर आया था। घर से बाहर रहने के सुख और स्वतंत्रता का अहसास, उसे कई दिनों बाद हो रहा था। लम्बी बारिश के बाद की सर्दियों की शुरुआत में तालाबों और पहाड़ियों के उस पुराने शहर का लैंडस्केप, लिंकन को आत्मीय जान पड़ रहा था। सर्दियों की शुरुआत के दिनों ने उसे बचपन से ही प्रभावित किया था।

अक्टूबर आता और लिंकन और उसका परिवार क्रिसमस और नए बरस का इन्तज़ार करना शुरू कर देता। गिरजे की शामों में जान आने लगती। संगीत-मंडली की रिहर्सलों की शुरुआत हो जाती। बम्बई में लिंकन के बचपन का इलाक़ा गोअन ईसाइयों का इलाक़ा रहा था और वहाँ गिरजाघर से बहुत ज़्यादा जुड़े हुए लोगों के मकान खड़े थे। उनके इलाक़े के गेट पर छोटा सा ग्राटो खड़ा रहता और शाम में वहाँ कोई-न-कोई मोमबत्ती जला जाता।

अपने दूसरे विवाह के बाद, अपनी नौकरी से अलग होने के बाद, लिंकन ने पेंटिंग को ज़्यादा-से-ज़्यादा वक़्त देने, धीरज और गम्भीरता से पेंट करने का मन बनाया था। पर ऐसा न हो सका। उस पर अपने नए घर की ज़िम्मेदारियों का बोझ आ गया। मम्मी-डैडी से दूर हो जाने पर, अकसर उनके लिए बम्बई जाना पड़ता। अपनी पत्नी और बिटिया के रहते वह अपने घर नहीं जाता था। दोनों ने ही उससे अपना रिश्ता ख़त्म कर लिया था। यही क्या कम था कि जैकलिन

उसके और ज़्यादा बूढ़े और बीमार होते जाते डैडी-मम्मी की देखभाल कर रही थी। सिर्फ़ उसके पिता की पेंशन से घर चलना मुश्किल हो जाता। दवाइयों और डॉक्टरों के ख़र्च ही कम नहीं थे। डैडी-मम्मी दोनों ही प्राइमरी स्कूल के बच्चों के ट्यूशन से थोड़ा-बहुत कमा लेते। घर में एक नौकरानी ज़रूरी थी। बर्तन, कपड़ों और साफ़-सफ़ाई का ज़िम्मा नौकरानी पर ही था। लिंडा मैट्रिक में थी। गणित और विज्ञान के लिए ट्यूशन ले रही थी। जैकलिन ड्राइंग पढ़ाती है और उसे सिर्फ़ अपनी तनख़्वाह का भरोसा रहता है। वह दूसरे अध्यापकों की तरह ट्यूशन से कुछ और कमा नहीं सकती है।

यह सब, ऐसा लिंकन को घेरे रहता। पहले उसे एडविना की मम्मी की बीमारी में खपना पड़ा और जब वे नहीं रहीं, तो एडविना ने बेटे को जन्म दे दिया। उनका बच्चा बड़ा होने लगा। बच्चे की देख-रेख के लिए लिंकन को भी वक़्त देना पड़ता। तीन महीनों के मातृत्व अवकाश के बाद, एडविना स्कूल जाने लगी और अब बच्चे की देखभाल लिंकन को ही करनी पड़ती। उसका बम्बई जाना कम होता चला गया। डैडी ज़्यादा बीमार रहने लगे। यह तो अच्छा रहा कि जैकलिन डरबन से साल भर में ही लौट आई। मिशनरी अपने कुछ अध्यापकों को डरबन में खोले जा रहे एक बड़े स्कूल के लिए बारी-बारी से भेज रही थी।

इन दिनों में ही दिल्ली में दुनिया के कुछ प्रसिद्ध चित्रकारों के बहुत सारे चित्रों की प्रदर्शनियाँ लगती रहीं। लिंकन गहरी लालसा के बावजूद दिल्ली नहीं जा सका। उसका पेंट करना छूट-सा गया। कभी-कभार छत के अपने कमरे में चित्र बनाने की इच्छा के साथ चला भी जाता, तो भी ब्रश चलाने की लालसा जागती ही नहीं थी। उसके भीतर का चित्रकार बीमार होता चला गया। अपने बंजरपन का बोझ उसके लिए असहनीय होने लगा था।

तभी कुछ दिनों के लिए लिंकन भूटान गया था। वहाँ से लौटकर ही उसने भूटान-प्रवास के कुछ चित्र तैयार किए और उन चित्रों के साथ ही वह भोपाल आया हुआ है। अपने चित्रों को गैलरी में देखकर निराशाएँ मिलती रहीं। उसने सोचा कि ये चित्र अभी तैयार नहीं हो पाए थे। इनमें एक तरह का कच्चापन, क़िस्म-क़िस्म की कमज़ोरियाँ पहली नज़र में ही पकड़ में आ रही थीं। यह सब उसे पहले क्यों नहीं दिखाई दिया? क्या वह पेंट करना भूलता जा रहा है? क्या अब वह चित्र बना

ही नहीं सकेगा? शायद चित्रकार के रूप में उसके जीवन का अन्त आ पहुँचा है। वह चूक गया है। उसमें पुराने दिनों की ऊर्जा नहीं रही। उसके चित्रों का लचीलापन खो गया है।

अब वह होटल के अपने कमरे में था। बियर से उसका सिर चकरा रहा था। उसने एडविना से फ़ोन पर कुछ दिनों तक भोपाल में ही रहने की बात कर दी थी। वह समझ गई होगी की लिंकन दोपहर में ही पी रहा है। फ़ोन पर उसे अपने बच्चे के रोने की आवाज़ आई और उसकी निगाहों में अपने बच्चे का चेहरा घूम आया। उसका नाम एरन है। वह लिंकन पर गया है। अपनी मम्मी की तरह गोरा नहीं, अपने डैडी की तरह साँवला। बाल उनके घुँघराले हैं। ठीक लिंकन की तरह। लिंडा अपनी मम्मी पर गई है। ख़ूब गोरी-गोरी, ख़ूब मोटी-ताज़ी। लिंकन ने उसे कितने दिनों से देखा ही नहीं। अब वह कॉलेज जाने लगी है। साइकिल पर जाती है। गिरजे की संगीत-मंडली में गाने लगी है। लिंकन ने सुना है कि उसकी आवाज़ बहुत ज़्यादा सुरीली है।

कभी अपने स्कूली दिनों में लिंकन भी गिरजे की भजन-मंडली में गाया करता था। बचपन के उन बरसों में ज़िन्दगी कितनी सीधी-सादी, सरल और तरल-सी हुआ करती थी। वहाँ इन बरसों की जटिलताएँ, इस जीवन की कुटिलताएँ कहाँ थीं? खेलने-कूदने का मैदान था, उछलती हुई गेंद थी। गिरजाघर की सीढ़ियों पर दोस्तों के साथ की गपशप, डैडी-मम्मी के साथ आइसक्रीम पार्लर और रेस्तराँओं में जाना, रीजेंट थियेटर में चार्ली चैपलिन की फ़िल्में, होली की हुड़दंग, दीवाली की रोशनियाँ, क्रिसमस के दिनों की चहल-पहल, सजावट और मौज़-मस्तियाँ। वक़्त के साथ-साथ उन बरसों का भोला-भाला, भूला-बिसरा जीवन छूटता चला गया था।

होटल के कमरे के अपने बिस्तर पर लेटे-लेटे लिंकन अपने बचपन को याद करता रहा। शाम के सात बजे उसे अपने चित्रों के क़रीब रहना था। उसके कुछ पुराने मित्र उसका इधर किया गया काम देखना चाह रहे थे। वह अपने इन मित्रों से पाँच-छह बरसों के बाद मिलने वाला था। बाहर शाम की बत्तियाँ जलने लगी थीं। तालाब पर अँधेरा घिर आया। धीरे-धीरे अब तक चमकती दिखती चीज़ें अँधेरे में खोने लगीं। दूर-दूर तक अँधेरा पसर रहा था। लिंकन ने होटल के कमरे में रखी गईं चीज़ों से अपने लिए चाय तैयार की। बियर का असर बना ही हुआ था। वह नहाने

के लिए ग़ुसलख़ाने में चला गया। शरीर पर गिरते-भागते पानी का अपना आनन्द था। शॉवर के नीचे खड़े होने का सुख। वह देर तक नहाता रहा। नहाते हुए अपने कुछ आत्मीय गानों को गुनगुनाता रहा।

होटल से आर्ट गैलरी क़रीब ही थी। वह सँकरी-सी सड़क से पैदल ही निकल पड़ा। सड़क ख़ूब ज़्यादा रोशन थी। यहाँ कुछ आलीशान होटल खड़े थे। सात-आठ बरसों में कभी उजाड़ बना रहा यह इलाक़ा आबाद हो गया था। मुहल्ले, शहर और देश कुछ ही बरसों में कितने ज़्यादा बदल जाते हैं। जंगल के उजाड़ और सुनसान में बस्तियाँ बस जाती हैं, कभी जहाँ बच्चों के खेलने के लिए खुली जगह रहा करती थी, वहाँ विशालकाय कॉमर्शियल कॉम्प्लेक्स खड़ा हो जाता है, जहाँ नदियाँ बहा करती थीं, वहाँ पुल खड़े हो जाते हैं। सड़कें बिछ जाती हैं, वहाँ से ट्रेन गुज़रने लगती है। वहाँ फ़ैक्टरियाँ खड़ी हो जाती हैं।

और आदमी का जीवन भी तो बदलता चला जाता है। "क्या मैं वही लिंकन हूँ, जो सात-आठ बरस पहले यहाँ आया करता था?" बदलते हुए शहर की शाम की सड़क की रौशनी में लिंकन अपनी ज़िन्दगी के बारे में सोच रहा था। पचास की ज़िन्दगी के अपने उतार-चढ़ाव, नहीं, उतार ही उतार। वह न अच्छी तरह पुत्र, पति और न पिता हो सका और न ठीक-ठाक-सा पेंटर।

गैलरी के सामने के अशोक के पेड़ के नीचे के चबूतरे पर उसके तीनों मित्र बैठे हुए थे। उसे सीढ़ियों पर देखते ही तीनों ने हाथ हिलाया और उठ खड़े हुए। थोड़ी-सी बातचीत के बाद चारों गैलरी में चले गए। वहाँ भूटान से जुड़े हुए लिंकन के चौदह-पन्द्रह अमूर्त चित्र टँगे थे। अब उसके मित्र उसके चित्रों के पास थे और वह गैलरी की दहलीज़ पर। अपने चित्रों के उथलेपन, सतहीपन से निराश होकर खड़ा हुआ। लिंकन के भीतर एक तरह का पछतावा, एक क़िस्म की शर्म और उदासी बहने लगी। उसने ऐसे चित्रों के साथ प्रदर्शनी लगाने का निर्णय ही कैसे लिया? पहले कम-से-कम जैकलिन तो उसके बनाए चित्रों पर अपनी एक निगाह डाल ही दिया करती थी। कभी-कभार उसकी मम्मी भी चित्रों के बारे में अपना कोई ख़याल रख देतीं। वह एडविना को अपने चित्रों को बताने की लालसा लिये हुए रहा, लेकिन उसने ज़रा-सी भी दिलचस्पी नहीं बताई। पूना में और किसी को वह जानता भी नहीं था।

गैलरी में आर्ट कॉलेज के कुछ छात्र-छात्राएँ भी घूम रहे थे। आज के अख़बारों में कुछ-कुछ था। वह अपने चित्रों को टँगाते हुए ही इतना ज़्यादा नर्वस हो गया था कि कहने की अपनी बारी आने पर उसने अपने चित्रों के बारे में कुछ भी नहीं, भूटान और भोपाल के बारे में कहा था। अपने चित्रों को टँगाने के बाद वह लोगों से कैसे कहता कि उसे अपने ये चित्र बहुत ज़्यादा ख़ाली और खोखले, सतही और सस्ते जान पड़ रहे हैं। इन चित्रों को इस गैलरी में टँगाना ही नहीं था। वह ख़ुद यहाँ सच्चे चित्रकारों के अच्छे-अच्छे चित्रों को देखता आया था।

रात के जिस वक़्त में उसके तीनों मित्र अपने-अपने लिए ड्रिंक्स का आर्डर दे रहे थे, तब वह अपने इस झूठ को पकड़ रहा था कि उसने भूटान यात्रा अपने लिए किसी प्रेरणा की ख़ातिर नहीं की थी। वह अपने जीवन के अकेलेपन, अपनी ज़िन्दगी की एकरसता से मुक्त होना चाह रहा था। वह अपने नए दाम्पत्य जीवन में एक क़िस्म की घुटन से घबराने लगा था। उसे अपने दूसरे विवाह का फ़ैसला, अपना घर-परिवार, शहर और नौकरी छोड़ने का निर्णय हास्यास्पद, आत्मघाती जान पड़ रहा था। उसके एक निर्णय ने, उसके भीतर ही नहीं, उसके पूरे परिवार में कितनी ज़्यादा उथल-पुथल को जन्म दे दिया था। बहनों का वैवाहिक जीवन प्रभावित हुआ था। पास-पड़ोस की निगाहों में घर-परिवार की गरिमा में कमी आई थी। घर का आर्थिक आयाम डगमगाया। अपनी कला के लिए ज़रूरी एकान्त और परिवेश नहीं रहा। लिंकन का अपराध-बोध बढ़ता चला गया। अब वह अपने गिरजे में मास के लिए जाने से कतराने लगा। बिटिया ने उसे जैसी मार्मिक चिट्ठी भिजवाई, उससे उसे अपना समूचा वर्तमान नर्क-सा जान पड़ा।

फिर भूटान की यात्रा की अपनी बरसों पुरानी आकांक्षा ने लिंकन को घेरना शुरू किया। वहाँ के प्राचीन लैंडस्केप ने, वहाँ के परम्परागत लोकजीवन ने, वहाँ के मौसम, वहाँ की शान्ति और खामोशी ने उसे अभिभूत कर दिया। वह उसके लिए जितनी बाहर की यात्रा रही, उतनी अपने भीतर की नहीं, लेकिन भूटान में वह अपने और सिर्फ़ अपने साथ रहने का अवकाश जुटा पाया।

इस बार की खिड़की से तालाब नहीं, पुराने शहर की व्यस्त-सी सड़क नज़र आ रही है। अब भी यहाँ कुछ दूरी तक ताँगे पर जाया जा सकता है। यह होटल कभी किसी नवाब की कोठी रही होगी। अब तक उसके एक भी दोस्त ने उसके

नए चित्रों के बारे में एक वाक्य भी नहीं कहा है। यह अच्छा ही है। वे तीनों भी उतने ही बरसों से पेंट कर रहे हैं, जितने बरसों से लिंकन। उनका इतने साधारण चित्रों से निराश होना स्वाभाविक ही रहेगा। बार में पियानो पर हेमंतकुमार के गाये एक पुराने गाने की धुन उठ रही है।

पियानो से बाहर आते स्वर, लिंकन को अपने बचपन के उस इलाक़े में, उस समय के टुकड़े की तरफ़ खींच रहे हैं, जब वह संत माइकेल स्कूल के पास की डेयरी से दूध लेने जाया करता था। उसके हाथ में दूध की ख़ाली बोतल रहती। स्कूल से लौटने पर स्कूल की ही पोशाक में वह डेयरी तक जाता। तभी स्कूल के किसी कमरे से किसी के पियानो बजाने के स्वर उठने लगते। वह तब भी सोचा करता था कि वह कौन शख़्स होगा जिसकी अँगुलियाँ ऐसी घनी-गहरी उदासी को पियानो से बाहर लाती हैं और आज भी कभी-कभार लिंकन के मन में यह सवाल आता ही है कि उसे अब भी यह जान लेना चाहिए कि वहाँ उस वक़्त हर शाम को कौन पियानो बजाया करता था? लिंकन के मन में, बार के अँधेरे में, दोस्तों के बीच के अकेलेपन में यह ख़याल भी आया कि ज़िन्दगी के बढ़ते-बढ़ते, आदमी से कितनी सारी चीज़ें छूटती चली जाती हैं। न जाने उससे और क्या-क्या छूटेगा? इस वक़्त उसके मन में अकेले रहने की ज़बरदस्त लालसा जागने लगी थी। वह अपनी-अपनी ड्रिंक्स में, अपनी-अपनी बातों में डूबे हुए अपने दोस्तों से अलग होना चाह रहा था। ऐसे वक़्त में पियानो के स्वर एक बड़ी तसल्ली-से जान पड़े। वह अपने लिए ऐसी छोटी-छोटी तसल्लियों की तलाश करना चाहता था।

उसे लगा कि तसल्ली भी एक चीज़ है जिसके लिए वह तरस रहा है, जिसकी वह तलाश करना चाह रहा है। गली से भूरे रंग का एक मरियल-सा घोड़ा बाहर आ रहा है। उसके चेहरे पर लैम्पपोस्ट का उजाला छाया हुआ है। पड़ोस में शायद मन्दिर है, जहाँ से बीच-बीच में घंटियों की आवाज़ सुनाई देती है।

सितम्बर की रात के इस वक़्त में, लिंकन जल्दी-से-जल्दी अपने होटल के कमरे में लौटने की सोच रहा है। वहाँ कमरे के पड़ोस में तालाब पर झिलमिलाती रोशनियाँ रहेंगी। इन दिनों का नीला आकाश होगा, आसमान में चमकते तारे होंगे और सबसे ज़्यादा वैसा एकान्त जिसके लिए उसकी तमन्ना दिनोदिन बढ़ती जा रही है। बार की घड़ी में ग्यारह बज रहे हैं। शायद अब वे लोग बार बन्द करेंगे।

लिंकन प्रतीक्षा कर रहा है।

पुराने बार से बाहर निकलने, अपने होटल के कमरे में अकेले रहने का इन्तज़ार करते हुए लिंकन के मन में आया कि अन्ततः आदमी ज़्यादातर इन्तज़ार ही तो करता रहता है। कभी जीवन में अच्छे लोगों का इन्तज़ार, तो कभी ज़िन्दगी में अच्छे दिनों की प्रतीक्षा। कभी बुरे दिनों के बीत जाने का इन्तज़ार, तो कभी अपने दु:स्वप्नों से बाहर निकलने की प्रतीक्षा। इस तरह हर आदमी की ज़िन्दगी में अच्छे दिन भी आते हैं और अच्छे लोग भी। आदमी अपने जीवन में किसी एक दिन को, कभी कुछ एक से ज़्यादा दिनों को अकसर याद करता रहता है। बार की बत्तियाँ बुझाई जा रही थीं। मेज़ पर रखे बर्तनों को हटाया जा रहा था। पियानोवादक बाहर निकल चुका था।

सितम्बर की ढलती रात में, तालाब के किनारे खड़े हुए अपने होटल के कमरे में, नींद और नशे के बीच के गलियारे में, लिंकन अपनी छूटती-बीतती ज़िन्दगी के बारे में, अपने भीतर के छोटे से कलाकार के अन्त हो जाने, अपनी कला और ज़िन्दगी से बहुत-बहुत दूर निकल आने के बारे में सोच रहा था।

तालाब पर रात की रोशनियों की झिलमिलाहट चढ़ती-उतरती नज़र आ रही थी। तालाब के ऊपर नीले आसमान और अनगिनत तारों को रात की सैर करते हुए देखा जा सकता था। रात बढ़ रही थी और लिंकन नींद की तरफ़ बढ़ रहा था।

पुराना मकान

मकान के गेट के बाजू में संगमरमर के पत्थर पर 'अरविंद-स्मृति' ख़ुदा हुआ था। मकान की शुरुआत में लताएँ आतीं, फिर जामुन का पेड़ और बरामदा। बरामदे की सीढ़ियों और चबूतरों पर गमले रखे रहते। सफ़ेद दीवारों का, पेड़ों और लताओं से घिरा हुआ पुराना, भारत पर चीन के हमले के आसपास लगभग पचास बरस पहले खड़ा किया गया था।

मैं बजरी की सँकरी सड़क से नहीं, बाजू की गली से जाती थी। वहाँ से बाबू के लिए दरवाज़ा खोलना ज़्यादा आसान रहता। इधर उनके दोनों घुटनों में दर्द रहने लगा है। मकान की छत पर कम ही जाते हैं। मैंने एक-दो बार डॉक्टर के पास चलने के लिए कहा तो बोले—

"बासठ की उम्र ज़्यादा नहीं है तो कम भी नहीं है...तुम्हारी अम्मा चौवन में चली गईं।"

"उनको कैंसर था।"

"सब बहाने हैं...सिर्फ़ आँखें सही-सलामत रहनी चाहिए...पढ़ते हुए समय का पता नहीं चलता है।"

बाबू का ज़्यादा वक़्त पढ़ते हुए ही बीतता है। बीच-बीच में अम्मा के हिन्दुस्तानी क्लासिकल के कैसेट्स सुन लेते हैं। घर में दो अख़बार आते हैं, दो-तीन पत्रिकाएँ आती हैं। रेडियो पर समाचार सुनने की उनकी बरसों पुरानी आदत है और इन सबके साथ चालीस-पचास किताबों का उनका अपना पर्सनल कलेक्शन है। चौदह-पन्द्रह किलोमीटर की दूरी को बस से तय कर मैं कभी-कभार ही आ पाती हूँ। स्कूल ही जान निकाल लेता है। नन्नी पाँच बरस की है और उसकी दादी बीमार रहती हैं। अम्मा के रहने पर भी और उनके चले जाने के बाद भी, कितनी

बार चाहा कि बाबू मेरे घर पर ही रहें। मैं वहाँ कुछ अच्छी तरह से उनकी देखभाल कर सकती हूँ लेकिन बाबू से न तब अपना पुराना मकान छोड़ा गया और न अब ही वह उनसे छूटता है। सारा जीवन जिस इलाक़े में बीत गया, उस जगह की मोहमाया बाँधे रखती है। कहते रहते हैं कि इस बस्ती की सड़क के दोनों ओर खड़े मकानों, पेड़ों, दुकानों, बिजली के खम्भों, मैदानों, गलियों और इनके आसपास भटकते चेहरों के बिना वे ज़्यादा दिनों तक नहीं रह सकते हैं। अब अम्मा भी नहीं रहीं। उनके पास कोई आता भी नहीं। उनके पुराने मित्रों ने यह इलाक़ा छोड़ दिया या यह संसार ही।

"यहाँ आपका कौन बचा है?" मैं पूछती हूँ।

"जिस इलाक़े में जीते रहते हैं, वहाँ के दिनों की स्मृतियाँ, वहाँ के मरे हुए चेहरे भी ठोस, मुकम्मल और जीवित चेहरों की तरह घेरे रहते हैं।"

"और इस उम्र में इस तरह अकेले रहना...?"

"धीरे-धीरे आदत पड़ जाती है।"

"अकेलेपन की आदत...!" मैं मुस्कुराती हूँ।

"अभी तुम नहीं समझोगी...इसके लिए बहुत बरसों तक जीना पड़ता है।" बाबू गम्भीर हो जाते हैं।

मुझे समझना भी नहीं है। बेटे के पास नहीं जाते कि शहर छूट जाएगा। बेटी के साथ नहीं रहते कि बचपन की बस्ती को बदलना मुश्किल है। अब यह पागलपन नहीं है तो क्या है? न ख़ुद यह इलाक़ा छोड़ा न ही अम्मा को छोड़ने दिया। कितना चाहती थीं वह कि बेटे के पास पूना में रहें। अपने दोनों नातिनों को पालने-पोसने से जुड़ी रहें पर बाबू ने तबादला लेने से इनकार कर दिया। भैया का तबादला इतनी जल्दी नहीं हो सकता था। अम्मा कभी-कभार मेरे यहाँ आ भी जातीं तो थोड़ी-थोड़ी देर में बाबू के लिए चिन्तित हो उठतीं।

"तुम यहाँ आती ही क्यों हो..." मैं झुँझला उठती।

"पता नहीं खाना खाया होगा कि नहीं...खाएँगे भी तो गर्म नहीं करेंगे...पढ़ते हैं तब दवाइयाँ लेने की भी सुध नहीं रहती...वे अकेले नहीं रह सकते।"

"तब तुम्हारे साथ यहीं आ जाते।"

"उनसे वह मकान नहीं छूटता।"

"ऐसा क्या है वहाँ..."

"तुम ही पूछना...मुझसे वे कहते रहते हैं कि यहीं पले-बढ़े...अब यहीं मरना-खपना है।"

"तुम दोनों ही इनकारिजबल हो।"

"याने?"

"जिनको सुधारना असम्भव है।"

अम्मा हँसने लगतीं। उनकी हँसी में एक तरह की उदासी छिपी रहती। मुझे वह बाबू से काफ़ी अलग क़िस्म की शख़्सियत नज़र आती रही थीं। पौराणिक कथाओं में, पूजा-पाठ में, तीज-त्योहारों में अम्मा की गहरी दिलचस्पी रहती आई थी और बाबू हिन्दी धर्म के कर्मकांडों, विश्वासों और रीति-रिवाजों का मज़ाक़ उड़ाने से थकते नहीं थे। अम्मा पेड़ लगातीं तो उसकी देखभाल की ज़िम्मेदारी लेतीं लेकिन बाबू पौधे को रोपकर भूल जाते कि उसको पानी भी देना है। जीवन, समाज, संसार और इनको देखने के अम्मा बाबू के नज़रिए का फ़र्क़ मैं बचपन से देखती आई थी। बाबू की गणित के अध्यापक के रूप में अच्छी प्रतिष्ठा बनी रही। कभी हमारे शहर के स्थानीय अंग्रेज़ी अख़बार में वे किताबों की रिव्यू लिखा करते थे। अम्मा ने शादी के पहले शास्त्रीय संगीत सीखा था लेकिन शादी के बाद सास-ससुर, देवर-ननद, बच्चों की ज़िम्मेदारियों से उनका सीखना आधा-अधूरा ही रह गया। इतना ज़रूर रहा कि रेडियो से आते शास्त्रीय संगीत के कार्यक्रमों को, शहर में हो रही छोटी-बड़ी संगीत की महफ़िलों को माँ ने कभी नहीं छोड़ा था। भाई पूना से उनके लिए गायकों-वादकों के कैसेट्स लाते रहे। मैंने उनके लिए ट्रांज़िस्टर ख़रीदा ही इसलिए था कि वे घर के किसी भी कोने में संगीत सुन सकें। माँ जनवरी में गईं और नवम्बर में हम उन्हें गंगूबाई हंगल के कंसर्ट में ले गए थे।

"घर ही घर में आपका जी नहीं घबरा जाता...न हो तो शाम को थोड़ी सैर ही कर लिया करें।"

"घुटनों का दर्द बढ़ने लगा है।"

"डॉक्टर रोहित को बता देते हैं।"

"तुम्हारी अगली छुट्टी कब रहेगी?"

"डॉ. रोहित शाम को भी देखते हैं।"

"शाम को जाना न होगा।"

"क्यों?"

"तुम पहले से ही इतनी थकी-माँदी रहती हो।"

"एक शाम की ही तो बात है।"

"इन दिनों मैं शाम को छत पर चला जाता हूँ...आकाश से बाहर आते तारों को देखना अच्छा लगता है। पड़ोस में ट्रांज़िस्टर रख लेता हूँ। तुम्हारी माँ भी वही ट्रांजिस्टर सुना करती थी।"

"तारों और संगीत में मेरी दिलचस्पी माँ ने ही जगाई थीं।"

"क्या अम्मा अपने आख़िरी दिनों में छत पर आती रही थीं?"

"छत पर जाने के लिए ही अपनी लाल शॉल को निकलवाया था...सीढ़ियाँ चढ़ने में तकलीफ़ बहुत होती थी...पर जनवरी का आसमान उसे बहुत अच्छा लगता था...उसी छत पर एक रात उसने कहा था कि अब वह नहीं बचेगी...मैंने कहा कि क्या पागल हो गई हो...तुम जल्दी ठीक हो जाओगी।"

"आपके आगे की ज़िन्दगी को लेकर चिन्ता रहती है।" वह बोली।

"मेरी आगे की ज़िन्दगी...!"

इन शब्दों के साथ बाबू की आँखें डबडबाने लगी थीं। मेरी आँखें भी भीग आई थीं। उस समय मैं बाबू के साथ ही रुक गई। हम दोनों छत पर भी गए थे। हमने माँ से जुड़ी कितनी-कितनी बातों को उस रात साझा किया था। वह हम दोनों के लिए तसल्ली की रात रही, उम्मीद की रात भी।

बाबू ने उसी रात को छत पर यह भी बताया था कि उसी घर में अम्मा के शुरुआत के दिन अत्यंत कठिन रहे थे। वह जब ब्याह करने के बाद नए घर में आई, तब उन्नीस-बीस की रही होगी। मायके में बहन और उसके माँ-बाबा के अलावा कोई नहीं था और नए घर में बूढ़े होते सास-ससुर, एक देवर और तीन ननद, घर में आनेवालों का ताँता, सबकी अपनी-अपनी सनक और स्वप्न, बाबू का गणित और सिर्फ़ गणित से ही रिश्ता ताकि कॉलेज की नौकरी बनी-बची रहे और इन सबके बीच झूलती, भटकती और खटकती हुई अम्मा। धीरे-धीरे अम्मा ने सब कुछ सँभाल लिया। पहले भाई का जन्म हुआ और फिर मेरा। धीरे-धीरे बुआ लोगों का विवाह हुआ। काका को दूसरे शहर में नौकरी के लिए जाना पड़ा। दादा-दादी

की मौत हो गई और इस तरह घर में पहले चार, फिर तीन, फिर दो और अब एक ही आदमी रह रहा है।

अम्मा के बारे में सोचती हूँ तो यह भी समझ में आता है कि किस तरह पराई जगह, पराये परिवेश से आई एक औरत, धीरे-धीरे एक नए वातावरण में घुल जाती है, उस वातावरण को सँवारती-निखारती है और उसकी परम्पराओं और इतिहास को सँभालती है। अम्मा मुझसे बार-बार कहती रही थीं कि किसी को प्रेम करने का अर्थ, किसी रिश्ते को निभाने का मतलब, ज़िम्मेवारियाँ लेना होता है, उसके लिए अपनी आकांक्षाओं का कर्म में अनुवाद करना पड़ता है और यही चुनौतियाँ हैं, यहीं से रिश्तों के बीच के अँधेरे गलियारे खुलते हैं, इसी जगह से सम्बन्धों के बीच काई जमने लगती है।

अम्मा के न रहने पर, अम्मा की इस तरह की कुछ बातें, कुछ अच्छी तरह से समझ में आ रही हैं। यह सब उनकी ही नहीं, अपनी ज़िन्दगी को भी समझना है। जब भाई ने मुझे उसको लिखी गई, अम्मा की चिट्ठियों को पढ़ने के लिए कहा तो उन चिट्ठियों को पढ़कर मैं हैरान रह गई। वह ख़ुद को कितनी अच्छी तरह से, कितनी सीधी-सादी, साफ़-सुथरी भाषा में व्यक्त कर पाती थीं। मौसी को लिखे गए अम्मा के पत्रों में बूढ़ों और बच्चों को लेकर अम्मा की चिन्ताएँ कितनी प्रौढ़ता के साथ बाहर आती हुई नज़र आई थीं। मैं और बाबू इन बातों पर, ऐसी बातों पर बीच-बीच में बातें करते रहते। यह अम्मा को याद करना भी था और अपने लिए समझना भी।

अम्मा की अनुपस्थिति में बाबू से मेरा रिश्ता बढ़ रहा है, बदल रहा है। हमारा एक-दूसरे से सीधा संवाद हो पाता है। हम दोनों एक-दूसरे को वक़्त भी देते हैं और एक-दूसरे को देने के लिए ज़रूरी जगह भी। जब अम्मा थीं तब बाबू से चाय या खाने के वक़्त डाइनिंग टेबल पर उड़ती-उड़ती, सतही और सरसरी बातें ही हो पाती थीं। घर में उनका ही अपना कमरा था और छुट्टियों के दिनों में, फ़ुरसत की घड़ियों में, वे अपने डेस्क के क़रीब बैठकर पढ़ते रहते थे, गणित के सवालों को हल किया करते थे, अपनी बहनों को चिट्ठियाँ लिखा करते थे।

डाइनिंग टेबल पर भी ज़्यादातर बाबू की हिदायतें और शिकायतें सुननी पड़तीं। उनकी यह शिकायत बनी ही रहती कि मैं अध्यापक हूँ और पढ़ती नहीं हूँ। उनका

सोचना था और सही ही सोचना था कि किसी को पढ़ाने के लिए ख़ुद पढ़ते रहना बहुत ज़रूरी है। बाबू ख़ुद रिटायर होने तक छात्रों के लिए नोट्स तैयार करते रहे थे। गणित-विज्ञान की नई-से-नई खोजों से जुड़े रहे थे। किसी-किसी दिन बाबू की शिकायतों को सहना मेरे लिए असहनीय हो जाता। मुझे लगता कि मैं अपना घरबार छोड़कर चौदह किलोमीटर की दूरी तय कर इनके पास आती हूँ और बाबू मुझे नहीं पढ़ने के लिए डाँट लगाते हैं।

"तुम भी तो नहीं पढ़ती हो...तुमसे तो कभी नहीं कहते हैं।" मैं अम्मा से कहती।

"पढ़ाती तुम हो।"

"तुम भी उनके साथ हो जाती हो।"

"सभी पढ़नेवाले, नहीं पढ़नेवालों से चिढ़ते रहते हैं।"

"इसलिए बाबू से बात करने का मन नहीं होता।"

"ऐसा नहीं कहते...तुम्हारे भले की ही कहते हैं...इधर उनका मिलना-जुलना कम होता गया है...मेरी तबीयत की भी चिन्ता रहती होगी..."

अम्मा उनके पक्ष में अपनी दलीलें देती रहतीं और मुझे याद आता कि किस तरह बचपन में जब बस्ती के ज़्यादातर बच्चे खेल रहे होते, तब हम भाई-बहन एलजेबरा के सवालों से जूझते रहते थे। भाई की किताबों के जैसे आकार थे, उससे उसके लिए, किताब के बीच रखकर कॉमिक्स पढ़ते रहना सम्भव हो जाता लेकिन मेरी किताबों के आकार भी छोटे थे और भाई को लगता था कि मेरी बेवकूफी से उसका अपना भाँडा भी फूट जाएगा। मुझमें भाई सा साहस भी नहीं था और मैं अपनी शरारतों के लिए बाबू से डाँट ही नहीं खाती थी बल्कि मार भी खाती रही थी।

अम्मा की बीमारी के दिनों में ही बाबू कुछ-कुछ बदलने लगे थे। मैं जाती और बाबू को अम्मा के पलंग के क़रीब बैठा हुआ पाती। वे कुर्सी पर बैठे हुए पढ़ते रहते। राधा बाई सुबह-शाम हमारे यहाँ काम करती और दोपहर में एक नर्सिंग होम में उसकी पार्टटाइम नौकरी थी। ऐसे में अम्मा के लिए फलों का रस निकालने, दूध गर्म करने, हॉट वाटर बोतल को भरने, चादर बदलने जैसे छोटे-छोटे काम बाबू ही करने लगे थे। इस तरह के काम वे पहली बार कर रहे थे। अब खाना गर्म करते थे। चाय-कॉफ़ी तैयार करते और सबसे ज़्यादा उनका वक़्त अम्मा के छोटे से बग़ीचे की देखभाल में जाने लगा था। उनका शाम के वक़्त पब्लिक लाइब्रेरी तक

जाना बन्द हो गया था। अब वे रविवार को फुटपाथ पर सजी सेकंड हैंड किताबों की दुकान तक भी नहीं जा पाते थे।

"हम लोग पूरे वक़्त के लिए एक नौकरानी रखने की सोच रहे हैं।" माँ कह रही थीं।

"राधाबाई तो है।" बाबू ने कहा।

"मैं दिन भर के लिए कह रही हूँ।"

"थोड़ा-बहुत तो मैं कर ही लेता हूँ।"

"मेरी वजह से आप बँध से गए हैं...थोड़ा सा भी पढ़ नहीं पाते हैं।"

"तुम्हारे ठीक होने तक की ही तो बात है..."

"और अगर मैं ऐसी ही रही या फिर रही ही नहीं?"

माँ का यह वाक्य बाबू को छू गया था। मैं बाजू की मेज़ पर मोसम्बी का रस तैयार कर रही थी। तब तक हमें माँ के कैंसर होने का पता भी नहीं था। पर यह सच है कि जब हमारे घर में कोई आदमी लम्बे समय बीमार बना रहता है, तब हम ज़्यादातर उसके बारे में, उसके भविष्य के बारे में सोचते चले जाते हैं। उसकी बीमारी, उसके आत्मीय, उसके आसपास के लोगों को प्रभावित करने लगती है। वह एक तरह से परिवार की चिन्ताओं के केन्द्र में चला आता है। उसके जीने-मरने का सवाल कचोटता रहता है। वह कुछ ज़्यादा होकर हमारे पास लौटता है। अम्मा की निराश पंक्तियों के कमरे में उतरने के बाद कुछ क्षणों तक घर में निस्तब्धता बनी रही। बाहर जामुन के पेड़ पर कोई परिन्दा चीख़ा था। फिर गिलास में मोसम्बी का जूस डालते हुए मैंने बाबू को माँ के माथे पर हाथ फेरते हुए कहते हुए सुना था—

"तुम्हें कुछ नहीं होगा...तुम जल्दी ठीक हो जाओगी।" और उस वक़्त बाबू के सहलाते हुए हाथ पर अम्मा के हाथ का बढ़ना मुझे यह बताने लगा था कि बड़ी उम्र का प्रेम क्या होता है! क्यों बाबू ने अम्मा के लिए उन धार्मिक किताबों को पढ़कर सुनाना शुरू किया है, जिन्हें वे अपने लिए शायद ही कभी खोलते थे। मैं गंदी-गँधाती पट्टियों, दवाइयों की गन्ध, देगची में उबाली जाती सिरिंज के बीच फलते-फूलते प्रेम को महसूस कर रही थी। मुझे समझ में आ रहा था कि दो लोगों के बीच का प्रेम बढ़ती उम्र के साथ कैसे अपने रूप को, किस तरह अपने स्वरूप को बदलता चला जाता है। उनके बीच का प्रेम ही रहा होगा कि उन दोनों ने अपने

बेटे के ट्रांसफर, बेटी के घर चले जाने, फुलटाइम के लिए नौकर रखे जाने जैसे विकल्पों को पूरी तरह नज़रअन्दाज कर दिया था। वे दोनों अपने ही भरोसे सँभल जाने, अपनी ही ताक़तों पर जीते चले जाने का संकल्प साधने लगे थे। अम्मा-बाबू के भीतर इतना कुछ है, वे दोनों इतना कुछ सोच सकते हैं, कर सकते हैं, इसे अपनी पैंतीस साल की उम्र में, मैं पहली बार जान रही थी। यह सब जानना मेरे लिए बड़ी तसल्ली रही। इन सबके बीच में रहना, अपने लिए उम्मीद को देखना रहा, अपने लिए एक तरह के स्वप्न, एक क़िस्म के यथार्थ को खोजना भी। कितना अजीब है कि हमारे माँ-बाप हमें पालने-पोसने की जद्दोजहद में कुछ इतना डूब जाते हैं कि हमें देर तक न उनको जानने का मौक़ा मिल पाता है और न ही उनके पास हमें जानने का अवकाश रह पाता है।

साल की शुरुआत से ही, समूचे जनवरी महीने में अम्मा कैंसर से अपनी आख़िरी लड़ाई लड़ती रहीं। मकर संक्रांति के दिन शायद पहली बार हममें से किसी ने भी आकाश में चढ़ती-उतरती पतंगों को, छत पर खड़ी जनवरी की धूप को, हमारी सड़क से गरुड़ भगवान को ले जाती सालाना यात्रा को देखा ही नहीं था। अम्मा को दर्द कम करने के लिए नींद के इंजेक्शन दिए जा रहे थे। वह पूरे समय बेहोश रहतीं। बाबू की देह में तेज़ बुख़ार का डेरा था। राधाबाई पूरे समय माँ की देखभाल कर रही थी। किसी की मृत्युशैया के क़रीब रहनेवाली शान्ति, ख़ामोशी, उदासी, सहानुभूति और मानवीयता को अम्मा के आसपास देखा जा सकता था। भैया-भाभी पूना से आ गए थे। मैं उसी घर में रह रही थी। तीस जनवरी की शाम में अम्मा चली गईं और उनके साथ वह सब भी, जो कभी अम्मा का हुआ करता था।

अम्मा के जाने के बाद भी बाबू ने उस पुराने मकान में अकेले ही रहने का फ़ैसला कर लिया। पहले तो नहीं लेकिन बाद में मुझे लगा कि उनका अपना पुराना मकान न छोड़ने का निर्णय, उनके अपने लिए ठीक ही रहा। उन्हें उस घर में शान्ति और तसल्ली मिल सकती थी। वे वहीं रहकर अम्मा के लगाए पेड़-पौधों की देखभाल करते, तोते के लिए वह सब करते जो अम्मा किया करती थीं। बीच-बीच में किसी शाम को मैं बाबू को छत पर, बेंत की कुर्सी पर बैठे हुए, तारों की तरफ़ निहारते हुए देख लेती। वहीं ट्रांज़िस्टर से कुछ-न-कुछ सुनाई देता रहता। मैं भी देर-देर तक उनके साथ ही छत पर बैठ जाती। कभी-कभी वे मुझे टॉलस्टॉय के

उपन्यास 'वार एंड पीस' के आंद्रे, पियरे और नताशा के जीवन के बारे में देर तक कुछ-न-कुछ बताते। उनका अपना दूसरा आत्मीय उपन्यास दोस्तोवस्की का 'क्राइम एंड पनिशमेंट' था, जिसके नायक के बारे में मैं भी बहुत कुछ जानने लगी थी।

मैं इस वक़्त भी अपने पुराने मकान की तरफ़ बढ़ रही हूँ। हमारा पुराना और पुश्तैनी मकान, जहाँ न जाने हमने, हमारे परिवार के लोगों ने, कितना कुछ देखा है, कितना कुछ सहा है और पता नहीं आनेवाले दिनों में, इस मकान की चारदीवारी के भीतर हमें कितना कुछ देखना पड़ेगा, कितना कुछ भोगना पड़ेगा।

यह सब बाद की बात है। इस वक़्त मेरे क़दम बजरी की सड़क पर हैं जहाँ पर पुराने मकान से बाहर आती हुई गीतादत्त की अपनी-सी आवाज़ सुनाई दे रही है।

कोई ऐसी शाम

वह आकाशवाणी के स्टूडियो में शाम की हिन्दी न्यूज पढ़ती रहती और मैं परिसर के बाहर के फुटपाथ पर उसका इन्तज़ार करता रहता। बारिश या ठंड की शामें होतीं, तब स्टूडियो के बाहर के हिस्से में सोफे पर बैठा हुआ पढ़ता रहता। वहाँ दीवारों पर तब भी आज की ही तरह हीराबाई बड़ोदेकर और अब्दुल करीम ख़ान की तसवीरें टँगी रहती थीं। करुणा वहाँ कैजुअल एनाउंसर थी और उसे कुछ ही घंटे आकाशवाणी को देने पड़ते थे। मैं यूनिवर्सिटी लाइब्रेरी से अपने स्कूटर पर आकाशवाणी आ जाता और शाम की न्यूज के बाद हम एकाध घंटा साथ गुज़ारा करते।

मेरा करुणा के लिए ऐसा इन्तज़ार, एक छोटे शहर की शामों में हमारा साथ, सात-आठ महीनों तक चलता रहा। अच्छी तरह चलता रहा। मैं अंग्रेज़ी में एम.ए. करने के बाद टी.एस. एलियट की कविताओं पर रिसर्च कर रहा था। करुणा को विधवा हुए साल भर से ज़्यादा हो चला था। उसकी तीन वर्ष की बिटिया थी। तब उसकी उम्र छब्बीस की हो चली थी। शायद एक वर्ष पहले वह अपने सास-ससुर का शहर छोड़कर हमारे शहर में अपनी रिटायर्ड माँ और बिटिया के साथ रह रही थी। अंग्रेज़ी साहित्य में एम.ए. कर रही थी।

हमारी पहली मुलाक़ात यूनिवर्सिटी लाइब्रेरी के सामने की सीढ़ियों पर हुई थी, जहाँ हम दोनों बारिश के थमने का इन्तज़ार करते हुए खड़े थे। जुलाई का महीना। एग्रिकल्चर कॉलेज से जुड़े खेत पर खड़ी बारिश की शाम। नीले रंग की साड़ी और ब्लाउज पहने हुए एक साँवली लड़की। आँखों पर चढ़ा हुआ चश्मा। हाथ में कीट्स की कविताओं की किताब। छींकता हुआ, बार-बार रूमाल का इस्तेमाल करता हुआ एक गोल और साँवला चेहरा।

वही करुणा थी।

बीस से भी ज़्यादा बरस हो गए होंगे। मैं आकाशवाणी में अपनी कविताओं की रिकॉर्डिंग के लिए आया हुआ हूँ। शाम ढल रही है। कर्मचारियों का परिसर से बाहर निकलना शुरू हो गया है। मैं अपने पारिश्रमिक के चेक के तैयार होने का इन्तज़ार कर रहा हूँ। वही हरे रंग की लकड़ियों की बालकनी। वही सीढ़ियाँ। वही सरसराता शीशम का पेड़। स्कूटरों और साइकिलों का स्टैंड। कभी यहाँ के आसपास रोज़ ही अपनी शामों का करुणा के इन्तज़ार में गुज़ारा करता था।

कहाँ चली गईं वे शामें?

कहाँ चली गई करुणा?

हमारे अपने एक ही जीवन में कितना कुछ है जो छूटता चला जाता है। न पुराने दिन हमेशा साथ रहते हैं और न पुराने लोग। याद करना शुरू करते ही खोए हुए, मरे हुए चेहरों की याद आती है। वे चेहरे, जिनके साथ कभी हमारा बचपन बीता था। दादा-दादी का चेहरा। नाना-नानी का चेहरा। माता-पिता, भाई-बहनों, बचपन के दोस्तों का चेहरा।

पुराने चेहरों की जगह नए चेहरे आ जाते हैं। पुराने लोगों की जगह नए लोग। अपना ख़ुद का चेहरा ही कितना बदल जाता है। अब करुणा की आँखें कैसी होंगी? मैं जब कभी उसे एलियट की कविताएँ सुनाया करता था, तब उसकी आँखों में कैसी जादुई चमक आने लगती थी। और उस शाम की करुणा की आँखें, जब मैंने उससे विवाह करने की अपनी इच्छा जाहिर की थी।

"क्या मुझे यह कहना नहीं था?" मैंने पूछा था।

"नहीं-नहीं। यह सब इतना अचानक हुआ...। मैं विधवा हूँ, मेरी बेटी है और जयू, तुम मुझसे छोटे हो।"

"मुझे सिर्फ़ तुम्हारी इच्छा से मतलब है।"

"मुझे सोचना पड़ेगा, जयू।"

उस शाम के बाद भी हम रोज़ ही मिलते थे। मैं हर शाम उसे छोड़ने के लिए उसके घर जाता था। वह रसोई में मेरे लिए नाश्ता, चाय या कॉफ़ी तैयार करती रहती, मैं उसकी माँ और बिटिया के साथ ड्राइंग रूम में बैठा रहता। यह उनका किराए का मकान था। नीचे एक पारसी बुढ़िया अपनी नौकरानी के साथ रहती थी।

ऊपर का हिस्सा करुणा ने किराए पर लिया था। सफ़ेद दीवारों के उस दुमंज़िले मकान की शुरुआत में छोटा-सा बग़ीचा हुआ करता था। नीबू और आम के पेड़, पारसी बुढ़िया का सफ़ेद कुत्ता शायद अपने आख़िरी बरसों में रहा होगा।

"यह हमेशा इतना शान्त रहता है?"

"बूढ़ा हो गया है, बीमार रहता है।"

"इसकी देखभाल?"

"नौकरानी अच्छी है। अपनी मालकिन की ही नहीं, इसकी भी बहुत अच्छी देखभाल करती है।"

"आपको कैसे पता?"

"वह मेरी अकेली सहेली है।"

"और मैं?"

करुणा ने मुझे जिन निगाहों से देखा था, उन निगाहों को मैं आज बीस बरसों के बाद भी कहाँ भूल पाया हूँ। क्या-क्या नहीं था उन निगाहों में मेरे लिए। करुणा की असीम करुणा, मेरे जीवन पर उसका गहरा और निश्छल विश्वास। किसी दूसरे से मिला ऐसा गहरा, मज़बूत और अविस्मरणीय विश्वास हम सबके जीवन में कभी-कभार ही उतरता है। मेरे साथ यह तसल्ली मेरे जीवन की आख़िरी साँस तक बनी रहेगी कि मेरी ज़िन्दगी में कोई एक शाम आई थी, जब मैंने किसी लड़की की निगाहों में अपने लिए विश्वास महसूस किया था। मेरे अपने लिए उम्मीद बनते हुए देखा था।

मेरे विश्वास की, मेरी उम्मीद की उस शाम के पहले तक मैं जानता ही नहीं था कि करुणा के पति ने ख़ुदकुशी की थी। सुबह-सुबह उन्हें नींद की गोलियों की शीशी के साथ अपने बिस्तर पर मृत पाया गया था। छब्बीस साल का एक आदमी, दो बरस की बिटिया का बाप। माँ-बाप का इकलौता लड़का। उसकी आत्महत्या के बोझ को करुणा ने सहना शुरू किया था। कौन नहीं था जो पति की आत्महत्या के लिए करुणा को दोषी ठहरा रहा था। उसके साथ सिर्फ़ उसकी रिटायर्ड हो चुकी, बूढ़ी हो रही माँ थीं और दो बरस की बिटिया। वह सिर्फ़ तीन-चार आधे-अधूरे वाक्यों को भी तुतलाकर ही बोल सकती थी। पति के न रह पाने के बाद दो-तीन महीनों के भीतर उसने अपना घर, अपना शहर छोड़ दिया था।

करुणा ने अपनी माँ और बिटिया के साथ एक पराए शहर में अपना जीवन शुरू किया ही था कि उसकी मुझसे मुलाक़ात हो गई। अंग्रेज़ी साहित्य की उसकी पढ़ाई में मैं उसकी थोड़ी-बहुत मदद करने लगा। अपने रिसर्च के काम में मुझे उससे मदद मिलती रही। शायद धीरे-धीरे वह अपने काले-कड़वे अतीत से बाहर निकलने लगी थी।

एक शाम जब मैं उसके घर गया तो वह लता मंगेशकर की गाई हुई मीरा की कविताओं का रिकॉर्ड सुन रही थी। वह उसकी छुट्टी का दिन था। उसने तभी नहाया होगा। माथे पर आए बालों की लटें गीली थीं। हम चाय पीने लगे तो उसने मुझे बताया कि मीरा अपने एक भजन में अपने एक सपने के बारे में अपनी माँ को बता रही है कि उसने सपने में कृष्ण के साथ अपना विवाह देखा है। हमारी बात मीराबाई की छोटी-सी, कठिन, लेकिन सुन्दर ज़िन्दगी पर होने लगी। मैं ज़्यादा नहीं जानता था। करुणा ने ही उनको बार-बार सुना-समझा था।

"कितना साहसी रही होगी मीराबाई। कितना गहरा रहा होगा उसका विश्वास।"

"तुम्हें हिन्दी साहित्य लेना था।"

"तब बेरोजगार ही रहना पड़ेगा। अभी माँ का सहारा है, बाद में क्या होगा?"

"क्या दोबारा शादी नहीं करोगी?"

"मुझ अभागन से कोई क्यों शादी करेगा?"

"और कोई करना चाहे तो।"

"ऐसा होगा ही नहीं...और हुआ तब सोचूँगी।"

उसके बाद मैंने करुणा की झूठी हँसी को उसके होंठों पर तैरते देखा था। तब तक मैं उसकी झूठी और सच्ची हँसी पहचानने लगा था। वह पहली और आख़िरी बार था जब मैंने किसी को इतना ज़्यादा जाना था या इतना ज़्यादा जानना चाहा था। करुणा के जाने के बाद किसी को जानने-पहचानने की न कभी मैंने ज़रूरत महसूस की और न इसके लिए प्रयत्न ही किया।

बहुत-बहुत दिनों तक मैंने यह ज़रूर समझना चाहा था कि उसने मुझसे विवाह करने की असहमति क्यों जताई। क्या मुझमें कोई दोष था? क्या उसके लिए मेरी गहरी भावनाओं में कोई झूठ खड़ा रहा होगा? क्या मैं दया से उसकी तरफ़ बढ़ता चला गया था? क्या वह अपने मृत पति को इतना ज़्यादा प्यार करती थी?

करुणा के विवाह से इनकार के बाद मैं अपनी क्रूरता में, अपने कमीनेपन में इतनी दूर चला गया था कि मुझे लगा कि वह किसी और से प्यार करती रही है, उसके उसी प्यार ने उसके पति को आत्महत्या के लिए मजबूर किया था। मैं अपने इस गलीज और पागल विचार को अपने तक ही रख पाता, तब भी उतना बुरा नहीं हो सकता था। मैंने अपनी इस अमानवीयता, अधीरता और कठोरता को एक पत्र में करुणा तक पहुँचाया था। वह हमारे रिश्ते का अन्त साबित हुआ। हमारे प्रेम का पतन। हमारे सम्बन्धों की समाधि। आदमी यह भी कर सकता है? यह सिर्फ़ आदमी ही कर सकता है। मैंने पहले से ही टूटे, खँडहर हो चुके जीवन को इतनी बुरी तरह इतनी क्रूरता के साथ तहस-नहस किया था। मैं जो जीवन भर कविताएँ पढ़ता रहा, कविताएँ लिखता रहा, अपने भीतर एक खोखला, ख़ुदगर्ज़ और क्रूर आदमी बना रहा था।

करुणा से अलग हुए बीस से ज़्यादा साल हो रहे हैं। मैं अब भी कविताएँ लिखता हूँ, अपने छात्रों को अंग्रेज़ी साहित्य पढ़ाता हूँ। अपनी कविताओं की रिकॉर्डिंग के लिए ही आकाशवाणी आया हूँ। मेरी पत्नी ममता की तो नहीं, मेरी माँ की मेरी कविताओं में दिलचस्पी अब भी बनी हुई है। कमज़ोर निगाहों से मेरी कविताएँ पढ़ना उनके लिए मुश्किल होता जा रहा है, पर उनको सुनना माँ को अब भी अच्छा लगता है। मैं उनके लिए भी बीच-बीच में आकाशवाणी में अपनी कविताएँ भेजता रहता हूँ।

यहाँ आकाशवाणी में आता हूँ। यहाँ के लम्बे और पुराने गलियारों से गुज़रता हूँ। शीशम के पेड़ तले ठहरता हूँ। लकड़ी की बालकनी से सामने के पेट्रोल पंप, गिरजे और नीम के पेड़ों को देखता हूँ। तब बीस बरस पहले की यहाँ बीती शामें बरबस सामने से बहने लगती हैं। अच्छा लगता है उन दिनों में रहना। उन दिनों से गुज़रना। बढ़ती उम्र के अलगाव, अवसाद और अभाव के ऐसे दिनों में अपने वे हरे-भरे दिन तसल्लियाँ देते नज़र आते हैं। यह कहते हुए कि समूचे जीवन में ऐसे कितने कम दिन होते हैं जो निरन्तर, शायद हमारी आख़िरी साँस तक बने रहते हैं। और ये दिन ही वे दिन हो जाते हैं, जिनके साथ और जिनके बीच हम हमेशा ही बने रहना चाहते हैं।

जिन दिनों में हम अपने प्रेम में होते हैं, शायद हम अपने आवेग को, आकांक्षा

को, आतुरता-अधीरता को अच्छी तरह देख नहीं पाते। बरसों के बाद जब हम अपने प्रेम के उन बीते हुए बरसों में झाँकते हैं, तब वहाँ न उदासियाँ नज़र आती हैं और न वीरानियाँ। चमकता और चमचमाता कोई तारा, उजला-सा कुछ जादुई, निरासक्त और अप्रत्याशित-सा!

यह कौन-सा अभिशाप है मनुष्य को कि न वह किसी को हमेशा प्यार कर पाता है और न ही कोई उसको हमेशा प्यार करता है। क्या होता है कि किसी भी प्रेम की निरन्तरता अन्ततः टूटती है। अगर जीवन से नहीं, तो मृत्यु से। करुणा मेरे साथ होती, तब हम इस विषय पर देर तक बातचीत कर सकते थे। वह मीराबाई की कविताओं के सहारे अपने ख़ुद के जीवन की समझ से, अपने निज के दुखों, प्रेम और अनुभवों से मुझे कितना कुछ सिखा सकती थी, समझा सकती थी।

मुझे पता होता कि करुणा कहाँ है तो मैं आकाशवाणी पर उसके लिए भी अपनी कविताएँ पढ़ रहा होता। वह मेरी कविताएँ सुनती, उनके बारे में अच्छा-बुरा बताती और अच्छी तरह लिखने और लगातार लिखते रहने की हिदायतें देती। मुझे कविता के कठिप रास्तों को पार किए हुए कवियों के बारे में बताती और कोई एक शाम सिर्फ़ मेरी कविताओं के लिए, मेरे कविता लिखने के लिए मुझे घर पर कॉफ़ी पिलाती। मेरे लिए सैंडविच या फ्रेंच टोस्ट तैयार करती।

इस वक़्त करुणा कहाँ होगी? कैसी दिखती होगी? कौन-सी नौकरी करती होगी? क्या उसने दूसरा विवाह कर लिया होगा? क्या कभी उसे मेरी याद आती भी होगी? शायद नहीं। हमारे रिश्तों के आख़िरी दिनों में मैं उसके प्रति कितना क्रूर, उदासीन और अतार्किक होता चला गया था। क्या कुछ बुरा नहीं लिखा था मैंने उस पत्र में। आज सोचता हूँ कि कैसे कोई इतना ज़्यादा गिर सकता है? क्या मैंने कीट्स, शेली और एलियट की कविताओं, भाषा और भावनाओं से यही सीखा था कि एक कमज़ोर, असहाय विधवा के जीवन और चरित्र पर सन्देह करूँ? मैं ही कहा करता था कि हमें एक ऐसा समाज बनाना है जो हमेशा दूसरों के जीवन को जज न करता रहे। आदमी न्यायाधीश की भूमिका न निभाता रहे। कहाँ गई थी मेरी विवेकशीलता, कहाँ चल गया था मेरा कवि?

उसके शहर छोड़ देने के बाद मैं एक शाम उसके घर गया था। पारसी मकान मालकिन का कुत्ता मर चुका था। पारसी बुढ़िया अस्पताल में थी। करुणा के घर

के नीले रंग के दरवाज़े पर ताला टँगा था। दरवाज़े के क़रीब साइकिल का टायर और तोते का पिंजरा रखा था। मैंने नीचे देखा, नीबू के पेड़ के पास गिलहरियाँ खेल रही थीं। आम के पेड़ के पास तार पर कुछ कपड़ों को धोने के बाद टाँगा गया था। वहाँ नीले रंग की जुराबें थीं। वैसा ही नीला रंग जिसे पहने हुए पहली बार करुणा को यूनिवर्सिटी लाइब्रेरी की सीढ़ियों पर सर्दी से बेहाल होते देखा था। वह बारिश के दिनों की कोई शाम थी। मेरे जीवन की एक शाम, जब मैंने अपने सुख को जानना शुरू किया था और शायद उस दुख को भी जानना, जिसके साथ मैं पिछले बीस बरसों से अपनी उम्र के पैंतालीसवें साल में आज तक रहा हूँ।

मैं नहीं जानता करुणा कि तुम कहाँ हो। तुम कहीं हो तो मैं एक बार तुमसे ज़रूर मिलूँगा। तुमसे अपनी उस चिट्ठी के लिए माफी माँगूँगा, जिसने न जाने तुम्हें कितना ज़्यादा दुख दिया होगा और यह दुर्भाग्य भी कि अन्ततः मैं भी उन्हीं लोगों में शामिल हो गया जिन्होंने तुम्हें कभी नहीं समझा। तुम शायद किसी भी बात के लिए, किसी को भी, मुझे भी माफ कर देतीं। लेकिन तुम्हें न समझने के लिए, तुम्हें ग़लत समझने के लिए, किसी को भी माफ कर पाना तुम्हारे लिए मुश्किल ही नहीं, असम्भव ही था।

करुणा, अब मैं धीरे-धीरे और बड़ा होता जा रहा हूँ। कुछ बरसों के बाद मेरा बूढ़ा होना शुरू हो जाएगा। यह तसल्ली है कि मैं तुम्हें समझ रहा हूँ, अब मैं तुम्हारे क़रीब हूँ। अब मैं तुम्हारे और ज़्यादा क़रीब रह पाने की क़ाबिलियत हासिल कर चुका हूँ। अब मैं थोड़ा-थोड़ा ख़ुद को, कुछ-कुछ दूसरों को भी समझने लगा हूँ। अगर तुम्हारे मेरे जीवन में आने से मेरा जीवन बदल गया था तब तुम्हारे मेरे जीवन से जाने से भी मेरा जीवन बदला ही है।

आकाशवाणी की इस इमारत के सामने के सेमल के पेड़ पर मेरी निगाहें जाती हैं और तब मुझे उन शामों का ख़याल आता ही है जिन्हें मैंने तुम्हारे साथ गुज़ारा था।

पहला प्रेम

हम सब यह विश्वास करते हैं कि हमारा प्रेम अद्वितीय है और यह देखकर चिढ़ जाते हैं कि वह प्रत्याशित ढर्रे को ही दोहरा रहा है।

—केट टेलर

पहले इंस्टीट्यूट ऑफ़ साइंस की लाल दीवारों, कवेलुओं और लकड़ी से बनी विशालकाय इमारत आती थी। वहीं एक जगह पर हवाई जहाज़ का अस्थिपंजर पड़ा रहता। फिर प्रमुख डाकघर की कोलोनियल बिल्डिंग। जहाँ लेटर बॉक्स था वहाँ से एक रास्ता उस गली में जाता था जहाँ मानस का मकान था। आनन्द विहार का आख़िरी बँगला। कॉलोनी की शुरुआत में ही गमलों, पेड़ों, फूलों, कबूतरों के बीच, बेंत की कुर्सी लिये हुए, एक अधेड़ औरत नज़र आती जो शायद नर्सरी की मालकिन रही होगी। अकसर हाथों में अख़बार या ट्रांज़िस्टर लिये रहती थी। मानस के घर के पड़ोस में एक लम्बी-चौड़ी और पुरानी दीवार नज़र आती जो लड़कियों के स्कूल के परिसर का हिस्सा थी। मानस के छोटे-से बग़ीचे में खड़े होने पर स्कूल की कक्षाओं से आती आवाज़ों को सुना जा सकता था। माँ यहाँ गुज़री थीं, बाबू रानीखेत में, वहाँ कॉलेजों के एक सेमिनार में गए थे।

"तब तुम वहाँ थे?"

"नहीं, माँ वहाँ थी, मैं मौसी के यहाँ।"

"तब तुम्हारी उम्र?"

"मैं बारह का था, दीदी बीस-इक्कीस की रही होगी।"

"अब दीदी कहाँ है?"

वह कुछ देर ख़ामोश रहा था। उसकी अपनी-सी ख़ामोशी जो उसके साथ

अकसर बनी रहा करती थी। वह हमारी जान-पहचान के शुरुआत के दिन थे। बाद में जब मैंने जाना कि उसकी बहन ने ख़ुदकुशी की थी तो मुझे अपने सवाल पर शर्म आई थी। हमारी पहले-पहल की मुलाक़ातों के दिन और भी ज़्यादा छोटी-छोटी, मामूली और औपचारिक बातों से बनते, साधारण-से दिन रहे थे। मैं बहुत ज़्यादा बोलती थी और वह बहुत ज़्यादा सुनता था।

"देवयानी, तुम बहुत ज़ोर-ज़ोर से बोलती हो," माँ समझाती थीं।

"मैं अपनी बात ठीक तरह से रखना चाहती हूँ।"

"लेकिन लड़की की आवाज़ का तेज होना अच्छा नहीं माना जाता।"

"ऐसा क्यों है?"

"तुम इतने सवाल करती हो!"

"तुम नहीं करती थीं?"

"नहीं।"

"क्यों?"

"फिर क्यों, मुझे तुम्हारे लिए डर लगता है।"

"लेकिन बाबा मुझ पर कभी नाराज़ नहीं होते थे।"

"वे अलग तरह के आदमी थे। तेरे बाबा ने ही मुझे शादी के ब'द पढ़वाया था...कॉलेज में मेरी नौकरी से उनको ज़्यादा ख़ुशी मिली थी, मुझे तैरना उन्होंने सिखाया...स्कूटर चलाना भी।"

मैं जब बी.ए. फाइनल का इम्तहान दे रही थी तब बाबा की एक दोपहर में अचानक मृत्य हो गई थी। उनके इस तरह जाने के बाद, हम दोनों माँ-बेटी के साथ उनकी किताबों, उनके हिन्दुस्तानी क्लासिकल के रिकॉर्डों के साथ-साथ, उनके साथ बीते हमारे दिनों की यादें रहा करती थीं। हम दोनों अपनी फ़ुरसत की घड़ियों में कभी-कभार उनकी धर्म, इतिहास और राजनीति से जुड़ी किताबों को पढ़ा करते थे। उस्ताद अमीर ख़ान और निखिल बैनर्जी के रिकॉड्‌र्स सुना करते थे। हमें फ़ुरसत कम ही मिला करती थी। माँ कॉलेज में पोस्ट ग्रेजुएट छात्र-छात्राओं को अंग्रेज़ी पढ़ाती थीं और मैं एम.एससी. पढ़ रही थी। सप्ताह में तीन दिन, यूनिवर्सिटी लाइब्रेरी में फ्रेंच सीखने जाती थी।

माँ की किताबों में कुछ किताबें फ्रांसीसी चित्रकारों की कला और ज़िन्दगी पर

थीं। उन किताबों में ही मैंने वैन गॉग के कुछ असाधारण, विलक्षण और अद्‌भुत चित्रों को, उनके रंगों, आकारों और आकृतियों को शिद्‌दत से महसूस किया था। बैन गॉग के चित्रों का जीवन और जादू भी रहा होगा कि हममें फ्रांस के लेखकों-कवियों की किताबें पढ़ने का लगाव उतर आया था। मैं वहाँ के कवियों को अंग्रेज़ी में पढ़ती थी, उनके मराठी अनुवादों को देखा करती थी और तभी मेरे मन में फ्रेंच सीखने का ख़याल उतरा होगा।

यह भी होता रहता है कि पूना से मेरी नानी कुछ दिनों के लिए हमारे यहाँ आ जातीं। तब हमें शाम को उनके साथ कभी सैर के लिए किसी पार्क में, कभी किसी किताब के लिए पब्लिक लाइब्रेरी में या कभी दर्शन के लिए गणेश मन्दिर में जाना पड़ता। नानी को पंडित के हाथों का बना खाना अच्छा नहीं लगता। उन दिनों खाना मैं बनाती या माँ। इन दिनों में अपने कुत्ते को रोज़ नहलाना ज़रूरी हो जाता। नानी को कुत्तों से चिढ़ थी और उनको पालनेवालों से भी। जिन दिनों में नानी हमारे घर में रहा करती थीं उन दिनों में हमारा कुत्ता कुछ उदास-सा बना रहता। वैसे भी अपोलो के स्वभाव में ही एक तरह की उदासी थी जो उसकी निगाहों में रची-बसी रहा करती।

"अंग्रेज़ों को कुत्ते-बिल्लियों की ज़रूरत थी," नानी कहती थी।

"क्यों?" मैं पूछती।

"वे हमारे यहाँ अकेलापन महसूस करते थे।"

नानी की भारत में अंग्रेज़ों के अकेलेपन की इस बात का ख़याल मुझे मानस से हुई शुरू की मुलाक़ातों में आया था। विश्वविद्यालयों की लाइब्रेरी की पहली मंज़िल के गोखले हॉल में अल्फ्रेड हिचकॉक की कुछ फ़िल्में तीन-चार दिनों तक दिखाई गई थीं। मैं और माँ एक शाम लाइब्रेरी की टैरेस पर खड़े थे। बाहर जून की शुरुआती गर्मियों की लम्बी शाम थी। लम्बी और गहरी और माँ की बातों से बनती और कुछ गम्भीर-सी शाम। फ़िल्म को कुछ देर बाद शुरू होना था।

'गहराइयाँ...' इस शब्द का हमेशा ख़याल रखना था, माँ मराठी में कह रही थीं। माँ बताना चाह रही थीं कि कोई भी आदमी धीरे-धीरे ही कुछ बनता चला जाता है...अपने स्वप्न का बराबर ख़याल रखना पड़ता है...उस तक पहुँचने के रास्ते खोजने पड़ते हैं...माँ और नानी कितना कुछ बताते रहते थे पर मैं सुनती कहाँ थी?

मुझमें अपना ही कुछ कहने-बताने का उतावलापन बना रहता। मानस से मिलने पर मैंने धीरे-धीरे किसी को सुनना, सुनने को सीखना शुरू किया था।

वह आख़िरी फ़िल्म की शाम थी। हिचकॉक की 'वर्टिगो' की शाम। तभी वह माँ के पास आया था। सात-आठ मिनट्स के बाद हॉल में अँधेरा हो जाना था।

"नमस्ते, आप कैसी हैं...कुछ काम आ गए और मैं आपसे मिलने नहीं आया।"

"कोई बात नहीं...तुम जब कॉलेज आए थे तब मैं पढ़ाने जा रही थी...यहाँ कितने दिन रहोगे?"

"मुझसे वहाँ जमा नहीं...मैं लौट आया।"

"फिर कभी घर आना...यह मेरी बेटी देवयानी है...कामायनी से छोटी...नई फ़िल्म के लिए आए हो..."

हमारी बातचीत के बीच ही माँ ने उसे हमारा फ़ोन नम्बर दिया था। उस शाम हम लाइब्रेरी से अपने घर तक पैदल ही लौटे। पाम रोड की सँकरी-सी सड़क के फुटपाथ पर माँ ने बताया था कि मानस के पिता उनके अंग्रेज़ी विभाग में रहे थे और एक सेमिनार के वक़्त रानीखेत में मरे थे। उसकी माँ शास्त्रीय संगीत सीखती थीं और अब वे भी नहीं रही हैं। मानस की बचपन से ही संगीत में रुचि बनी रही और पिछले कुछ बरसों से वह बम्बई-पूना में फ़िल्मों में संगीत देने के लिए वहीं रह रहा था।

"क्या उसने संगीत सीखा है?"

"हमारे ही कॉलेज की मैडम डिक्रूज से पियानो सीखा करता था... बहुत कम बोलता है...उदास-सा बना रहता है, उसके पड़ोस में ही उसकी मौसी रहती थी।"

माँ ने उस शाम और भी कुछ-कुछ बताया था लेकिन मुझे उनका यह वाक्य याद रह गया था कि 'उदास-सा बना रहता है।' वे जून की गर्मियाँ थीं। दोपहर के वक़्त समूचा शहर मृत-सा, किसी क़ब्रिस्तान-सा, निर्जीव चीज़ों से बने हुए किसी नगर-सा जान पड़ता। ज़्यादातर लोग भयावह गर्मियों के कारण घर में ही बने रहते। बिस्तर पर ही पड़े रहते। पंखों और कूलरों की आवाज़ों के नीचे सारी आवाज़ें डूब-सी जातीं। मैं विक्टर ह्यूगो का उपन्यास पढ़ रही थी। वह भी बहुत धीरे-धीरे। थोड़ा-सा अंग्रेज़ी में और बहुत थोड़ा-सा फ्रेंच में। उस दोपहर में मैं फ़्रीज़ से पानी

की बोलत निकाल रही थी और हमारे फ़ोन की घंटी बज उठी।

"हैलो!"

"मैं मानस बोल रहा हूँ...क्या आंटी से बात हो सकती है?"

"वे सो रही हैं...उनको उठाती हूँ।"

"सॉरी...उनको मत उठाइए...उनको बताना था कि आज शाम के सात बजे मैं एक जगह पियानो बजा रहा हूँ।"

"कहाँ?"

"कैथोलिक क्लब में...आप लोगों के घर से नज़दीक पड़ता है...आप लोग आएँगे तो मुझे बहुत अच्छा लगेगा।"

"माँ को डेंटिस्ट के पास जाना है।"

"ठीक है...आपको डिस्टर्ब किया...माफ़ करना।"

तीन जून की उस शाम को, गिरजे के पड़ोस में खड़े हुए कैथोलिक क्लब में, माँ नहीं, मैं ही जा सकी थी। उसने पियानो पर कुछ पुरानी फ़िल्मों की धुनें और मोत्सार्ट नाम के लोकप्रिय संगीतकार की एक रचना सुनाई थी। उस शाम मोत्सार्ट को सुनते हुए मैंने पहली बार महसूस किया था कि संगीत किसी को कितना ज़्यादा, कितना घना एकान्त दे सकता है। क्लब की कुर्सियों पर मुश्किल से पन्द्रह-सोलह लोग रहे होंगे। उनमें से कुछ कभी हमारे कॉलेज में रही म्यूज़िक टीचर मैडम डिक्रूज के छात्र थे। उनकी मोत्सार्ट, बिथोवन और बाख के संगीत से पहचान थी। कंसर्ट के बाद कोकाकोला पीते हुए, वे अपनी-अपनी बातें रख रहे थे। मैं कार्यक्रम के बाद भी वहाँ रुकी रही। मुझे वहाँ से माँ को लेने डेंटिस्ट के पास जाना था। वह मुझे कुछ दूर तक छोड़ने के लिए आया था। मैंने क्लब की इमारत के गलियारों में बताया था कि इस तरह का संगीत मैंने पहली बार सुना है। उसने कहा था कि वह भी थोड़ा-सा ही कुछ जान पाया है।

"कभी हमारे घर आना।"

"मैं माउंट कारमेल के पड़ोस में रहता हूँ...आनन्द विहार में...आप दोनों के ही कॉलेज के रास्ते में...आने के लिए शुक्रिया, आंटी आ पातीं तो मुझे और अच्छा लगता...माँ बताती थीं कि आंटी वेस्टर्न क्लासिकल सुना करती थीं...।"

मैं जब बहुत छोटी थी तब हमारे घर में एच.एम.वी. का ग्रामोफ़ोन था। सलिल

चौधरी, गीतादत्त, मेहँदी हसन और बिथोवन के कुछ रिकॉड्र्स भी। कभी-कभार माँ-बाबा मुझे मैडम डिक्रूज के घर ले जाते जहाँ पियानो, वायलिन आदि से बनी धुनों के रिकॉड्र्स बजते रहते। मैं उस शाम को मोत्सार्ट को सुनने के अपने अनुभव को बता रही थी कि मैंने कहा था :

"अपना ग्रामोफ़ोन ठीक नहीं होगा...तुम चाहो तो मिस बुहारीवाला के घर जा सकती हो।"

"मुझे जाना ही होगा तो मैं मानस के घर जाऊँगी," ऐसा मैंने सोचा था। कहा नहीं था। पर मोत्सार्ट, संगीत, उदासी भरी हुई मैडम डिक्रूज के घर, मिस बुहारीवाला का ज़िक्र, मुझे इस ख़याल तक ले गया था कि मैं मानस के चेहरे पर छाई रहती जिस उदासी का ज़िक्र कर रही थी उसका रिश्ता कहीं उस संगीत से तो नहीं है जिसे वह सुनता रहता है, जिसे थोड़ा-बहुत बजा पाना उसने सीख लिया है? उस रात देर तक मेरे साथ मैडम डिक्रूज का बरसों पुराना, जर्जर होता बँगला और उसका भुतहा-सा परिवेश रहा था। बँगले के आसपास झाड़ियाँ थीं। बहता हुआ नाला। चारों तरफ़ खड़े हुए पेड़। उजाले से ज़्यादा अँधेरे का प्रदेश। कोई ऐसी अँधेरी जगह, जहाँ शैतान छिपकर बैठता होगा, अगर शैतान नहीं तो मृत्यु जो अपने शिकार की प्रतीक्षा करती रहती होगी।

पच्चीस-छब्बीस बरस के उस उदास आदमी को जानने की जिज्ञासा मुझे एक शाम मानस के घर की दहलीज़ तक ले गई। माउंट कारमेल स्कूल के पड़ोस की गली के दूसरे सिरे पर उसका मकान था। पीले रंग से पुता हुआ। पुराना। दो पेड़ों से घिरा हुआ। एक जामुन का और दूसरा शायद सेमल का। पहले कमरे की एक ही दीवार पर उसके माता-पिता की आयताकार तसवीर टँगी थी। बाक़ी दीवारें नंगी। 'मैं कभी इस आदमी को दीवारों पर टाँगने के लिए कुछ चित्र देना चाहूँगी,' मैंने मन में सोचा था।

"आप!" दरवाज़ा खोलते हुए, वह चौंका था।

"स्कूल की वार्डन से काम था...याद आया कि आप भी यहीं रहते हैं।" मैंने झूठ बोला था।

"शुक्रिया...कमरा ठीक-ठाक नहीं है...पिछले दिनों मैं कंसर्ट के लिए प्रैक्टिस करता रहा था।"

"आपने बहुत अच्छा बजाया था।"

"उस शाम मुझसे दो-तीन बड़ी भूलें हो गईं।"

"कैसी भूलें?'

"व्याकरण की भूलें, लेकिन उस शाम में भी मुझे लगा कि मुझमें संगीत के लिए प्रतिभा नहीं है...मैंने अच्छा किया कि मैं बम्बई से लौट आया...वहाँ मैं अपना वक़्त बर्बाद कर रहा था...माता-पिता का कमाया हुआ पैसा भी।" वह मुस्कुरा रहा था।

"अब क्या करोगे?"

"जुलाई से आपके कॉलेज में म्यूज़िक टीचर हो जाऊँगा।"

वह चाय बनाने के लिए किचन में चला गया। मुझसे थोड़ी दूरी पर एक कोने में छोटा-सा पियानो रखा था। मुझे उसकी पीठ नज़र आती रही। सफ़ेद खादी के कुरते से ढकी हुई। वह चाय के कप के साथ एक प्लेट में बिस्कुट और कपकेक ले आया था।

"आप नहीं पिएँगे?"

"मैंने अभी-अभी पी है।" वह अपना चश्मा साफ कर रहा था।

"आपको चश्मा कब से लगा?"

"बचपन से पहन रहा हूँ।"

"क्या बहुत ज़्यादा पढ़ते थे?"

"नहीं...नहीं...बचपन में बार-बार बीमार पड़ता था...कमज़ोर रहा...रोता भी बहुत था।" वह मुस्कुराया था।

"क्यों?"

"बाबू गुज़र गए थे, मेरी माँ और बहन अकसर रोने लगते थे...मैं अकेला रहता था..."

"बहन कहाँ रहती है?"

"मैं बहुत छोटा था...उसने एक दिन इसी घर की टैरेस से छलाँग लगाई थी।"

"सॉरी।"

फिर उसने उस शाम को मोत्सार्ट की रचना बजाते हुए उससे हुई ग़लतियों को समझाया था। उसी रचना का थोड़ा-सा अंश मेरे लिए बजाया था। मुझे याद आता है कि उसने अंग्रेज़ी में यह कहा था कि कला में धीरता की बहुत ज़्यादा ज़रूरत

रहती है। देर तक प्रतीक्षा करते रहने की और अपनी असफलताओं को सहने-समझने की भी। तभी उसने यह भी कहा था कि उसकी माँ प्रतिभाशाली गायिका थीं। उनको अवसर भी नहीं मिले...पर वह मेहनत नहीं करती थीं...छोटी-छोटी उपलब्धियों से ख़ुश हो जाती थीं।

वह कहीं और जाने लगा था। वह शायद भूल रहा था कि मैं वहाँ हूँ। मैं पहली बार उसके यहाँ आई हूँ। हमारे बीच थोड़ी-सी भी पहचान नहीं है। वह घबरा-सा गया था। बाहर शाम ढलने को ही थी। स्ट्रीट लाइट जली नहीं थी। मैं बेंत की कुर्सी से उठने लगी। उठते-उठते मेरी निगाहें उसके कुरते के फटे हुए हिस्से पर ठहरीं।

"आपका खाना कौन बनाता है?"

"मौसी के यहाँ चला जाता हूँ...कभी वहाँ से टिफिन आ जाता है।"

"कमरे की साफ़-सफ़ाई?"

"मौसी की ही राधाबाई यहाँ आ जाती है...चाय के कुछ बर्तन रहते हैं... कभी-कभार कपड़े धो देती है।"

"अब चलती हूँ...माँ इन्तज़ार कर रही होंगी।"

"कुछ देर बैठिए...मैं उनको फ़ोन कर देता हूँ।"

उसने यह वाक्य कुछ ऐसे आत्मविश्वास के साथ कहा था कि उसे मेरी नहीं अपनी माँ को फ़ोन करना हो। उसने नहीं, मैंने उसके फ़ोन से माँ से कुछ देर बाद आने की बात कह दी थी। मैं कुछ और देर रुकी रही। उसे हमारे जीवन के बारे में बताती रही। तब मैं बरसों के बाद किसी पराये व्यक्ति के सामने ख़ुद को इतना ज़्यादा व्यक्त कर रही थी। वह सुनता रहा। मेरी तरफ़ देखता रहा। उसे इतनी गम्भीरता से सुनते हुए देखकर मेरे भीतर ज़बरदस्त इच्छा जागी थी कि मैं उसे अपने उस रहस्य को बता दूँ जिसे मैंने अपनी माँ तक से छिपाए रखा था। पर क्या पहली ही थोड़ी-सी ठीक-ठाक मुलाक़ात पर किसी पर भरोसा करना ठीक है, ऐसा सवाल मेरे साथ रहा था।

उस शाम जब घर लौटी, माँ चाय के लिए मेरा इन्तज़ार कर रही थीं। हम दोनों शाम के छह-सात बजे के आसपास चाय के लिए डाइनिंग टेबल पर बैठते थे। वहीं बीते दिन से जुड़ी, आनेवाले दिनों के सम्बन्ध में कुछ-कुछ बातें हो जातीं। माँ कॉलेज का कुछ बतातीं और मैं घर के आसपास का या माँ बस्ती का कुछ सुनातीं

और मैं कुछ अपने कॉलेज का। उसी वक़्त हम रेडियो पर न्यूज सुन लेते या सुबह आए अख़बार को इधर-उधर देख लेते। पिता की राजनीति और राजनैतिक वातावरण में दिलचस्पी रहती आई थी। उनके रहने पर शाम के उसी वक़्त में देश-विदेश की राजनीति पर, इधर-उधर हो रहे चुनावों पर, सत्ता पलटने और सत्ता सँभालने की घटनाओं पर बातें-बहसें हुआ करती थीं। वे गए और उनके साथ बहसों का वह दिलचस्प सिलसिला भी चला गया। धर्म, राजनीति, इतिहास और सभ्यताओं से जुड़ी बहसों-बातचीतों की उन शामों में ही मैंने अनुराग को जानना शुरू किया था। उस शाम को हम अनुराग के बारे में नहीं, मानस के बारे में बातें करते रहे थे।

"किसी शाम को उसे घर बुलाना," माँ ने कहा।

"मैंने कह दिया है।"

"क्या वह आएगा?"

"क्या पता...मुझे छोड़ने के लिए दूर तक आया था, बातचीत से भी लगा कि उसे दूसरों के जीवन में दिलचस्पी है।"

"इसके माता-पिता बहुत प्रतिभाशाली लोग थे...इसकी बड़ी बहन ने छत से कूदकर अपनी जान दे दी, बाद में वे दोनों पहले जैसे नहीं रहे...इसकी माँ ने गाना ही छोड़ दिया...इसके पिता ज़्यादा शराब पीने लगे...कुछ-कुछ लोगों को कितना ज़्यादा सहना पड़ता है।"

"तुमने मानस को पियानो बजाते सुना है?"

"बहुत पहले...मैडम डिक्रूज कॉलेज में रिटायर हो रही थीं, उनकी फेयरवेल पार्टी में इसने भी बजाया था।"

"तब कैसा था?"

"तब इसने सीखना शुरू ही किया था...मैडम डिक्रूज इसके म्यूज़िक के लिए पैशन की बहुत तारीफ करती थीं।"

"उसमें किसी को सुनने की जबरदस्त क्षमता है।"

"ऐसा होना चाहिए।"

"क्यों?"

"इससे गम्भीरता और गहराई बढ़ती है...आप कुछ ज़्यादा ज़िम्मेवार हो सकते हैं।"

"मैंने अनुराग को कभी भी इस तरह किसी को सुनते हुए नहीं देखा है।"

"सबका अपना स्वभाव होता है...मानस बचपन से ऐसा रहा होगा...छोटा था तब अपने पिता के साथ कभी-कभार कॉलेज में आता था...इसके पिता अपना पीरियड लेते रहते और यह स्टाफ रूम में नहीं, शीशम के पेड़ के नीचे की बेंच पर अकेला बैठा रहता था।"

"इसके पिता कैसे थे?"

"बहुत ज़्यादा बातूनी...लेकिन जब लड़की चली गई तो उनका बोलना-बतियाना भी चला गया।"

"और उसकी माँ?"

"यह माँ पर गया है...वह बहुत ज़्यादा शान्त और ख़ामोश रहा करती थीं... गाती बहुत अच्छा थीं। क्लासिकल संगीत सीखती भी थीं।"

मैं सोचती रहती हूँ कि आदमी के साथ यह सब क्यों होता है, कैसे होता है कि एक शाम वह किसी के साथ अपना थोड़ा-सा वक़्त गुज़ारता है और फिर बार-बार, कई बार उस आदमी का ख़याल सताने लगता है। मेरे साथ यही हुआ था। उस शाम के बाद मैं मानस को याद करने लगी थी, मेरा इस बात पर बार-बार ध्यान जाता रहा कि मुझे मानस के घर की पीली, पुरानी और नंगी दीवारों पर कौन से चित्र, किसके चित्र टँगवाने चाहिए? मेरे मन में उसके कुरते के फटे हुए हिस्से का भी ख़याल आया और उसके किचन में रखे गए फ़्रीज़ पर जमी धूल का भी। रसोईघर की खिड़की पर जाले थे। खिड़की पर जाली पुरानी हो गई थी। उसका ताना-बाना बिखर-सा गया था।

अब मैं अकसर लाइब्रेरी का बहाना बनाकर माउंट कारमेल के पड़ोस के उसके घर में जाने लगी थी। अपने घर में उसने मुझे बाख और उनके संगीत के बारे में कुछ-कुछ बताया था। उस वक़्त वह पश्चिमी शास्त्रीय संगीत के कलाकारों की जीवनी की कोई किताब पढ़ रहा था। कभी मेरे पास वक़्त होता और उसका मन होता, वह मुझे पियानो पर कुछ सुनाता भी था। वह अपने स्टूल पर बैठा रहता और मैं उसे बजाते हुए देखती रहती। मेरा ध्यान कभी उसकी साँवली उँगलियों पर तो कभी उसके चेहरे के उतार-चढ़ाव पर ठहर जाता। उसी शाम को मैंने उसे अनुराग के बारे में, अनुराग से अपने दो-तीन बरसों के रिश्तों को लेकर,

इन दिनों में उस रिश्ते में आती दूरियों, दरारों को लेकर थोड़ा-बहुत बताया था।

मैं अनुराग से हुए अपने पहले प्रेम के दिनों में जिस तरह के प्रेम की प्रतीक्षा करती रहती थी, वैसा प्रेम अब मानस के साथ के समय में मेरे पास लौटता नज़र आ रहा था। सिर्फ़ हमारा एक जगह में, एक वक़्त में एक साथ होना ही मुझे तसल्ली और उम्मीद देने लगा। मामूली बातें, छोटी-छोटी रोज़मर्रा की घटनाएँ, छोटी बातचीत में कुछ आत्मीय आयाम, कुछ आत्मीयता आकार लेने लगी थी। आकाश की तरफ़ देखना, पेड़-परिन्दों की उपस्थिति महसूस करना, तारों को गिनना, हवाओं का चलना, कहीं किसी घर से आती आवाज़ें या हँसी, मेरे पास एक क़िस्म की तसल्ली को लाने लगी। यह सब अनुराग के साथ नहीं हुआ था। मैं अनुराग के साथ तीन बरसों से म्यूज़ियम, चिड़ियाघर, पार्क, रेस्तराँ और लाइब्रेरी जाती रही थी। तीन-चार बार मैं उसके घर भी गई जहाँ उस वक़्त वह अकेला ही था। जितनी बार मैं उसके घर गई, उतनी ही बार उसने मेरी देह को सहलाना चाहा था, मुझे छूना और चूमना चाहा था। मैंने कभी माँ को अपने अनुराग के घर में वक़्त बिताने की बात नहीं बताई। वह मेरा रहस्य था लेकिन मैं मानस के सामने अपने रहस्य को खोलने में थोड़ा-सा भी हिचकिचाई नहीं थी। पन्द्रह-बीस मुलाक़ातों में हमारे बीच अत्यंत सहज संवाद होने लगा था।

"देवी...तुमने टेलीफ़ोन और बिजली के बिल्स नहीं भरे..." माँ ने कुछ शिकायत के स्वर में कहा था।

"आज जाऊँगी...सुबह से इतनी धूप हो जाती है।"

"लेकिन तुम लाइब्रेरी तो जा रही हो।"

माँ का नाराज़ होना स्वाभाविक ही था।

विक्टर ह्यूगो का उपन्यास वहीं छूट गया था जहाँ दोपहर के वक़्त मानस का फ़ोन आया था। कितने ही दिनों से बग़ीचे के गमलों में माँ ही पानी डाल रही थीं। अख़बार खुले ही नहीं थे। गणित के किसी सवाल को हल किए हुए महीना होने को आ रहा था। फ्रेंच की पढ़ाई बन्द थी और अकसर ही दूध उबलकर गिरने लगा था। यह सब कुछ माँ की नज़र में रहता ही होगा। माँ ने मेरी बड़ी बहन कामायनी से नहीं, मुझसे अपनी उम्मीदें बाँध रखी थीं। कामायनी का विवाह उसके ग्रेजुएट होते ही हो गया था और मैं एम.एससी. फ़ाइनल कर रही थी पर माँ ने मेरे विवाह के बारे

में सोचा तक नहीं था। अनुराग से मेरी दोस्ती का, मेरे लिए अनुराग के आकर्षण का उनको अन्दाज़ा ज़रूर था लेकिन अनुराग से भी वह मेरे पास कम आने, मुझे बार-बार फ़ोन न करने, मुझे सिनेमा न ले जाने की बातें कहने में हिचकती नहीं थीं।

"देवी में कभी भी गम्भीरता नहीं रही।" माँ ने कहा था।

"मुझे तो वह हमेशा ही सीरियस नज़र आई।" अनुराग ने कहा।

"मैं कुछ और कहना चाह रही हूँ...मैं दूसरी गम्भीरता और गहराइयों की बात कर रही हूँ।"

इस तरह मुझे लेकर, माँ और अनुराग के बीच बातचीत होती आई थी। मुझे माँ का पॉइंट हमेशा से ही सोचा-समझा गया, असरदार और उपयोगी जान पड़ा था। अनुराग उस गहराई और गम्भीरता को छब्बीस की उम्र में कैसे समझ पाता जिसे माँ ने अपनी पचपन बरस की उम्र में जाना था? फिर अनुराग को भ्रम रहता कि वह मेरा साथ दे रहा है जबकि मैं भी माँ को अपने ज़्यादा साथ पाती थी।

मानस एक जगह मेरी माँ के क़रीब जान पड़ता था। वह भी मुझे कुछ बनने के लिए, कुछ बनाने के लिए प्रेरित करता था। हर आदमी को अपने ढंग से कुछ-न-कुछ बनना-बनाना आना ही चाहिए। हम सबमें कुछ-न-कुछ ऐसा अंश रहता ही है जो हमें कलाकार, वैज्ञानिक, चिन्तक या कवि बनाने में मदद दे सके, लेकिन हम अपने उस अंश को खो देते हैं, ऐसा सब बचा नहीं पाते हैं, उसकी तरफ़ देखते तक नहीं। यह सब मानस ने एक शाम को बेहद उत्तेजना के साथ मुझसे कहा था।

"क्या तुम डायरी लिखते हो?" मैंने पूछा था।

"नहीं।"

"क्यों?"

"मेरे पास कुछ लिखने जैसा रहता ही नहीं है...क्या तुम लिखती हो?"

"हाँ।"

"क्या लिखती हो?"

"जो कुछ मेरे साथ घटता रहता है।"

"मेरी बड़ी बहन की डायरी मिली थी...उसके बिस्तर में तकिए के नीचे की जगह।"

"तुमने पढ़ी थी?"

"तब मैं बहुत छोटी थी।"

"अब वह डायरी कहाँ है?"

"बाबू ने जला दी थी।"

"माफ करना...शायद मुझे पूछना भी नहीं चाहिए...तुम उत्तर देने से मना भी कर सकते हो...तुम्हारी बहन ने आत्महत्या क्यों की थी?"

"मुझे ठीक से नहीं पता है...कुछ बातों से मैं यह अनुमान लगाता हूँ कि उसे अपने पहले प्रेम में बहुत ज़्यादा निराशाएँ मिली थीं...उस लड़के ने शायद छल किया था।"

अपनी बहन के बारे में बातचीत ने उसे और ज़्यादा उदास बना दिया था। मैं उसके पियानों के क़रीब के स्टूल पर बैठी थी। वही सफ़ेद रंग का खादी का कुरता-पायजामा। चश्मे के पीछे खड़ी उसकी गिजरी आँखें। बाहर ढलती हुई शाम। मैं उसकी रसोई में गई थी। हम दोनों के लिए चाय तैयार की थी। रसोई की खिड़की पर भूरे रंग की बिल्ली थी। मेरी तरफ़ देखती हुई। मुझसे घबराती हुई। बिल्ली डरी हुई थी। मैं भी। मैं किससे डर रही थी? मुझे भी मेरे पहले प्रेम से निराशाएँ ही मिली थीं। अनुराग ने मेरी गहरी भावनाओं को सुनना और जानना भी नहीं चाहा था। कभी-कभी मुझे लगता कि उसकी दिलचस्पी सिर्फ़ मेरी देह में है। तीन-चार बार उसने मुझे जिस तरह छूना-सहलाना चाहा था उससे मुझे थोड़ा-सा अफ़सोस ही हुआ था। किसी तरह का आश्वासन नहीं।

"मेरे पास बहन की एक चिट्ठी है...कभी तुम्हें बताऊँगा।"

"तुम्हें लिखी थी?"

"वह केरल में मुन्नार तक गई थी...उसके कॉलेज की ट्रिप थी...वहीं से वह मेरे लिए जिम कार्बेट की किताब भी ले आई थी।"

"वह रहती तो तुम्हारे लिए कितना अच्छा रहता।"

"मुझे भी लगता है...उसका नहीं रहना अखरता है।"

"तुम उसके प्रेम के बारे में क्या सोचते हो?"

"मैंने, इस बारे में कभी सोचा नहीं।"

"प्रेम के बारे में तो कभी सोचा ही होगा।"

वह देर तक ख़ामोश बना रहा था। खिड़की पर जून की शाम का अन्तिम उजाला, धूप का छोटा-सा धब्बा उतर आया था। हवाओं से उठ आए परदे के बाजू से माउंट कारमेल स्कूल की पीली-पुरानी दीवार नज़र आई। अँधेरा घिर आने के पहले मुझे अपने घर लौटना था। और मेरी छुट्टियों के ख़त्म होने के दिन आ रहे थे। हम अपने छोटे-छोटे कामों को निपटाने में लगे थे। माँ के दाँतों का इलाज उनमें से एक था। डॉक्टर ब्रगांझा की क्लिनिक में भीड़ बनी रहती और वहाँ जल्दी पहुँचना ही ठीक रहता। अब मानस खिड़की के पास चला आया था। गर्मियों के आकाश की तरफ़ देख रहा था।

"मेरे जीवन में प्रेम का अनुभव आया ही नहीं।"

"ऐसा नहीं हो सकता।" मैंने कहा था।

"मैं शायद ठीक से जानता भी नहीं कि प्रेम का अनुभव क्या होता है...मैं कभी भी किसी के बहुत ज़्यादा नजदीक नहीं गया...कोई मेरे भी बहुत ज़्यादा निकट नहीं आया।"

"क्या आज तक तुम्हारा कोई दोस्त भी नहीं रहा?"

"नहीं, बचपन में बहुत बीमार रहता था। मेरी माँ और बाबू ही मेरे लिए बिस्तर के क़रीब बैठे रहते थे फिर बाबू भी नहीं रहे। उनके जाने के बाद मैं और बीमार रहने लगा, ज़्यादा अकेला हो गया।"

"और तुम्हारी बहन?"

"वह मुझसे बारह बरस बड़ी थी, वह कभी-कभी मेरे पास बैठती भी थी पर अपने मन से नहीं, माँ के कहने पर, कभी मेरे लिए दया आ जाने पर, ये दोनों ही बातें मुझे अखरती थीं, आज भी अखरती हैं मुझमें किसी की दिलचस्पी ज़्यादा दिनों तक नहीं रहती। मैं भी अपनी तरफ़ से कोशिश नहीं कर पाता हूँ...।"

उस शाम मेरे वहाँ रहने तक उसका अपने बारे में, अपने को लेकर एकालाप जारी रहा था। मैंने पहली बार उसको ख़ुद को लेकर गगइतना खुलते हुए जाना। उसके उस मोनोलॉग में बीमार और अकेला बचपन था। हिन्दुस्तानी गायन का रियाज़ करती उसकी माँ थी। अगपनी मेज़ पर टेबल लैम्प के उजाले में पढ़ते-लिखते पिता थे। हमेशा ही अपनी पढ़ाई में खोई हुई बहन थी। उसकी माँ जब किसी राग का आलाप गा रही होती तो उसे बहुत शान्ति मिलती। वह हमेशा उस वक़्त की, वैसी

ही शान्ति में लौटना चाहता रहा है। तभी उसने बताया कि मेरे साथ कभी-कभार उसने उस शान्ति को, वैसी तसल्ली को महसूस किया है जिसे अपनी बचपन की बीमारी के दिनों में माँ के गाने में महसूस किया करता था।

"तुम्हें अपने लिए हिन्दुस्तानी क्लासिकल चुनना था।"

"माँ ने मना किया था, मेरी आवाज़ में वह बात नहीं थी। बीमारी ने मेरी आवाज़ को भी प्रभावित किया था...सितार सीखता पर उसका यहाँ कोई अच्छा गुरु नहीं था। तब मैडम डिक्रूज का सहारा मिला...उनके यहाँ हर शाम संगीत सुनने के लिए जाता था...वे अकेली ही थीं। माँ के बाद मेरे ज़्यादा क़रीब रही मौसी ने बहुत बाद में सँभाला...मैडम डिक्रूज ने मेरे लिए बहुत किया...वे भी चली गईं...।"

"अब चलती हूँ...माँ को डेंटिस्ट के पास ले जाना है।"

"तुम इसी तरह आती रहना...कोई पहली बार मेरे घर पर आने लगा है... अच्छा लगता है।"

"अब कॉलेज खुल जाएँगे...इस तरह आना न हो सकेगा।"

"मैं तुम्हारे घर आने लगूँगा...आंटी को बुरा नहीं लगना चाहिए...मैंने उनकी एक कहानी पढ़ी थी जिसमें..."

यह बोलते-बोलते रुक गया था, "माँ को सिर्फ़ मेरी पढ़ाई की चिन्ता रहती है...उसने कभी भी मुझे मिलने-जुलने से नहीं रोका है।"

"मैं भी आंटी को थोड़ा-सा जानता ही हूँ...बंबई जाने के पहले मैंने उनकी कहानियों की हिन्दी में आई किताब पढ़ी थी।"

"उनको अपनी कहानियों के हिन्दी में आए अनुवाद पसन्द नहीं रहे...हिन्दी में उनकी एक कहानी का अनुवाद 'पहला प्यार' शीर्षक से छपा था...मुझे वह कहानी मराठी में भी अच्छी नहीं लगी थी।"

"क्यों?"

"बहुत ज़्यादा सेंटीमेंटल बन गई है...माँ शायद प्रेम को डिफ़ाइन करने में उलझ गई होंगी।"

"तुमने उनसे कहा था।"

"कभी कहूँगी भी नहीं...मेरी बड़ी बहन का कहना है उसमें माँ-बाप का ही जीवन है...उनके शुरुआत के दिनों की ज़िन्दगी।"

उस शाम मुझे छोड़ने के लिए वह मीठा नीम की दरगाह तक आ गया था। वैसे वह मुझे आकाशवाणी चौक तक छोड़ देता और वहीं से कस्तूरबा लाइब्रेरी की तरफ़ बढ़ जाता था। दरगाह के आसपास सन्दल के दिनों की रौनक थी।

रोशनी, आवाज़ें, इत्र, अगरबत्ती और फूलों की सुगन्ध। शाम ढलने को ही थी।

"क्या अब आंटी अपनी कहानियों को तुम्हें छपने से पहले दिखाती हैं?"

"नहीं...इधर उन्होंने शायद कुछ लिखा भी नहीं...सोचती हैं एक लेखक के रूप में उनका जीवन निष्फल ही रह गया...वह कुछ भी बेहतर नहीं कर पाईं।"

"मुझे कभी उनकी 'पहला प्यार' कहानी पढ़ने को देना।"

"वह उनकी बहुत ज़्यादा पुरानी कहानी है...शायद उसका अनुवाद धर्मयुग में छपा था।"

"कोशिश करना...मैं भी लाइब्रेरी में देखूँगा।"

"तुम्हें वही कहानी क्यों पढ़नी है?"

"मैंने ऐसे अनुभवों पर कुछ भी गम्भीर नहीं पढ़ा है...प्रेम को लेकर बम्बइया फ़िल्में ही देखी हैं।"

"लेकिन माँ की वह कहानी पढ़नेवालों को उदास कर देती है, हालाँकि उस कहानी में कोई विचार नहीं है।"

वहीं दरगाह के सामने की सदी की शुरुआत के एक स्मारक के सामने खड़े-खड़े मैंने उसे माँ की उस कहानी के बारे में थोड़ा-बहुत बताया था। वह शायद प्रेम की गहरी भावनाओं के मन्द पड़ जाने, पहले प्यार की बेचैनियों, आवेग और अहसासों के कमज़ोर पड़ जाने की कहानी थी और उसके पात्र और परिवेश इतने जाने-पहचाने से थे कि लोग कहानी को सुनते हुए अच्छा ही महसूस करते होंगे। प्रेम की सुलगती आग का धीरे-धीरे राख में बदलते जाना। शुरू के दिनों के कच्चे और अधपके प्रेम की धुन्ध से बाहर निकलना। ये इधर के मेरे भी अनुभव रहे हैं और शायद इसलिए भी मैंने माँ की कहानी के बारे में कुछ बेहतर ढंग से ही बताया था। उसने एक शब्द भी नहीं कहा था। बस एक बार और पहली बार मैंने उसके हाथ को अपने कन्धे पर महसूस किया था। मुझे लगा कि उसके मुझे छूने में और अनुराग के छूने में अन्तर था। मानस मुझे सँभालना चाह रहा था। उसके छूने ने मेरे भीतर विश्वास जगाया था, आत्मविश्वास भी। वह छूना भी था और सँभालना भी।

वह जून के आख़िरी दिनों की शाम थी। कॉलेज की छुट्टियाँ ख़त्म हो चली थीं। मेरे घर के सामने के मैदान में लैम्पपोस्ट के उजाले में कुछ बच्चे शतरंज खेलते हुए बैठे थे। मन में आया कि किसी बोर्ड के सामने बैठ जाऊँ, अपने मोहल्ले के उन बच्चों के साथ और बीच में खेलने लगूँ। मैं माँ को घर के गेट पर खड़े हुए देख रही थी। अपने घर की तरफ़ बढ़ती पगडंडी पर मैंने सोचा कि मैं अपने बचपन से कितना दूर निकल आई हूँ। जून की इस शाम में, मैं ख़ुद को अपने पहले प्रेम से कितना दूर महसूस कर रही हूँ। मुझे लगा कि मैं पगडंडी नहीं, एक प्रेम से दूसरे प्रेम के बीच की दूरी को पार कर रही हूँ। मेरी निगाहों में पेड़ पर थमा हुआ शाम का उजाला आया और उसके साथ लौटी एक उजली-सी उम्मीद जो न जाने अब तक कहाँ खड़ी थी? अपनी रसोई में चाय बनाते हुए, मुझे मानस की रसोई की खिड़की पर बैठी भूरी बिल्ली का ख़याल आया। शायद वह बिल्ली गर्भवती रही होगी। मैं किचन में खड़े हुए बिल्ली के आनेवाले दिनों के बारे में सोच रही थी, अपने आनेवाले दिनों का अनुमान लगा रही थी। चाय पीने के लिए हम डायनिंग टेबल पर बैठे थे।

"मानस को आपकी एक कहानी पढ़नी है।"

"क्यों?"

"पता नहीं। हिन्दी में पढ़ना चाहता है।"

"कौन-सी कहानी?"

"पहला प्रेम।"

अपनी कहानी का शीर्षक सुनकर माँ खिड़की के बाहर देखने लगी थीं। वहाँ पेड़ को घेरता अँधेरा था और जून के आख़िरी दिनों की रात की शुरुआत। माँ शायद कहीं और चली गई थी। मैं अपनी कुर्सी से उठ गई। मुझे टैरेस पर सूखते कपड़ों को उठाना था। मुझे अपने कुत्ते को खोलकर सैर के लिए ले जाना था। मुझे अपनी डायरी में कुछ दर्ज करना था। मुझे खाना भी बनाना था। मैं अपने घर की सीढ़ियों पर चढ़ रही थी। मैं धीरे-धीरे अपनी चौबीस की उम्र को पार कर रही थी, अपने पहले प्रेम से दूर जा रही थी। जून के आसमान में तारों को निकलना था। जून के आकाश में चन्द्रमा को लौटना था।

मैं जब सीढ़ियों से कपड़े लिये हुए उतर रही थी तब माँ बरसों पुराना, भूला-

बिसरा, आधा-अधूरा कोई फ़िल्मी गाना गुनगुना रही थीं। प्यार के दिनों की बेचैनियों से जुड़ा कोई गीत, जिसे बरसों पहले लता मंगेशकर ने गाया था और बरसों बाद भी हम उसे सुनते हुए सुखी हो रहे थे, उदास हो रहे थे। पहले सोचा कि माँ से कहूँ कि उस गाने को अच्छी तरह मुझे सुनाएँ फिर न जाने क्या सोचकर मुझे लगा कि माँ को कुछ देर अकेले ही रहने देना चाहिए। मैं अपनी टैरेस पर लौट आई। आकाश में इक्के-दुक्के तारे उभर आए थे। धीरे-धीरे चाँद उठ रहा था, धीरे-धीरे आसमान जग रहा था।

गलियारे

यह गुड़ीपाड़वा की शाम है। आनेवाले दिनों में पवित्र सप्ताह आएगा। पहले गुड फ्राइडे फिर ईस्टर संडे। तब तक मुझे बुख़ार न रहा, मेरी पीठ का दर्द कुछ कम रहा तब मिसेज एलवारेज के घर की सीढ़ियाँ ज़रूर चढ़ूँगी। मैं इन दिनों बिस्तर पर ही बनी रहती हूँ। उसके बैचलर बेटे से कभी-कभार उनके बारे में पूछ लेती हूँ। उनकी कार के लिए उसको गली तक आना ही होता है और वह हमारे गेट के सामने से गुज़रता है। गोरे, लम्बे, मुँह में सिगरेट दबाए हुए। इनकम टैक्स सलाहकार है। और शाम को एक नाइट क्लब में वायलिन बजाते हैं।

धीरे-धीरे, एक-एक तारा आसमान में उतरने लगा है। बस्ती के कुछ मकानों की बत्तियाँ जल चुकी हैं और कुछ मकानों में अँधेरा है। कुछ देर पहले तक, आकाश में लौटते हुए परिन्दों के झुंड थे, क़तारें भी। अब इक्का-दुक्का परिन्दा नज़र आ रहा है। मिस्टर एलवारेज की कार जिस जगह रखी रहती है, उस पर टिन की छत है। उसी जगह दो-तीन मुंगुस रहते हैं। कभी-कभार उनमें से कोई एक गली पार करता हुआ दिख जाता है।

अब मैं कुछ देर तक ही अपने बाग़ में रखी गई आरामकुर्सी पर बैठी रह सकूँगी। बाद में तुलसी के चौरे पर जलते हुए दीये को अकेले रहना पड़ेगा। रूनी को दूध में रोटी के टुकड़े डालकर देना होगा। शाम से ज़ंजीर से बँधी है। सरस्वती जाते वक़्त इस कुतिया को बाँध जाती है। रात में कहीं गेट से बाहर निकल गई तब मैं कहाँ जा सकूँगी?

"आपने दोपहर में भी कुछ नहीं खाया।"

"भूख नहीं लगी। पेट में दर्द हो रहा था।"

"आप मेरा कहा नहीं मानतीं। अब्बू मियाँ की एक खुराक ही आपको चंगा कर देगी। इन साबूदानों की गोलियों से कुछ नहीं होगा। महीनों से खा रही हैं आप।"

"ठीक है, एक दिन तुम्हारे साथ ही जाऊँगी।"

सरस्वती से क्या कहूँ कि मेरा इन नीम-हकीमों पर कभी भरोसा नहीं रहा। बचपन में अपने बाबूजी के अस्थमा के इलाज के लिए अम्मा मुझे पड़ोस के शमसुद्दीन मियाँ के घर भेजा करती थीं। मिट्टी, बाँस, कवेलियों की आयताकार झोंपड़ी। वहीं आलमारियों में छोटे-बड़े मर्तबान रखे होते, छोटी-बड़ी शीशियाँ, तरह-तरह की जड़ी-बूटियाँ। मेरी निगाहें लम्बी बेंच पर क़तार में रखे गए उन मर्तबानों पर जमी होतीं, जिनमें नीबू, जामुन, आँवले, बेल, आम, मिर्च और लहसुन के अचार-मुरब्बे नज़र आते रहते। खद्दर का पायजामा-कुरता पहने हुए, गोरे गंजे शमसुद्दीन मियाँ, अपनी डेस्क के सामने बैठे हुए रहते। सामने उनके इक्के-दुक्के मरीज़ शतरंजी पर बैठे हुए रहते। कभी उनकी गोद में अबोध-सा, गोरा और आकर्षक चेहरा ली हुई फातिमा भी होती। कभी-कभार उस नन्ही-सी फातिमा को ऐना के बँगले के ड्राइंग रूम में भी इलाक़े के दूसरे बच्चों के साथ देखना हो जाता। गर्मियों की छुट्टियों की शामों में हम कुछ बच्चे, ऐना को दीवार के ऊपर ठहरे हुए रोशनी के आयताकार, टुकड़े पर, अपनी उँगलियों, हाथों की परछाइयों को उतारते हुए देखा करते थे। उजाले, अँधेरे, किस्सों, कहानियों, परछाइयों और आवाज़ों से बना एक दिलचस्प खेल जो शायद एक क़िस्म का 'शैडो-प्ले' रहा करता होगा। ऐना की उम्र सत्रह-अठारह की रही होगी। मैट्रिक का इम्तहान दे चुकी थी। रोशनी के टुकड़े पर जब छायाओं का बनना-बिगड़ना शुरू रहता, तब ऐना की कमेंटरी शुरू रहती। उस कमेंटरी में तरह-तरह के क़िस्से शामिल हो जाते। राजा-रानी और उनके महल, उनके घुड़सवार और सिपाही, उनकी रानियों के दुख-सुख, उन राजाओं की लड़ाइयों में हुई हार-जीत और न जाने राजाओं के जीवन का और क्या-क्या? तब मैं तेरह-चौदह की रही हूँगी। अब पैंसठ पार कर रही हूँ। ऐना के बँगले के बाहर के अँधेरे को पार कर जब अपने घर लौटती तब मन में भय बना रहता।

"वे सब क़िस्से-कहानियाँ हैं?" अम्मा कहतीं।

"और भूत-प्रेत, जादू-टोना, कबूतर के अन्दर सोई राजकुमार की आत्मा...।"

"ऐना के डैडी से कहना पड़ेगा कि वह बच्चों को यह सब सुनाती है।"

"तुम्हें आता है कहानियाँ सुनाना?" मैं पूछती।

"वक़्त मिलेगा तो तुम तीनों को सुनाऊँगी।"

अम्मा को वक़्त ही कहाँ मिलता था? सुबह से रात तक घर के कामों में लगी रहती। दादा-दादी थे। एक विधवा बुआ और उनकी जवान होती लड़की। हम तीनों भाई-बहन। बाबूजी से पढ़ने के लिए आते छात्र-छात्राएँ। घर में लोग ही इतने थे और उस पर बुआ के ख़रगोश और तोते, पानी की टंकी में रह रहा कछुआ अलग। दादी ने छोटा-सा बाग़ तैयार कर रखा था। उसी बाग़ के जामुन के पेड़ पर गाँव के परिन्दे बैठा करते और बाग़ का वह इलाक़ा बार-बार साफ़ करना पड़ता। घर के कुछ लोग शाम को उसी पेड़ के नीचे बैठा करते थे।

अम्मा का सारा जीवन, बहत्तर बरस की उनकी ज़िन्दगी, काम और सिर्फ़ काम करते हुए बीत गई। घर में बहू आई, दो-दो बहू आईं लेकिन नौकरीपेशा। पहले अपने तीनों बच्चों को पाल-पोसकर बड़ा किया और बाद में दोनों बेटों के बच्चों को। बाबूजी को उनकी आख़िरी साँस तक अस्थमा ने घेरे रखा। दादा-दादी ने भी लम्बी उमर पाई थी। बुआ जब गुज़रीं तब मैं ही पचास पार कर चुकी थी।

पर अम्मा रहीं भी अपने परिवार के बीच और गई भी अपने परिवार के बीच। शायद एक भी दिन के लिए अकेले नहीं रहीं। मुझे अम्मा का सौभाग्य नहीं मिला। इक्कीस बरस की उम्र में मेरा विवाह, रेलवे में कार्यरत उस आदमी से हुआ, जिसका हर दो-तीन साल में तबादला हो जाता था। अपनी नौकरी में मेरे पति को ज़्यादातर घर के बाहर रहना पड़ता था। बारिश के दिनों में रेल की पटरियों की कुछ ज़्यादा ही देखभाल करनी पड़ती। वे छोटे-छोटे स्टेशन पर अपनी रातें गुज़ारते। रेलवे के लम्बे-चौड़े, कोलोनियल क्वार्टर में मेरे साथ रेलवे की चौथी श्रेणी का कर्मचारी ज्ञानू रहता। वह सतपुड़ा और नर्मदा के क़रीब के इलाक़े में रहता था। निरन्तर और घनघोर बरसात होने की जंगली जगहें। पहाड़ों, नदियों और जंगलों के आसपास की निर्जनता और ख़ामोशी। पुराने पेड़ों की सरसराहटें। उनके आसपास से गुज़रती हवाएँ। एक ऐसा भुतहा सन्नाटा जिसका ज़िक्र ऐना अपने क़िस्सों में किया करती थी। कालाआखर रेलवे स्टेशन के क़रीब के उस क्वार्टर में 'शेडो-प्ले' के वक़्त सुनी गई ऐना की डरावनी कहानियाँ, दुबारा मेरे पास लौटने की कोशिशें करती हुई जान पड़ रही थीं। कभी-कभार मैं ज्ञानू के साथ होशंगाबाद चली जाती। नर्मदा के किनारे

पर अपना कुछ वक़्त गुजारती। मन्दिरों, घाटों, पंडों-पुजारियों, संन्यासियों, नाविकों, भक्तों और देवी-देवताओं का अपना अलग ही संसार था। हवा से फड़फड़ाती मन्दिर के क़रीब की झंडियाँ, पूजा के सामान की दुकानें, धार्मिक किताबों के स्टाल, होटलों से बाहर आता संगीत, धूल उड़ाती बसें, ज्ञानू का इन सब जगहों और चीज़ों को आँखें फाड़-फाड़कर देखते चले जाना।

इतने बरसों के बाद आज याद आता है कि नर्मदा के किनारे के उस कोलाहल और माहौल के बीच यह भी लगता रहता कि अपने कालाआखर के उस क्वार्टर में लौटूँ ही नहीं। तब तक मेरे बेटे का जन्म भी नहीं हुआ था। किसानों और आदिवासियों की बहुत कम आबादी का इलाक़ा था और घर के सभी लोग सुबह-सुबह ही अपने-अपने घरों के खेतों, जंगलों या बाज़ार के लिए निकल जाया करते थे। हमारे क्वार्टर के क़रीब इनका दफ़्तर ज़रूर था जिसमें एक-दो लोग बैठे रहते थे। दफ़्तर के बाहर रेलवे का लोहा-लंगड़, पटरियों के टुकड़े, रेत, ईंट और गिट्टी के ढेर खड़े रहते। वहीं चाय की छोटी-सी टपरी। एक पान ठेला जहाँ पर बीड़ी-सिगरेट पीते हुए लोग नज़र आते रहते थे।

बत्तीस-तैंतीस बरसों के बाद, उस इलाक़े के अपने दस-ग्यारह बरसों के एक-एक डिटेल आँखों के सामने खड़े होते रहते हैं, ग़ायब होते रहते हैं। मैं अपना बहुत-सा वक़्त खिड़की के क़रीब अपने दीवान पर बैठे हुए, कभी अपनी आगे की पढ़ाई का कुछ पढ़ते हुए, कभी इनके लिए स्वेटर, मफ़लर बुनते हुए और कभी-कभार ज्ञानू के साथ ताश या कैरम बोर्ड खेलते-खेलते बिताया करती थीं।

"किसी दिन हम मठारदेव जाएँगे।" ज्ञानू कहता।

"यह क्या है?" मैं पूछती थी।

"पहाड़ी पर मन्दिर है। बहुत-सी सीढ़ियाँ चढ़नी पड़ेंगी लेकिन वहाँ माँगी गई मन्नत ख़ाली नहीं जाती है।"

"तुमने कभी माँगी है?"

"आई गई थी। उनके वहाँ जाने के बाद ही मैं उनके यहाँ पैदा हुआ था।"

"अच्छा!" मैंने चौंकने का अभिनय किया था।

"पाँच लड़कियों के बाद उनका पहला लड़का। पूरे गाँव में धूम मची थी। यहीं पर ही जात-बिरादरी के लोगों को शराब पिलाई गई थी। मुर्ग़ा खिलाया गया था।"

वह ज्ञानू का समय हो जाता था। लगातार कुछ-न-कुछ कहते चले जाने का वक़्त। वह मुझे उसी तरह देखता रहता जैसे वह मुझे साइकिल सीखते हुए, बैडमिंटन खेलते वक़्त देखा करता था। अपनी आँखों में उत्सुकता, विस्मय और परेशानी लिये हुए। शुरू-शुरू में ज्ञानू के लिए मेरी हर बात ही विस्मय का कारण बनती हुई जान पड़ती थी। मैं बिना दूध की चाय पीती और उसे यह अजीब-सा लगता कि घर में दूध है और मैं काली चाय पी रही हूँ। मैं कभी-कभार ताश के पत्ते लिये हुए अकेले पेशेंस खेलती और यह उसकी समझ के बाहर होता। हम दोनों की नर्मदा नदी की पहली ही यात्रा में मैंने नाविक से नाव चलाने की इच्छा ज़ाहिर की थी। उसने पतवार मुझे दे दी थी लेकिन किनारे पर नाव के पहुँचने तक ज्ञानू मेरी तरफ़ भौचक निगाहों से देखता रहा था।

"आपको डर नहीं लगा?"

"कैसा डर?" मैं भयभीत नहीं थी।

"इतनी गहरी नदी है।...अगर आप डूब जातीं?"

"तुम और नाविक भी डूब सकते थे।"

"हम दोनों को तैरना आता है।" वह हँसता।

"क्या मुझे नहीं आता है?"

ज्ञानू के लिए एक और बार विस्मय में डूबने का समय आया था। मैंने उसे बताया था कि कैसे टाटा पारसी स्कूल का अपना स्वीमिंग पूल था और उसके सामने दूर-दूर तक फैला हुआ लम्बा-चौड़ा बग़ीचा, उसमें रखी पत्थर और लकड़ी की बेंचें, वहाँ खड़े रहते मूँगफली, पपड़ी, शरबत, कुल्फी, चाट और आइसक्रीम के छोटे-बड़े ठेले।

"साहब को पता है कि आप तैरना जानते हैं?"

"मुझे नहीं मालूम।"

"क्या मैं उनको बता सकता हूँ?"

"ज़रूर...। लेकिन उससे क्या होगा?"

"वे आपकी बहुत ज़्यादा चिन्ता करते हैं...। अब मैं उनके लिए कुछ कर भी नहीं पाता हूँ। उनके पास जाता हूँ और वे मुझे आपके पास भेज देते हैं।"

"वे मुझे जानते नहीं हैं।" मैं मुस्कराकर कहती।

"कहते रहते हैं कि आप शहर से आई हैं...एम.ए. के बाद भी पढ़ाई करना चाह रही थीं।"

"तुमसे बता रहे थे!" अब मुझे चौंकना पड़ता।

"नहीं, नहीं। स्टेशन मास्टर से कह रहे थे।"

"अच्छा। जो किताबें भिजवाते हैं?"

"हाँ। मैं उनके घर गया था। पहले कमरे की दीवार पर किताबें-ही-किताबें थीं।"

"अब घर जाऊँगी तब मैं भी अपनी पुस्तकें यहाँ ले आऊँगी। तुम्हारे बापू आलमारी तैयार कर रहे हैं।"

"मेरे बापू मुझे भी पढ़ाना चाहते हैं।"

"तुम पढ़ते क्यों नहीं हो?"

"उनकी बढ़ईगिरी से कहाँ घर चलता है। आई दूसरे के खेत में काम करने जाती है। मेरी बड़ी बहनों की दो-तीन साल बाद शादी करनी है। हमारा घर कच्चा है।"

ज्ञानू अठारह-उन्नीस का रहा होगा लेकिन बहुत ज़्यादा जिम्मेदार। मेरे बेटे अनुपम का जन्म बारिश के दिनों में, घनघोर और निरन्तर बारिश के दिनों में, कालाआखर से एक घंटे की दूरी पर खड़े हुए एक क़स्बाती नर्सिंग होम में हुआ था।

ज्ञानू दिन में दो बार मेरे लिए टिफिन लेकर आता रहा था। मुझे याद आता है कि मेरे विवाह के बाद के नौ-दस बरसों में मुझे ज्ञानू, उसकी पत्नी शकुन की मदद नहीं मिलती तब मेरा कालाआख़र में अपने बेटे को पालना-पोसना मुश्किल ही बना रहता। मेरी बुआ मेरी डिलिवरी के पन्द्रह-सोलह दिन बाद चली गई थीं। अम्मा आ ही नहीं पाई थीं। दादा-दादी बीमार बने हुए थे। मेरी मदद के लिए ज्ञानू, उसकी माँ और दोनों बड़ी बहनें मेरे साथ लगातार बनी रही थीं। जब अनुपम चार वर्ष का हो गया तब ज्ञानू और शकुन का विवाह हो गया और बाद के मेरे चार बरसों में भी उस दम्पती का मुझे बड़ा सहारा मिला था।

ज़िन्दगी में कितने ही लोग आते हैं लेकिन कम लोग होते हैं, जिनकी बराबर याद बनी रहती है, जिनको याद करना, तसल्ली देता है। जिनके बारे में सोचकर आदमी पर हमारा भरोसा बना रहता है। बाद में मेरे पति के तबादले होते गए थे लेकिन मैं अनुपम के आठ बरस के होने तक कालाआखर के अपने क्वार्टर में रही

थी। खिड़की से नज़र आती पहाड़ियों, उन पर उग आए पेड़ों, धूप में चमकती चट्टानों के उस इलाक़े में, जहाँ से कुछ दूरी पर नर्मदा नदी बहती रहती थी, जिसके आसपास सतपुड़ा के जंगल थे। उस जंगल में ही कभी ज्ञानू के बापू ने पहाड़ी झरने के पास पानी पीने के लिए आए शेरों के झुंड को देखा था।

"तब इस इलाक़े में घने जंगल हुआ करते थे?" ज्ञानू के बापू बताते।

"तब यहाँ जंगली जानवर भी रहे होंगे।"

"मैं अपनी गायों को चराने जाया करता था। बारह-तेरह की उमर में था। एक शाम मेरी रूह ही काँप गई। झरने के किनारे चार-पाँच शेर खड़े थे। मुझसे थोड़ी-सी दूर पर।"

फिर कभी उसके बापू ने उसे जंगल में जाने ही नहीं दिया। गायों को बेचकर, उसको बढ़ईगिरी के लिए ज़रूरी कुछ औज़ार ख़रीद दिए। आँगन में एक जगह काम की तैयारी कर दी गई और ज्ञानू के बापू के बढ़ई हो जाने की शुरुआत हो गई। आज भी मेरे घर में ज्ञानू के बापू के हाथों की बनी हुई आरामकुर्सी है, जिसे बाग़ में रखकर मैं अपना शाम का वक़्त गुजारती हूँ। तुलसी का यह चौरा भी कभी ज्ञानू ने ही बना दिया था। अपने अध्यापन की नौकरी से रिटायर होने के तीन साल पहले मैंने अपना यह घर भी ज्ञानू, शकुन और इनकी बेटियों के सहारे ही बनवाया था।

पचपन साल की मेरी उस उम्र में न मेरे बाबूजी, बुआ और अम्मा रही थीं और न ही मेरे पति जीवित रह गए थे। बेटा पूना में एक सरकारी नौकरी में चला गया था। वह चाहता रहा, वह बहुत ज़्यादा ज़िद करता रहा था कि मैं पूना में उसके साथ रहना शुरू करूँ लेकिन पहले नौकरी ने और बाद में मेरे मन ने ऐसा होने न दिया। इक्कीस की उम्र में विवाह से अपने बचपन का शहर छूटा था और बरसों-बरसों उस शहर की, उस शहर की सड़कों, मकानों, पेड़ों और घटनाओं ने मुझे घेरे रखा था। बाद में कालाआखर भी छूट गया और वहाँ का बहुत-सा भीतर उतरता था, साथ में चलता रहता था। फिर इस शहर को भी छोड़ना अट्ठावन बरस की उम्र में, किसी नए और पराये शहर में अपना जीवन शुरू करना मुझे मुश्किल जान पड़ा था।

"मैं यहीं रहूँगी।"

"अकेले? ख़ुद को सँभाल सकोगी? मुझे कितना बुरा लगेगा। लोग क्या कहेंगे?" अनुपम ने कहा था।

“तुम बीच-बीच में आते रहना। कभी-कभी मैं पूना आ जाया करूँगी।”

“और सोचना। मुझे नहीं लगता है कि आप ठीक सोच रही हैं।”

“हो सकता है कि मैं भूल कर रही हूँ। कुछ फ़ैसले ऐसे होते हैं अनुपम जो बस लिये जाते हैं।”

“आप ही पूना जाने को इतना जटिल बना रही हैं। अगर बाबा का तबादला पूना होता तो आप नहीं जातीं? मुझे आपकी ज़रूरत है। मैं इतना भी बड़ा नहीं हो गया हूँ।”

“यह सब कहना मुश्किल है। पर मैं और सोचूँगी।”

हम दोनों रेडक्रॉस रोड पर शाम की सैर कर रहे थे।

शीशम के पेड़ों की क़तारें थीं हमारे दोनों तरफ़। हम सँकरी सड़क की ढलान से उतर रहे थे। घर की बत्तियाँ नहीं जल रही थीं। मकानों के आँगनों में बच्चे खेल रहे थे। कुछ बूढ़ी औरतें दो-तीन बेंचों पर बैठे हुए बात कर रही थीं।

पहली बार छप्पन बरस की उम्र में न जाने क्यों, किसलिए लगा कि अपने पति से कभी जिस बात को नहीं कहा था, उसे अपने चौबीस बरस के बेटे से ज़रूर कह दूँ। मुझे लगा था कि अनुपम मेरी दुविधा, मेरे दुःख को समझ सकेगा। वह बचपन से ही समझने-समझाने की कोशिशें करता आया था। किताबें पढ़ता रहा था। दोस्त भी उसके अच्छे भी रहे और प्रतिभाशाली भी। उसकी मित्र सृष्टि से मैं उसके कॉलेज के दिनों से मिलती आ रही थी। वही लड़की बाद के बरसों में मेरी बहू बनकर आई और मेरी दोनों नातिनों की माँ। अनुपम की ही तरह परिश्रमी और प्रतिभाशाली।

लेकिन उस शाम भी मैं साहस न बटोर पाई। परिन्दों के झुंड लौट रहे थे। दूर की किसी मस्जिद से लाउडस्पीकर से आती आवाज़। आसमान में एक अकेला तारा। पड़ोस के पेड़ों को हिलाती हुई हवाएँ। उस रात लगभग पैंतीस बरसों के बाद मैंने उस आदमी के बारे में सोचना शुरू किया था, जिससे मैं कॉलेज के दिनों में प्रेम करती आई थी। हम दोनों विवाह भी करना चाह रहे थे, कर भी लेते अगर मेरे घर में उसका बहुत ज़्यादा, बहुत कड़ा विरोध नहीं होता। दादा-दादी, अम्मा-बाबूजी, बुआ और दोनों भाइयों में से एक भी न था जो मेरे उस फ़ैसले से सहमत हो सका था। मैं एकाध बरस उसी से विवाह करने के अपने फ़ैसले पर

अड़ी रही। मेरे बाद बुआ की लड़की नीलिमा के विवाह की बारी थी। मैं इक्कीस पार कर रही थी। फिर कुछ दिनों के बाद मैंने जाना कि वह लड़का पूना की एक लड़की से विवाह करने जा रहा है। फिर केतन का पूना की उसी लड़की से विवाह हुआ भी। अपने विवाह के बाद भी केतन मुझे पत्र लिखता रहा था। उसके पत्रों का आना मेरे विवाह के बाद ही थमा था। मेरी शादी हुई, मैं कालाआखर गई, अनुपम का जन्म हुआ, धीरे-धीरे एक-एक कर मेरे जीवन से मेरे आत्मीय लोगों के जाने, हमेशा के लिए जाने का सिलसिला बनता और बढ़ता गया। मुझे प्रेम ने छला था, मुझे मृत्यु ने अकेला किया था।

मेरे विधवा होने के कुछ दिनों के बाद मेरे स्कूल की मेज़ पर मेरे नाम एक रजिस्टर्ड लिफ़ाफ़ा नज़र आया। मेरी कजिन ही मुझे कभी-कभार पत्र लिखा करती थी। अनुपम यहीं था। लिफ़ाफ़ा सफ़ेद रंग का था और इसलिए उसके सरकारी होने का सवाल ही नहीं उठता था। मैंने उसे बैग में रख लिया। घर लौटते वक़्त उस भारी लिफ़ाफ़े में रखे पत्र को पढ़ने का मन बना था। मैं थोड़ी-सी बीमार भी चल रही थी।

घर लौट रही थी और मार्च के दिनों की बोगनवेलियाँ की लताओं को हवाओं से हिलता देख रही थी। वहीं नीम के पेड़ के क़रीब से बाहर आती, पीपल की डाल और पत्ती नज़र आ रही थी। मैं क़रीब गई और मुझे बरगद के पेड़ से जुड़े हुए नीम और पीपल के बड़े होते हुए पेड़ नज़र आए और तभी याद आया कि इस सहजीवन के बारे में। इस symbiosis (सिम्बायोसिस) के बारे में पहली बार कुछ केतन से सुना था। क्या संयोग था कि मैं केतन को याद कर रही थी और मुझे घर जाकर उसी केतन का, पैंतीस बरस के बाद लिखा गया पत्र पढ़ना था।

सात-आठ पन्नों का पत्र था। कहीं से उसे मेरे विधवा हो जाने की ख़बर मिली थी। उसने पूना में अपना घर बसा लिया था। उसके दोनों लड़के पूना से बाहर बैंगलोर में नौकरी कर रहे थे। वह रिटायर हो चुका था और उसकी पत्नी को और पाँच बरस तक बैंक में काम करना था। पूरे पत्र में उसने अपने जीवन के सिर्फ़ डिटेल्स भिजवाए थे। आख़िरी की कुछ पंक्तियों में मेरी याद, मेरे साथ जिन्दगी न बसा पाने का पछतावा, मेरी मदद करने की आकांक्षा और उस वक़्त की अपनी मजबूरियों का ज़िक्र था जब उसने मुझसे नहीं किसी और से शादी करने का फ़ैसला किया

था। उसका वह विवाह, उसे पत्नी के साथ-साथ बैंक की नौकरी भी दे रहा था।

वैसे मैंने पहले से ही इस शहर में ही बस जाने, पूना न जाने का मन बना ही लिया था और उस पत्र ने भी मेरे यहीं रह जाने के फ़ैसले में थोड़ी-सी मदद ही की थी। केतन बरसों पहले ही मेरे मन से उतर चुका था। उसका किसी और से विवाह करना उतना नहीं, जितना उसका मुझे विश्वास में न लेना चुभ गया था, अखर गया था। मैं अपने घर में लड़ रही थी, मैं ख़ुद से लड़ रही थी और वह मुझसे बिना बात किए हुए इतनी आसानी से अपने हथियार डाल रहा था। उसके आख़िरी पत्र से मैंने जाना कि उसके ससुर उसी बैंक में ब्रांच मैनेजर के पद पर रहे थे, जिस बैंक में उसकी नौकरी लगी थी और जिस बैंक में बाद में उसकी पत्नी ने भी नौकरी पा ली थी।

उस रात में, मार्च की उस रात में, मैं देर तक आकाश और उसके संसार को देखती रही थी, देर तक जागती रही थी। आदमी और आदमी की जटिल ज़िन्दगी के बारे में सोचती रही थी। मार्च का आसमान तारों से लबालब था। ज़मीन पर उतरती रौशनी, उस रौशनी में साँस लेता पुराना शहर, रात के शहर की साँसें, रात के शहर की ख़ामोशी और सन्नाटा, नींद और हवाएँ। सोने के पहले मैंने केतन के उस लम्बे पत्र को जला दिया था।

जब एक बार अनुपम को अपनी ज़िन्दगी के उस अंश को बताने का साहस न बटोर पाई तो फिर दुबारा भी साहस बटोर पाना सम्भव नहीं हुआ। फिर मेरे पूना न जाने का वह कारण भी नहीं था। अनुपम सुनता और मेरे दाम्पत्य जीवन के बारे में कुछ अटकलें लगाता। मेरे लिए केतन उसी वक़्त नहीं रहा था जब उसने अपनी शादी कहीं और कर लेने का फ़ैसला कर लिया था। अब अगर वह मुझसे मिलता, तब वह केतन नहीं, एक अजनबी होता। ऐना की मनगढ़ंत कथाओं का मुसाफिर जो किसी कुएँ पर पानी पीने के लिए रुक जाता है, उसे कोई पानी दे भी देता है लेकिन अगली घड़ी में उसका चेहरा भूल जाता है। चलता-फिरता कोई राहगीर, कोई अजनबी।

मैं शमसुद्दीन मियाँ के घर जाती थी और मर्तबानों पर खिड़की से आती धूप की लकीरें नज़र आतीं। कहीं-कहीं धूप के धब्बे जो कवेलुओं की छत से नीचे उतरते थे। उनके घर के सामने चौकोर पत्थर को गाड़ा गया था। उसी पत्थर पर

वे अपने खद्दर के कपड़े धोया करते थे। पड़ोस में नीबू का पेड़ था और वहाँ पर तितलियाँ उड़ती रहती थीं। ज़्यादातर पीली तितलियाँ।

ऐना जो कथाएँ सुनाती थी उनमें तितलियों के पंखों पर खून की बूँद होने का ज़िक्र हुआ करता था। वे तितलियाँ उस अँधेरी कोठरी से बाहर आया करती थीं जहाँ राजकुमार को कैद कर रखा जाता था। तितली के पंखों के खून से राजा के जासूस राजकुमार की कैद की जगह का पता लगा लिया करते थे। खून, हत्या, मौत और फाँसी की बातें सुनकर फातिमा रोने लगती थी। कुछ देर के लिए 'शेडो प्ले' रुक जाता। मुझे ही फातिमा को उसके घर छोड़ने जाना पड़ता था। मैं कहानी के अँधेरे के डर के बीच रहती थी।

"ऐना को ये कहानियाँ किसने सुनाई होंगी?" अम्मा कहती।

"उनके यहाँ ढेरों जासूसी किताबें हैं।"

"तुम उन किताबों को कभी नहीं पढ़ना।" दादी डराती थी।

पर मैं चुपके-चुपके ऐना की उन रहस्यमयी किताबों को पढ़ने लगी थी। मेरा छोटा भाई जान गया था। उसकी शिकायत पर ही बाबूजी मुझ पर बरसे थे। मुझे रात को कुछ देर बाहर ही खड़ा कर दिया गया था और मैंने पहली बार अँधेरे में बिल्ली की चमकती हुई आँखों को देखा था।

जीवन में बुढ़ापे का उतरना, हमारा धीरे-धीरे मृत्यु की तरफ़ सरकना, अपनी नियति को छूना, अपने अन्त की तरफ़ जाना, अपनी ही ज़िन्दगी का हमसे छूटते चले जाना, यह सब कुछ कितना अजीब-सा जान पड़ता है। इस उम्र में एक अकेली विधवा की ज़िन्दगी में रिटायर हो जाने के बाद, घर में होने और बीमार होने पर ज़िन्दगी में कितना कम घटता रहता है। दिन का दिन ऐसे ही चला जाता है। बीच-बीच में थकान और नींद का लौटना होता रहता है। न किसी किताब में मन देर तक अटकता है और न किसी संगीत पर कान देर तक ठहर पाते हैं। बस अतीत के भूले-बिसरे, बिखरे-टूटे अंश ज़रूर सामने आते रहते हैं। बाबू का रात में खाँसते चले जाना, ऐना के घर की दीवार पर बनती-बिगड़ती छायाएँ, ज्ञानू की भौचक निगाहें, सतपुड़ा की पहाड़ियों पर गिरती बारिश, मासूम फातिमा के घर के पास उड़ती पीली तितलियाँ और इस तरह का ही न जाने क्या-क्या, कितना कुछ याद आता रहता है।

बचपन के शहर का वह चौराहा भी बार-बार याद आता है, जिस पर कबूतर ही कबूतर हुआ करते थे। उनके आसपास बिखरे हुए अन्न के दाने। एक सुबह, उसी चौराहे पर मैंने एक आवारा कुत्ते को एक नेवले की जान लेते हुए देखा था। पहली बार किसी नेवले को एक कुत्ते के हाथों मरते हुए देखा। सड़क के किनारे नेवले की लाश थी।

जहाँ प्राइमरी स्कूल की इमारत थी वहाँ की सड़क से रोज़ ही अर्थियाँ निकला करती थीं। शवयात्रा के जाने के बाद सड़क पर लाई के दाने, फूलों की पंखुरियाँ, सिक्के नज़र आ जाते। शवयात्रा के निकलते ही कोई सड़क पर अपने घर से पानी फेंकता। एक लकीर जो जल्दी ही सूख जाती। दूसरे दिन फिर पानी फेंका जाता और तीसरे दिन भी।

"उड़ जाएगा हंस अकेला।" इकतारा लिये हुए बैरागी गाता था।

"अम्मा से उसके लिए आटा ले आना।" दादी कहतीं।

"कौन-सी क्लास में हो बेटी?" बैरागी पूछता।

"आपको अंग्रेज़ी आती है?" मैं चौंक जाती।

बाबूजी हँसा करते थे। क्या बैरागियों को अंग्रेज़ी नहीं आनी चाहिए, ऐसा उनका सवाल होता। मैंने उस बूढ़े बैरागी से कबीर के बारे में थोड़ा-सा जान लिया था। बनारस का वह जुलाहा, कैसी-कैसी बातें करता रहा था। कितना निर्भय था वह संत। दादी भी जब-तब उस बूढ़े बैरागी से कबीर के तीन-चार भजन सुन लेतीं और उसके हाथ में चार-पाँच सिक्कों को रख दिया करती थीं।

समय की अपनी सनक, समय की अपनी सूझबूझ, अपने आप में अलग ही चीज़ है। समय ही है जो किसी-किसी ज़िन्दगी में भारी तहस-नहस बनाए रखता है और किसी में बहुत कम या बिलकुल भी नहीं। मेरा अपना जीवन ठीक-ठाक ही रहा। न मेरे जीवन में बहुत ज़्यादा दुख बना रहा और न ही बहुत ज़्यादा सुख। कुछ बहुत अच्छे दिन आए, कुछ कम अच्छे और कुछ दिन आए ही नहीं। यह हम सबके साथ ही होता है। कुछ-कुछ दिन हमारी ज़िन्दगी में आते ही नहीं हैं। हम सिर्फ़ उन दिनों का इन्तज़ार करते रह जाते हैं। फिर एक दिन आता है, दिन भी नहीं, कोई एक क्षण, जब हम अपनी आधी-अधूरी हसरतें लिये हुए, इस दुनिया को छोड़कर चले जाते हैं। हमारी उस दुनिया को छोड़कर, जिसमें अपनी शुरुआत के

दिनों में हमने नींद खुलते ही अपने बिस्तर पर खिड़की या दरवाज़े से आते हुए धूप के धब्बों को पहली-पहली बार महसूस किया था। जहाँ कमरे के अँधेरे में बाहर से आती रौशनी की लकीरों ने हमें चौंकाया था, जहाँ हमने देर-देर तक आकाश में पसरे हुए तारों को घूमते हुए, चन्द्रमा को, उसको घेरते हुए बादलों को देखा था। वही दुनिया जिसमें इकतारा लिये हुए बूढ़ा बैरागी कबीर के भजनों को गाया करता था। जहाँ ऐना की सच्ची-झूठी कहानियों में रानियों के विलाप थे, राजाओं का वन-वन भटकना और शिकार के लिए हिरणों का पीछा करना था। जहाँ कभी फातिमा का अबोध चेहरा था और नमाज़ पढ़ते हुए शमसुद्दीन मियाँ, जिसमें कभी केतन के साथ की शामें रहीं, कभी ज्ञानू के साथ की नर्मदा के किनारे पर बीती हुई दुपहरें। मेरे पति जब कभी गर्मियों में बाहर से लौटते तब मेरे लिए तरबूज या खरबूज ले आया करते थे। मैं उनको पानी की टंकी में कुछ देर भीगने के लिए छोड़ने जाती तब मुझे मेरे बचपन के घर की उस टंकी का ख़याल आता जिसमें हमारा बूढ़ा कछुआ रहा करता था, जिसे कभी-कभार बाहर निकाला जाता था।

"वह कछुआ कहाँ चला गया?" मेरी बड़ी नातिन ने पूछा था।

"मेरी शादी के कुछ दिनों बाद मर गया था।"

"किसी ने उसका इलाज नहीं करवाया था?"

"वह बूढ़ा हो गया था।"

"क्या बूढ़े होने के बाद सब मर जाते हैं?"

मैं कोई जवाब नहीं दे सकी थी। पर शिल्पी के उस सवाल ने मुझे उदास ज़रूर किया था। लम्बे समय के लिए निराश भी। उस सवाल के बाद मैं दिनों-दिनों तक उदास भी और निराश भी रही थी।

कभी-कभी मेरे मन में आता है कि अपनी इन नातिनों के लिए, अपने अतीत के बारे में अपने पुरखों और परिवारों को लेकर कुछ पन्ने लिखने की कोशिशें करूँ। हो सकता है कि कभी मेरे बेटे-बहू की यह जानने के लिए दिलचस्पी जागे कि उनके पहले, उनके घर में क्या होता रहा था, क्या-क्या घटता गया था? उन पन्नों में मेरे अपने अतीत के कुछ अंश आ सकते हैं। मेरे जीवन के कुछ आत्मीय स्थल और इस तरह मेरी ज़िन्दगी की कुछ पगडंडियाँ, जिन पर से मैं पिछले पैंसठ बरसों में गुज़रती रही हूँ।

अपनी आत्मकथा-सा कुछ पन्नों पर उतारने का यह ख़याल भी, दूसरे ख़यालों की तरह देर तक साथ नहीं रहता। छोटे-छोटे सरोकारों में उलझना पड़ता है। सरस्वती के आने के पहले सब्ज़ी काटकर रखना, रूनी का खाना तैयार करना, अपनी होम्योपैथिक की दवाइयाँ, अपनी नातिनों के लिए स्वेटर बुनना, तुलसी के चौरे पर दीया जलाना और इस तरह का न जाने क्या-क्या और कितना कुछ। इन सबके साथ अपना नहाना होता है। अपनी साड़ियों को इस्त्री किया जाना, बेटे-बहू को चिट्ठियाँ लिखते रहना और कभी-कभार क़रीब के रामकृष्ण में कुछ देर के लिए जाना भी। इन सबके साथ अपना बुढ़ापा चलता ही रहता।

आज से लगभग पचास बरस पहले जो लड़की गर्मियों के दिनों की रातों में, अपनी छत पर खड़े हुए आकाश और उसके तारों पर अपनी नज़रें गड़ाए रहती थी, अब मैं वह लड़की नहीं हूँ। कितना कुछ देखा है मैंने इन बरसों में। इतना कुछ सहा और समझा है मैंने। लोगों के साथ रहने के मेरे अनुभव हैं, तब बरसों अकेले रहने के अनुभव भी हैं मेरे। मेरे देखते-देखते यह दुनिया बहुत ज़्यादा बदली भी है। कभी मुझे यह दुनिया अपनी तरह बूढ़ी नज़र आती है और कभी एकदम युवा। बारिश में भीगती हुई किसी मासूम और नन्ही बच्ची की तरह, फातिमा की अबोधता ली हुई दुनिया।

जीवन का जीवन चला जाता है। बाक़ी रह जाती है, सिर्फ़ उस जीवन की कुछ धुँधली-सी, भूली-बिसरी, टूटी हुई—बिखरी हुई, घुन लगी हुई स्मृतियाँ। इन खँडहर बन चुकी यादों को भी एक दिन हमारी मृत्यु हमसे छीन ही लेती है। हमारा सौभाग्य रहा तब हमारे जीवन का कोई अंश किसी दूसरे आदमी के संग रहने लगता है और उसके जाने के बाद वहाँ से भी उजड़ जाता है। मैं अपनी नातिनों के लिए, अपने जीवन को कुछ पन्नों में उतारना चाहूँगी। जीवन, जिसे शायद पन्नों में बचाया जा सकता है।

ज़िन्दगी

उनकी आरामकुर्सी बालकनी में रख दी गई है। पड़ोस में फूलों का गमला, एक छोटी-सी मेज़, उस पर दो अख़बार, पत्रिकाएँ और ट्रांज़िस्टर। कुछ महीने ही हुए कि उनकी पत्नी लम्बी बीमारी के बाद गुज़र गई। उसके बाद उनका मन अपने घर में टूटने लगा था और वे अपनी इकलौती, तलाकशुदा, अध्यापिका बिटिया के घर आकर रहने लगे हैं। यहाँ उनका मन ठीक रहने लगा है। पुरानी बस्ती है, पर न्यू कॉलोनी कहलाती है। छोटे-छोटे बँगले हैं, कुछ पारसियों के, कुछ ईसाइयों के। हर बँगले का अपना छोटा-सा बग़ीचा। अमलतास, नागचम्पा, नीम और शीशम के बीस-पच्चीस पेड़ पूरी कॉलोनी में खड़े होंगे। बिटिया का घर बड़ा नहीं पर खुला-खुला-सा, आरामदेह और सुरुचिपूर्ण नज़र आता है। तीन-तीन बालकनी हैं। दो बड़ी-बड़ी खिड़कियाँ, जहाँ से धूप भी आती है और गिलहरियाँ भी। 20-22 साल की पहाड़ी लड़की है जो दो वक़्त का खाना बना जाती है। एक दूसरी बाई कपड़ा-बर्तन-पोंछा कर जाती है। बिटिया के स्कूल चले जाने के बाद कुन्दन घर में रहता है। तरह-तरह की प्रतियोगी परीक्षाओं की तैयारी करता रहता है। पर कहीं कुछ ऐसा है, जिससे शान्तनु बाबू का मन व्याकुल बना रहता है। पैंसठ बरस का बूढ़ा होता जाता व्याकुल मन। अपने पिता के भीतर की उदासियाँ, उनकी बेटी कोयल के भी दुख का कारण बनी रहती हैं।

"आप शाम को सैर पर जा सकते हैं।" कोयल कहती है।

"अकेले जाने का मन नहीं होता।"

"कल से मैं आऊँगी।"

"तुम स्कूल से थकी-माँदी लौटती हो।"

"कुन्दन से कहती हूँ।"

"यह ठीक रहेगा...कल से चला जाऊँगा।"

"आज से ही क्यों नहीं?"

कोयल जानती है कि कल भी बाबा सैर पर नहीं जाएँगे और न ही परसों या नरसों। वे तैयार हो जाने का बहाना बनाते हुए बरामदे की आरामकुर्सी पर बैठ जाएँगे। घर से निकलने से पहले कुन्दन से उनके लिए कॉफ़ी तैयार करने को कहेंगे। कुन्दन अपने जूतों के फीते खोलकर रसोई में कॉफ़ी तैयार करने के लिए जाएगा। कॉफ़ी पीते-पीते वह अपने मफ़लर को ढूँढ़ने लगेंगे और कुछ देर बाद, मफ़लर न मिलने का बहाना कर आरामकुर्सी में धँस जाएँगे। मफ़लर मिलने में समय लगेगा और फिर अँधेरा घिर जाएगा और फिर कुन्दन को ट्यूशन जाना होगा।

"तुम जल्दी लौट आईं।" बाबा ने पूछा।

"आप लोग भी सैर से जल्दी लौट आए?"

"हम जा ही नहीं पाए।"

"क्यों?"

"मफ़लर नहीं दिख रहा था।"

"आपके पास तीन-चार मफ़लर हैं।"

"चारों दिख गए...पर अँधेरा घिर आया था...कल से जाएँगे।"

कोयल की अपनी ही निराशाएँ कुछ कम हैं? प्राइवेट स्कूल की प्राइमरी कक्षाओं को पढ़ाना। कभी प्रशासन का दबाव तो कभी छात्राओं के माता-पिता का। स्कूटर से जाना-आना। अराजक-सा ट्रैफ़िक। धूल, धुआँ और शोर। बढ़ती गाड़ियाँ और सिकुड़ती-सिमटती सड़कें, फुटपाथ से बाहर निकलती दुकानें। आड़ा-टेढ़ा चलाते हुए ऑटो वाले। वह सोचती रहती है कि घर लौटूँगी और बाबा अपने दिन भर के सरोकारों, अपनी सक्रियताओं को सुनाएँगे लेकिन लौटकर देखती है कि बाबा को जिस जगह पर छोड़कर गई थी, बाबा वहीं बैठे हुए हैं। जामिनी रॉय के चित्र की तरफ़ देखते हुए या खिड़की से नज़र आते अमलतास पर निगाहें गड़ाए हुए! क्या उनका मन पेड़ में अटकता है? क्या उनको जामिनी रॉय के चित्र अच्छे लगते हैं? कोयल के मन में आता है कि गर्मियों की इन छुट्टियों में वह, बाबा और कुन्दन के साथ शान्तिनिकेतन जाएगी।

"इन छुट्टियों में हम शान्तिनिकेतन जा सकते हैं।"

"बहुत अच्छा रहेगा।"

"आप तो वहाँ गए हैं।"

"वहाँ बार-बार जाना चाहिए।"

बाबा कुछ ऐसे उत्सुक हो जाएँगे कि जैसे उसी वक़्त कलकत्ता के लिए निकलना है। कुछ देर तक शान्तिनिकेतन के शुरुआती बरसों, रवीन्द्रनाथ, नन्दलाल बोस पर कुछ-न-कुछ बताते भी चले जाएँगे और पता नहीं अचानक क्या होगा कि वह चुपचाप अपने बिस्तर पर चले जाएँगे। पायताने के कम्बल से अपने शरीर को ढकने लगेंगे।

"तुम कुन्दन के साथ सैर पर चली जाओ।"

"उसकी परीक्षाएँ नज़दीक आ रही हैं...बड़ी मुश्किल से आपके लिए तैयार हुआ था।"

"तुम्हें भी अपनी सेहत का ख़याल रखना चाहिए।"

"मुझे क्या हुआ है?"

"तुम कितनी ज़्यादा चुप रहने लगी हो...तुम छोटी थीं तब तुम्हारी अम्मा तुम्हारे इतना ज़्यादा बोलने से डरती थीं।"

"इसमें डरने की क्या बात थी?"

"सोचती थीं कि तुम्हें दूसरे घर में जाना होगा...पता नहीं वहाँ..."

"बाबा, इसीलिए मैं आपसे बात नहीं करती हूँ...मौक़ा मिला कि आप..."

"क्या करूँ...तुम ख़ुद कुछ सोचती ही नहीं...आख़िर कब तक तुम ऐसी रहोगी।"

"ठीक ही से तो रह रही हूँ।"

"इसे ठीक से रहना कहती हो!"

"मैं आपके लिए कॉफ़ी बनाती हूँ।"

शान्तनु जानते हैं कि कॉफ़ी बहाना है। कोयल को अपने बारे में सुनना-सुनाना अच्छा नहीं लगता है। वह पहले बिलकुल भी ऐसी नहीं थी। कितना ज़्यादा हँसती थी। कितना ज़्यादा हँसाया करती थी। शान्तनु बाबू को लगता ही नहीं था कि वे इकलौती सन्तान के पिता हैं। उसके बीस-इक्कीस तक की होने तक घर हरा-भरा, खिला-खिला-सा जैसा रहा था।

"क्या ससुराल में भी इतनी बकबक करोगी," उसकी नानी चिढ़कर कहतीं।

"मैं बकबक करती हूँ नानी?"

"और नहीं तो क्या...हमारे ज़माने में लड़कियाँ सिर्फ़ हाँ या ना में जवाब देती थीं।"

"नानी, तुम किस सदी में रह रही हो..."

और किसी-किसी शाम में डाकघर से लौटकर शान्तनु बाबू देखते थे कि कोयल अपनी अम्मा और नानी को सामने बिठाकर किसी विषय पर बोल रही है। वह कॉलेज के किसी कार्यक्रम में दिया जानेवाला उसका कोई व्याख्यान होता, वाद-विवाद प्रतियोगिता का उसका अपना पक्ष, जिसे सुनते हुए शान्तनु रेडियो में आते हुए इन्दिरा गांधी के भाषणों को याद किया करते थे। वे हमारे देश में इमरजेंसी के दिन थे। इन्दिरा गांधी के हमारे प्रधानमंत्री होने के बरस।

इतिहास में एम.ए. करने के बाद कोयल का दिल्ली में आगे की पढ़ाई का मन बन गया। उसकी माँ उसके शहर छोड़ने का प्रतिरोध करती रहीं। शान्तनु भी नहीं चाहते थे लेकिन उसकी जिद के सामने हार मान गए। इतिहास की अच्छी पढ़ाई उन दिनों दिल्ली जैसी जगहों में ही सम्भव हो पा रही थी। वह चौबीस की हुई। जुलाई में उसका जन्मदिन मनाया गया। शान्तनु बाबू को हैरानी मिली थी कि वे ख़ुद अपने जीवन में इतने कम लोगों के बीच, इतना कम बोलनेवाले व्यक्ति रहते आए थे और चौबीस साल की उनकी बिटिया है कि इतने सारे मित्र थे। कोयल की जीवन्तता और लोकप्रियता कभी-कभार उन्हें ईर्ष्या से भर देती।

"वह लड़का होती तब हमारे साथ ही रहती।"

वे पत्नी से कहते, "हम उसकी शादी इसी शहर में करेंगे।"

माँ कहतीं, "जैसे वह सब हमारे बस में ही है।"

"वह ख़ुद हमें छोड़ना नहीं चाहेगी।"

कोयल के जाने के बाद ही शान्तनु अपने बरसों पुराने नौकर के नाती कुन्दन को गढ़वाल से ले आए थे। तब कुन्दन बारह-तेरह का रहा होगा। सीधा-साधा, भोला-सा पहाड़ी। शहर की सड़कों, शोर और चहल-पहल से डरनेवाला। शुरू-शुरू में कुन्दन को स्कूल में भी तकलीफ़ों का सामना करना पड़ा। शान्तनु डाकघर से लौटते और उसे अंग्रेज़ी, गणित और विज्ञान पढ़ाते। वह घर के कामों में भी हाथ

बँटाने लगा था। उसकी मेहनत ही थी कि घर का बग़ीचा फलने-फूलने लगा। उसने टैरेस पर मिर्ची, टमाटर और बैगन को उगाना शुरू किया।

कभी कुन्दन छत्तीसगढ़ के अंबिकापुर के एक अध्यापक के घर नौकर रहा था। दस साल का रहा होगा। वहीं उसने आलू की खेती करते लोगों को देखा था। वह एक पहाड़ी इलाक़े में हर वीकएंड में जाता रहा था, जहाँ तिब्बती लोगों के खेतों में आदिवासी लोग काम किया करते थे। धीरे-धीरे कुन्दन, परिवार का अभिन्न हिस्सा बन गया। अब शान्तनु बाबू की दो सन्तानें थीं—कोयल और कुन्दन। एक दिल्ली में और दूसरा उनके साथ। उनके अपने शहर में। शुरुआत के महीनों में कोयल भी दिल्ली में बहुत ज़्यादा ख़ुश बनी रही थी। महानगर और राजधानी के विश्वविद्यालय के वातावरण की आधुनिकता। देश के दूरदराज के इलाक़ों से आए हुए छात्र-छात्राएँ। उनकी भाषा और वेशभूषा। उनकी बातचीत और बहसें। इतिहास पढ़ा रहे अध्यापक और अध्यापिकाएँ, विश्वविद्यालय की इमारतों के पास खड़े पेड़, बग़ीचे और झाड़ियाँ। होस्टल का जीवन कोयल को खींचता चला गया था।

वहाँ से वह एक पत्र अपनी अम्मा को लिखती और एक पत्र अपने बाबा को। ऐसा कोई सप्ताह न होता जिसमें कोयल की दो अलग-अलग चिट्ठियाँ न आतीं। उस साल की दीवाली की छुट्टियों में दस-बारह दिनों तक अपने माँ-बाबा के साथ रही थी। उन छुट्टियों में ही वह कुन्दन से पहली बार मिली थी। उन दोनों को एक-दूसरे के साथ मिलना, समय बिताना अच्छा लगा था।

कोयल कॉफ़ी बनाकर लाई और अपने बाबा को कहीं खोए हुए देखा। वे आरामकुर्सी पर थे। कोयल ने कॉफ़ी का मग स्टूल पर रख दिया। उसे लगा कि बाबा की आँख लग गई है और वह अपने कमरे में जाने लगी। तभी बाबा का यह वाक्य बाहर आया—

"तुम नहीं पीओगी?"

"मुझे लगा कि आपको झपकी लगी है।"

"मैं सोच रहा था कि आख़िर ज़िन्दगी चीज़ क्या है?"

"कॉफ़ी पीकर सोचें...ताज़े दिमाग़ में ताजे ख़याल आएँगे...मुझे खाना बनाना है...बानू की बच्ची बीमार है, वह नहीं आएगी।"

"खाना बन जाएगा...तुम कुछ देर बैठो...तुम्हें क्या लगता है ज़िन्दगी के बारे में?"

"यह सब कहना मुश्किल है। हर ज़िन्दगी कितनी अलग होती है। हर ज़िन्दगी रोज़-रोज़ बदलती रहती है। फिर कितनी सारी ज़िन्दगियाँ हमारे आसपास फैली रहती हैं।"

"तुम ख़ुद भी उलझी हुई हो और दूसरों को भी उलझा देती हो...तुम्हारी अम्मा ठीक ही कहा करती थीं..." बाबा ने कॉफ़ी का मग उठा लिया।

"क्या कहती थीं अम्मा?"

"कोयल से कोई सवाल करो तो उसका उत्तर एक दूसरा सवाल होता है। वह उलझा देती है।"

शान्तनु कॉफ़ी पीते रहे। कोयल चुपचाप बैठी रही। भीग आई आँखों को अपनी साड़ी के पल्लू से पोंछ लिया। फिर वह रसोई में चली गई। शान्तनु उठे और कमरे की बत्ती बुझाकर अपने बिस्तर पर लेट गए। कुन्दन के कमरे के टेबल-लैंप का उजाला आ रहा था। वह अपने कमरे में पढ़ रहा था।

कोयल रसोई में आ गई। अम्मा की याद ने घेर लिया था। अम्मा ठीक ही सोचती थीं कि उसके पास किसी भी सवाल का जवाब एक दूसरा सवाल ही हुआ करता था। कोयल कर भी क्या सकती थी। ज़िन्दगी ने उसको सवाल ही दिए, सिर्फ़ सवाल। अट्ठाइस की भी नहीं हुई होगी कि उसकी ज़िन्दगी को तरह-तरह के सवालों ने घेरना शुरू कर दिया था। माँ-बाबा से उत्तर मिल सकते थे लेकिन न उन्हें कोयल का किसी शादीशुदा आदमी से प्रेम करना ठीक जान पड़ा और न ही बाद के दिनों का उनका विवाह। कोयल का विवाह दिल्ली के कोर्ट में हुआ था। उसके माता-पिता भरे हुए मन से दिल्ली गए तो ज़रूर लेकिन रजिस्ट्रेशन के बाद की ही ट्रेन से लौट आए थे। कुन्दन ज़रूर वहाँ रुका रहा था। इतना उदास रहा था कुन्दन कि कोयल ने उसे भी तीसरे दिन ट्रेन में बैठा दिया। दिसम्बर के दिन थे। कुन्दन नीले रंग की स्वेटर पहने हुए ट्रेन की खिड़की से अपनी दीदी को देख रहा था। दीदी के पड़ोस में उसके जीजा खड़े हुए थे। आँखों पर चश्मा। सफ़ेद होते हुए बाल, दीदी से बीस साल बड़े रहे होंगे। दो-दो बेटियाँ थीं उनकी। कुन्दन पन्द्रह-सोलह का रहा होगा और अपनी दीदी के विवाह को लेकर आश्चर्य से भरा हुआ। ट्रेन छूट

गई। दीदी ने उसके बालों पर हाथ फेरा। माँ-बाबा का अच्छी तरह ख़याल रखने की हिदायतें दीं और अच्छी तरह पढ़ने की भी। दीदी की आँखें डबडबाती रही थीं।

निजामुद्दीन स्टेशन की खिड़की से निजामुद्दीन औलिया का मकबरा नज़र आ रहा था। कुन्दन को न जाने क्यों लगा कि उसे अपनी दीदी के लिए किसी पीर-फ़क़ीर से कुछ माँगना चाहिए। अपनी अच्छी दीदी के लिए जो न जाने किस नर्क की सीढ़ियों पर चढ़ रही थी? कुन्दन के उदास होते चले जाने की शुरुआत हो गई थी। घर लौटा तो लगा कि घर में नहीं किसी मरुस्थल की वीरानगी में लौटा हुआ है। अम्मा ने बिस्तर पकड़ लिया था। शान्तनु बाबू ने डाकघर से लम्बी छुट्टियाँ ले ली थीं। कुन्दन ने घर सँभालना शुरू किया। रसोईघर की ज़िम्मेदारी भी उसके हिस्से आई। ऐसे में कोई नौकरानी रख ली जाती तो घर का रहस्य बाहर घूमने लगता था। घर के स्वाभिमान को बचाना था।

शान्तनु तब पचपन-छप्पन के रहे होंगे। लेकिन उनके चेहरे पर बुढ़ापा उतरने लगा था। अम्मा की लम्बी बीमारी की उन दिनों में ही शुरुआत हो गई। बाबा ने डाकघर की अपनी नौकरी छोड़ दी। कोयल की नानी अपनी आख़िरी साँस तक शान्तनु बाबू के घर पर रहीं। कुन्दन ने कॉलेज जाना शुरू कर दिया। शाम के वक़्त एक प्रिंटिंग प्रेस में पार्ट टाइम काम करना भी ताकि अपना ख़र्चा ख़ुद ही उठा सके। यह सब कुछ उन्नीस सौ अस्सी के आसपास घट रहा था। तब न इस शहर में जगह-जगह टेलीविजन थे और न हर हाथ में मोबाइल फ़ोन। वह न कम्प्यूटर का जमाना था और न इंटरनेट का। तब हमारे शहर में न इतने मॉल, मल्टीप्लेक्स और मोबाइल शॉप थे और न चमचमाती सड़कों पर ढेर सारी मोटरगाड़ियाँ, शान्तनु बाबू को वह कोई और ही ज़माना-सा जान पड़ता है जबकि उसको बीते हुए बीस साल भी नहीं हुए होंगे।

कोयल ने खिचड़ी को पकने के लिए गैस पर रख दिया है। सलाद तैयार कर रही है। टमाटर काटते-काटते न जाने माँ का आख़िरी दिनों का चेहरा क्यों याद आ गया? अम्मा अपने आख़िरी दिनों में हर चीज़ को अपनी सूनी और गहरी निगाहों से एकटक देखने लगी थीं। मोसम्बी का छिलका हो या कोयल के माथे की गोल बड़ी-सी बिंदी। अम्मा की निगाहें उनकी तरफ़ बिना पलक झपकाए देखती रहती थीं।

"सर्दियों में टमाटर कितने सुन्दर दिखते हैं," अम्मा ने कहा था।

पकती हुई खिचड़ी के सामने खड़ी कोयल, खिड़की से दिसम्बर के आकाश की तरफ़ देख रही है। कितना ज़्यादा नीला है। इतना अधिक सुन्दर। अम्मा कहीं होंगी तो क्या इस आसमान को देख रही होंगी? अम्मा को आकाश, तारे, नदियाँ, पहाड़, पेड़-पौधे और रेगिस्तान कितने अच्छे लगते थे। कितनी ख़ुश थी वह जैसलमेर में। हम उनकी मौत के दो बरस पहले राजस्थान गए थे। तब वे बीमार थीं लेकिन उनको कैंसर होने का पता नहीं था। कोयल ने दिल्ली के एक स्कूल में पढ़ाना शुरू कर दिया था। वे वही दिन थे जब कोयल के विवाह के टूटने की शुरुआत हो चली थी। तलाक़ का मुक़दमा कोर्ट की बेंच तक पहुँच गया था। अपनी अम्मा की लम्बी बीमारी के कारण भी कोयल को बार-बार दिल्ली दौड़ना पड़ता था। बाबा ख़ुद बीमार रहने लगे थे और कुन्दन के सामने अच्छी नौकरी का सवाल खड़ा था। नानी को गुज़रे हुए एक बरस हो चुका था। अब कोयल न आती रहती तो न जाने उसकी अम्मा के आख़िरी बरस कितने भयावह ढंग से बीतते थे? दिल्ली में कोयल का मन लगता ही नहीं था।

कोयल का बार-बार अपने घर लौटना, दिल्ली में उसकी अनुपस्थितियाँ भी रही होगीं कि उसके पति अपनी पहली पत्नी की तरफ़ लौटते चले गए थे। कोयल ने एक बच्ची को जन्म भी दिया था। पर वह अपने जन्म के दूसरे दिन ही चल बसी थी। कोयल के मन में इस वक़्त यह भी आ रहा है कि जब किसी आदमी को मौत और ज़िन्दगी मिलकर घेरती है तब वह आदमी, उस आदमी का परिवार, कितनी बुरी तरह घिरता चला जाता है। कितने कम समय में ही कोयल ने पहले नानी की मौत देखी, फिर अपनी बिटिया की मौत, अपने विवाह का टूटना, अपने प्रेम का झरते चले जाना, विश्वास और विवेक को मरते हुए देखना, अम्मा के कैंसर की पहचान, उसके पति के सन्देह के बढ़ते हुए दायरे, अपनी मृत बच्ची का पिता होने से उसका इनकार...और...और...न जाने कितना कुछ और।

उन दिनों में ही कोयल ने पहले अपनी माँ से और बाद में अपने बाबा से जाना कि जब आदमी ख़ुद को ही न समझ रहा हो, तब उसका दूसरे को समझा जाना मुश्किल हो जाता है। ख़ुद को ही समझ न पानेवाले आदमी की वह नियति ही होती है कि वह दूसरों को समझ न पाए, दूसरों को ग़लत समझ जाए, किसी दिन कोयल ने माँ से कहा था—

"अम्मा, मुझे उनका इतना शक करना अखरने लगा था...क्या कोई किसी पर इतना अविश्वास कर सकता है...अपने ही प्रेम पर ऐसा घिनौना संशय।"

"किसी पर विश्वास करना ही तो कठिन होता है कोयल...भरोसा न करने के लिए क्या लगता है।"

माँ ने तो उस रोज़ कोयल को कितना कुछ समझाया था। कितना भरोसा दिया था। सीता की पीड़ा और लगातार विस्थापित होते जाने की उसकी नियति को देर तक समझाया था। उसके बाबा ने नहीं, उसकी अम्मा ने बहुत कुछ पढ़ा था। बहुत ज़्यादा सोचा-समझा था। वह पूर्वी बंगाल से आई थी। उसके विभाजन की त्रासदियों को देखा था। अपनी ग़रीबी के दिनों में उन्होंने बंगाल से हज़ारों मील दूर के एक पराए शहर में, अपने फटेहाल जीवन की शुरुआत की थी। अम्मा ने अपनी बीमारी और मौत को भी कितने ग्रेस के साथ स्वीकार किया था।

खिचड़ी तैयार हो गई है। सलाद बन चुकी है। अब बाबा और कुन्दन को बुलाना भर है। नौ बज ही रहे हैं। कोयल ने सोचा कि कल शाम बाबा से लम्बी बातचीत करूँगी। उनको समझाने की कोशिश करूँगी कि अब वे मुझे मेरे हाल पर छोड़ दें। अब मेरा कोई भविष्य है तो उसमें विवाह नहीं है, बच्चे नहीं हैं। मैं अपने जीवन को अलग ढंग से जीना चाहती हूँ। लेकिन मुझे पता नहीं कि वह अलग ढंग कैसा होगा, क्या होगा? पर मैं उसके बारे में सोचती रहती हूँ। अपने उस अलग जीवन का इन्तज़ार करती रहती हूँ। बाबा से और भी कुछ कहूँगी पर आज नहीं, कल। कल छुट्टी का भी दिन है। सोचने-समझने का लम्बा वक़्त भी साथ रहेगा। कोयल को लगा कि आज खाने के बाद, खिलाने के बाद, वह सोने के पहले कुछ करेगी तो बस दिसम्बर के नीले आकाश को देखती रहेगी। दिसम्बर का नीला आकाश, जिसके लिए बचपन से ही कोयल में गहरा सम्मोहन रहता आया है। क्रिसमस के आसपास के आसमान के लिए उसका अनुराग।

वह दिसम्बर का नीला आकाश ही था, जिसके नीचे उसके अपने जीवन का पहला और आख़िरी प्रेम जन्मा था। कोयल को इस तरह पहला और आख़िरी प्रेम शब्दों का संयोजन अच्छा लगा और उसने सोचा कि क्या वह भविष्य में कविताएँ लिखने की बात पर सोच सकती है? उसे हँसी आ गई। वह और कविता। अम्मा होतीं तो घर में एक बड़े जोक का जन्म होता। इस बात पर सब कितनी देर तक

हँसते रहते कि कोयल को कविताएँ लिखने की सूझ रही है।

बाबा के कमरे में अँधेरा है। कुन्दन के कमरे में उजाला। कोयल अँधेरे और उजालों के बीच से गुज़र रही है। बाहर सर्दियों का आकाश है। दिसम्बर का नीला आकाश। कोयल ने सोचा कि कल शाम बाबा को सैर के लिए कालभैरव के मन्दिर के क़रीब के खँडहरों तक ले जाएगी। बरसों बाद वे दोनों बरगद के विशालकाय पेड़ के नीचे बैठकर बात करेंगे। कोयल उन्हें समझाना चाहेगी कि अब उसे अपना जीवन शान्त नज़र आता है। तसल्लियों से भरा हुआ। जहाँ कुछ थोड़ा-सा भी है तो विश्वास से भरा हुआ। संशय से सैकड़ों मील दूर। अँधेरे के घिरने के पहले आएँगे। कोयल कहना चाहेगी कि अब वह अपना जीवन विश्वास के बीच बिता सकती है, सिर्फ़ विश्वास के बीच। कोयल को सुनकर उसके बाबा शायद अपनी यह बात और एक बार दोहराएँगे—

"अन्त आते-आते जीवन कठिन और जटिल हो जाता है।"

रिश्ते

दिसम्बर की दोपहर है। साल के आख़िरी दिन। आकाश नीला। हवाओं में ठंडक है। बाहर निकले हुए लोग, स्वेटर, कोट, मफ़लर पहने हुए। यहाँ से बन्द पड़ चुकी एम्प्रेस मिल की चिमनी नज़र आती है। तीसरी मंज़िल का कमरा, जहाँ मैं सप्ताह भर से अपने पति के साथ रह रही हूँ। अपने क़स्बे से यहाँ बचपन से आती रही हूँ, पर पहली बार यहाँ इतने दिन ठहरना हुआ है।

आलोक दा' अस्पताल में भर्ती हैं। तीन-चार महीनों से उनके फेफड़ों में तकलीफ़ बनी हुई थी। दस-बारह दिनों से सर्दी, खाँसी, बुख़ार और अनिद्रा से परेशान बने हुए हैं। मुझे पता ही नहीं था। मैं अपने चेकअप के लिए आई थी। दादा को बताने आई तब उनके अस्पताल में होने की ख़बर मिली। अस्पताल गई। उनका बीमार, उदास और कुम्हलाया चेहरा देखा और उनके बहुत ज़्यादा मना करने के बाद भी उनके यहाँ रुक गई। अब उनके घर में रह रही हूँ। शाम को तीन-तीन घंटों के लिए अस्पताल में उनके पास बैठी रहती हूँ।

"तुम रोज़ ही क्यों आ जाती हो साँवली।"

"आप फ़िक्र मत करो...बस से नहीं, ऑटो से आई हूँ।"

"ऐसे वक़्त तुम्हें अपना खूब ख़याल रखना चाहिए।"

एक महीने पहले मैंने ही उन्हें अपने गर्भवती होने की बात लिखी थी। उनके क़स्बे से अपने शहर में आने के बाद से, मैं बराबर उनको पत्र लिखती आई हूँ। कभी-कभार वे भी चिट्ठियाँ भिजवाते। कभी मेरे स्कूल से फ़ोन पर उनका फ़ोन आ जाता। दीवाली के बाद से आलोक दा' की कोई ख़बर ही नहीं मिली। उनकी माँ से मिलती रही थी। वे बीच-बीच में क़स्बे में दादा के घर रुकती रही थी। तीन बरस पहले वे गुज़र गईं। दादा के अलावा कोई मुझे जानता है तो उनकी एक पत्रकार

मित्र हैं, जिनके फ़ोन कभी-कभार मैं उठा लिया करती थी। तीन बरसों से दादा यहीं हैं और नहीं जानती कि वह लड़की इस समय कहाँ रह रही होगी?

वहाँ लगभग रोज़ ही सुबह-सुबह उस लड़की का फ़ोन आ जाता था। दादा छत पर पढ़ रहे होते, बाथरूम में होते तब रसोई से आकर मैं रिसीवर उठाती। वह मुझे जानने-पहचानने लगी थी। मुझसे भी मेरी पढ़ाई। मेरे परिवार और दादा की ख़बरें पूछ लिया करती थी। हंसा नाम था उसका। दादा के पास अंग्रेज़ी का जो अख़बार आता, उसमें कभी-कभार उनका नाम छपा रहता। उन दिनों में आलोक दा' की माँ अकसर आ जाया करती थीं। वे पैंतालीस के होने को आए थे और उनका विवाह नहीं हुआ था। माँ को उनका अकेला होना। खाने-पीने के लिए मेरे भरोसे रहना, मेरा धीरे-धीरे उन्नीस-बीस की उम्र में जाते जाना, दादा का मेरे लिए अनुराग, मुझसे नौकरानी-सा व्यवहार न किया जाना, अखरता रहा था।

वह कहती कुछ नहीं थी। मैं समझ जाती थी। उसे पता था कि साँवली के भरोसे ही उनका लड़का अच्छी तरह खा-पी रहा है। साफ़-सुथरे कपड़े पहनता है। उसका बिछौना स्वच्छ रहता है और उसका कमरा, उसकी किताबें, उसकी एक-एक चीज़ तरतीब के साथ रखी रहती है। साँवली सुबह-शाम एक घंटे के लिए ही जाती, लेकिन उस एक घंटे में ही वह खाना बनाने, साफ़-सफ़ाई, रख-रखाव के काम अच्छी तरह कर दिया करती थी। बाद में मैं स्कूल चली जाती थी और कुछ बरसों के बाद क़स्बाती कॉलेज में और उसके बाद के बरसों में क़स्बे से पच्चीस किलोमीटर दूर के एक कॉलेज में। मैं दस बजे की ट्रेन से जाती और दोपहर में लौट आती। दादा वहीं मिशनरी स्कूल में अंग्रेज़ी पढ़ाते और दोपहर के वक़्त घर लौट आते।

शाम में वे मुझे पढ़ाया करते थे। वे मुझे मेरी आठवीं कक्षा से पढ़ाते आए थे। उनसे मुलाक़ात के पहले मेरा पढ़ने में मन नहीं लगता था। मैं अपने बाबू के साथ जंगल में भटकती रहती। वे जंगल के चौकीदार थे। उस वक़्त उस जंगल का शायद ही कोई पेड़ रहा होगा जिसे मैं नहीं जानती थी। शायद ही कोई ऐसा परिन्दा जिसे मैं नहीं पहचानती थी। स्कूल में मेरा ज़रा-सा भी मन नहीं लगता। अपनी क्लास में भी मुझे पेड़ों की सरसराहटें सुनाई देतीं, पक्षियों की चहचहाहटें। मेरे स्कूल न जाने से, जंगल में आवारगी करने से और सबसे ज़्यादा मेरे बारह-तेरह साल की लड़की हो

जाने से मेरी माँ परेशान रहतीं और मेरे बाबू चिन्ता में। दोनों को ही समझ में नहीं आता था कि आख़िर मेरा क्या होगा? मेरा छोटा भाई मुझसे क्या सीखेगा? रिश्तेदारों के मन पर मेरे इस तरह के होने का क्या प्रभाव पड़ेगा?

उन दिनों में ही आलोक दा' ने हर वीकएंड में जंगल के डाकबँगले में अपना वक़्त बिताना शुरू किया था। वे शनिवार की शाम में अपने कुछ कपड़ों, किताबों, अख़बार, ट्रांज़िस्टर, कैमरा, बायनाकुलर और कुछ दूसरी ज़रूरी चीज़ों को अपने बैग में रखकर डाकबँगले में आ जाते। हमारे घर से उनके खाने-पीने की व्यवस्था हो जाती। पहले मेरे बाबू और माँ से उनकी मुलाक़ातें होती रही थीं। बातें होती रही थीं। फिर एक दिन मैं उनका नाश्ता लिये, उनके डाकबँगले के कमरे में पहुँची थी।

आलोक दा' मेज़ के पास बैठे हुए पेंसिल से कुछ लिख रहे थे। मैंने दरवाज़ा खटखटाया और उन्होंने मुड़कर देखा था।

"तुम साँवली हो ना?"

मैंने हाँ में अपना सिर हिलाया था। उन्होंने भीतर आकर बैठने के लिए कहा। मेरे बारे में मुझसे ही कुछ-कुछ बताने लगे कि मैं एक पेड़ से दूसरे पेड़ पर कितनी आसानी से कूद जाती हूँ, मैं कोयल की आवाज़ की नकल कर सकती हूँ। मुझे पतंग बनाना भी आता है और पतंग उड़ाना भी। यह सब मेरे बाबू ने उन्हें बताया था। वे बीच-बीच में आलोक दा' के पास आकर बैठ जाया करते थे। मेरे स्कूल न जाने, जंगल में भटकते रहने की शिकायतें भी किया करते थे।

"तुम्हें जंगल में अकेले घूमने से डर नहीं लगता?" आलोक दा' ने पूछा था।

"किसका डर?"

"भूत-प्रेत का।"

"वे दिन में बाहर नहीं निकलते।"

"पर शेर और चीता तो निकलते हैं।"

"अब इस जंगल में सिर्फ़ पक्षी हैं और बन्दर।"

"तुम्हें कैसे मालूम?"

"बाबू बताते हैं...मैं ख़ुद भी घूमती रहती हूँ...क्या आपने पीछे का झरना देखा है?"

"नहीं।"

"मैं आपको बता सकती हूँ वह झरना।"

इस तरह मैं पहली बार अपनी बारह बरस की उम्र में आलोक दा' को झरना दिखाने ले गई थी। झरने के आसपास पेड़ खड़े थे और चट्टानें भी। उनको वह सब बहुत अच्छा लगा था। उन्होंने वहाँ की कुछ तसवीरें भी ली थीं। एक तसवीर मेरी भी। मैं अपने लहँगे-पोलके में चट्टान पर बैठी हुई, अपनी दो चोटियों को सामने लाते हुए। वह मेरे जीवन की पहली तसवीर रही होगी, जिसे अस्पताल, स्कूल के किसी काम से नहीं खींचा गया था।

आज तेरह साल हो गए और वह तसवीर हमारे परिवार के एलबम की शुरुआत में रखी हुई है। धीरे-धीरे आलोक दा' से मेरा, मेरे परिवार का रिश्ता बढ़ता गया। उन्होंने पहले डाकबँगले में और बाद में अपने घर में मुझे पढ़ाना शुरू कर दिया। मैं स्कूल भी जाने लगी और उनके घर पर भी। जब माँ बीमार रहतीं तब दादा का खाना मैं ही बना देती। बाद के दिनों में उनके खाने-पीने की, उनके घर की साफ़-सफ़ाई की, उनके कपड़ों-किताबों के रखरखाव की ज़िम्मेवारी मुझ पर ही आ गई थी।

"तुम्हें अपना ध्यान पढ़ाई में लगाना चाहिए।"

"लगाती तो हूँ...आपका ध्यान भी तो मुझे ही रखना है।"

"तुम्हारी माँ नहीं आना चाहतीं।"

"उनकी तबीयत ख़राब रहने लगी है...मुझे स्कूल के लिए आना ही पड़ता है।"

"यह ठीक है...तुम पढ़ती रहोगी तो मुझे बहुत अच्छा लगेगा...लेकिन मैं अपने काम के लिए किसी और को रखना चाह रहा हूँ।"

"तब मैं यहाँ आऊँगी ही नहीं..."

"क्यों?"

मैं चुप रही थी। मेरी आँखें डबडबाने लगी थीं। उस रोज़ आलोक दा' ने पहली बार मेरे सिर पर हाथ फेरा था। मुझे देर तक समझाते रहे थे। मेरे पढ़ने की, पढ़ने में मेरी रुचि की तारीफ़ करते रहे थे।

"तुम मेरे इतने सारे काम करोगी तो पढ़ोगी कैसे?"

"मुझे अच्छा लगता है...मैं पढ़ूँगी नहीं तो आप मुझे काम से निकाल देना।"

"ऐसा नहीं कहते।"

यह बातचीत मेरे छठी में होने के वक़्त हुई थी। मैंने दादा के यहाँ काम करते-

करते ही मैट्रिक किया। बी.ए. पास किया और एम.ए. भी। मेरा ख़ुद का परिश्रम। दादा का प्रोत्साहन और परिश्रम भी रहा कि मैंने हर इम्तहानों को अच्छी तरह पास किया था। एम.ए. के बाद मैं क़स्बे से थोड़ी दूर खड़े हुए एक-दूसरे क़स्बे में हिन्दी पढ़ाने लगी। मेरा वहीं के एक स्कूल अध्यापक से विवाह हो गया। मेरे विवाह के दो बरस पहले ही आलोक दा' की माँ गुज़र गईं और उन्होंने पहले अपनी नौकरी छोड़ी और बाद में वह कस्बा, जहाँ बीस बरसों से भी ज़्यादा वक़्त से, वह मिशनरी के एक स्कूल में अंग्रेज़ी पढ़ाते रहे थे। कितनी सारी किताबें थीं दादा के घर में। देश-विदेश के लेखकों की अंग्रेज़ी और बांग्ला में। तरह-तरह के विषयों पर लिखी गई पुस्तकें। शाम को उनके ग्रामोफ़ोन पर हिन्दुस्तानी शास्त्रीय संगीत का कोई रिकॉर्ड चढ़ा होता या रवीन्द्र संगीत का।

"आपके पास हिन्दी गानों का एक भी रिकॉर्ड नहीं है?"

"तुम सुनोगी?"

"मैं रेडियो पर तो सुनती हूँ।"

उसके बाद ही दादा शहर से सलिल चौधरी, गीतादत्त, बेगम अख़्तर और लता मंगेशकर के मीरा के भजनों के रिकॉड्र्स ले आए थे। मैंने ग्रामोफ़ोन पर रिकॉर्ड चढ़ाना और उतारना सीख लिया था। कभी-कभी मुझे सितार और सारंगी के रिकॉड्र्स भी बहुत अच्छे लगते थे। तभी दादा ने मुझे पंडित रविशंकर के बारे में, अली अकबर ख़ान के बारे में बताया था।

"मुझे मीरा के भजनों का रिकॉर्ड बहुत अच्छा लगता है।" मैंने कहा था।

और उसके बाद दादा ने मुझे मीराबाई के बारे में क्या-क्या नहीं बताया था। वे कितना कुछ जानते थे। वे कितना कुछ जानना चाहते रहे थे। मैंने कभी उन्हें ख़ाली नहीं देखा था। पढ़ते-लिखते रहते या संगीत सुनते हुए। इनमें मन न लगे तो सैर पर निकल जाते। या क़स्बे के पादरी के घर जहाँ दोनों के बीच दुनिया-जहान की बातचीत होती रहती। कभी-कभार गिरजे के पड़ोस के पादरी के उस मकान में मैं भी चली जाती। वहाँ कटहल का पेड़ था और एक बड़े से पिंजरे में ख़रगोश और उनके बच्चे। पादरी के यहाँ अलग-सा संगीत बजता रहता था। वहाँ पर वायलिन, पियानो और बाँसुरी से निकलती आवाज़ों को सुनकर मेरे मन में बराबर यह सवाल उभरता कि आख़िर संगीत आता कहाँ से है?

दुनिया भर में संगीत आता कहाँ से है?

मैंने यह पूछा था और दादा ने मेरे सवाल से ख़ुश होकर, अपना अत्यंत क़ीमती पेन मुझे दे दिया था। उस पेन को मैंने अब तक सँभालकर रखा है। टिन का एक बक्सा है मेरे पास, जिसमें वे सब चीज़ें हैं जो पिछले बारह-तेरह बरसों में मुझे दादा से मिलती रही हैं। मिट्टी के कुछ खिलौने, किताबें, डायरियाँ, पेन, बुकमार्क्स, स्कार्फ, मफ़लर, रिबन और दादा की लिखी गई चिट्ठियाँ।

आलोक दा' की माँ समझती थीं कि वे मुझे कितना चाहते रहे थे इसीलिए उनके मन के बारे में कुछ जानने-समझने के लिए वे मुझसे सवाल किया करती थीं।

"क्या कहते हैं वह फ़ोन पर?"

"वह सब मैं नहीं जानती।" मैं कहती।

"कुछ तो अन्दाज़ा लगा सकती हो।"

"आपके शहर में रहती है। पत्रकार है। हंसा नाम है उसका।"

"क्या भैया ने कभी कुछ कहा?"

"अपनी दोस्त कहा करते हैं।"

"लड़की और दोस्त!"

मैं चौंकी थी। कह रहे थे साँवली, तुम भी तो मेरी दोस्त ही हो।

"पागल है, मैंने ऐसा लड़का नहीं देखा।"

"मैंने भी नहीं।" हम दोनों हँसते रहे थे।

उसके बाद हम देर-देर तक आलोक दा' की बातें किया करते थे। उनकी माँ मुझे उनके बचपन के बारे में, उनके कॉलेज के दिनों के बारे में बताती रहती थीं। उनके चार भाई-बहनों में शुरू से ही उनके अलग होने की ज़्यादातर बातें। कभी कुछ माँगता ही नहीं था। धीरे-धीरे उसका कुछ कहना भी बन्द होता चला गया।

"अब तो मुझसे भी कतराने लगा है।" माँ कहतीं।

"आपको बहुत मानते हैं।"

"क्या कहता है?"

"माँ ने हमारे लिए बहुत ज़्यादा सहा है।"

उनकी माँ मुझसे यह सुनतीं और उनकी आँखें भर आतीं। देर तक मैं उनकी

डबडबाती आँखों को देखती रहती। उनको पानी का गिलास देती। उनके लिए चाय या नीबू का शरबत तैयार करती। वे अपनी चालीस की उम्र में विधवा हो जाने, ग़रीबी और मुश्किलों के बीच चारों बच्चों को पालने-पोसने की अपनी करुण गाथा सुनाने लगतीं। वहाँ दुख खड़ा रहता। वहाँ ग़रीबी के बीच काँपती-कँपकँपाती ममता खड़ी रहती थी। वहाँ आलोक दा' का बचपन रहता जिसमें वे मिशनरी के प्रेस में पार्ट टाइम काम कर रहे होते या सुबह के वक़्त में होम्योपैथी के एक डॉक्टर के यहाँ काम करते हुए, स्कूल-कॉलेज जा रहे होते।

मैं सोचती रहती कि दादा ने इतना कुछ देखा-सहा है, इसीलिए भी वे मेरी छोटी-छोटी तकलीफ़ों को, मेरी छोटी-बड़ी परेशानियों को कितनी अच्छी तरह से समझते आए हैं। पचास के होने को आए हैं, लेकिन बिलकुल सीधे-सादे। भोले-भाले। कोई भी उन्हें सरलता से छल सकता है। अस्पताल में ही नर्सें उनकी तरफ़ ज़्यादा ध्यान नहीं देती हैं। घर में जो नौकरानी काम करती थी वह ज़्यादातर समय आलू की सब्ज़ी बना जाती। दिनोदिन तक दादा को हरी सब्ज़ी नसीब नहीं होती। दादा कुछ कहते नहीं और उनके दादा और भाभी को ऊपर आने-जाने की फ़ुरसत नहीं मिलती है। जब कभी दादा से रुपये माँगने होते हैं, तब उनके यहाँ कुछ दिनों का आना-जाना शुरू हो जाता है, यह सब है। बुआ मुझसे कहती रही थीं। बुआ रुपये बाँटने के लिए मना भी करती हैं, लेकिन दादा किसकी सुनते हैं, दादा किसकी मानते हैं?

मैं जब आई, तब दादा बुख़ार में बड़बड़ा रहे थे। पानी का गिलास उलटा हुआ था। तकिया गीला था...चश्मा टूटा हुआ। बुआ बता रही थीं।

"मैं राधाबाई का इन्तज़ार ही कर रहा था। वह आती और मैं दादा को ख़बर पहुँचा देता।"

"ऐसा नहीं होता आलोक...मैं जब तक न आती तो तुम शाम को भी डॉक्टर के पास नहीं जाते थे। आख़िर बड़ा भाई है, उसका कोई फ़र्ज़ नहीं है?"

मैं सुनती रही थी। उनकी माँ इसीलिए ही अपने रहते-रहते दादा की किसी भी तरह शादी करवाना चाह रही थीं। बुआ न बताती तब भी मुझे दादा के साथ बीत रही का कुछ अनुमान था। वे बीस से भी ज़्यादा बरसों के बाद अपने शहर लौटे थे। यहाँ आते ही रहे तो कौन-सा लोगों से मिलते रहे थे। अपनी माँ के साथ समय

गुज़ारते, अपनी विधवा बुआ के घर चले जाते। समय रहा तो किसी पब्लिक लाइब्रेरी में, फुटपाथ पर लगी सेकेंड हैंड किताबों की दुकान पर बिताया करते थे। वे हमेशा लोगों से डरते रहे। कहीं बहुत से लोग एकत्र नज़र आए तो उन्हें वे पिशाच नज़र आते थे। मैं जानती थी कि ऐसे कितने और कैसे-कैसे पिशाच हैं जिनसे दादा डरा करते थे। स्कूल में कुछ अध्यापक, कुछ छात्र उनसे मिलने के लिए उत्सुक बने रहते थे पर मुझसे इशारे में कहकर उन्हें अपने दरवाज़े से ही लौट जाने पर मजबूर कर दिया करते थे।

क्या उनके भाई-बहन उनके इस आयाम को नहीं जानते होंगे? उनके कतराते रहने का एक कारण यह भी हो सकता है। अपने ऐसे स्वभाव को वे स्वीकार भी किया करते थे, और इसके लिए शर्मिन्दगी भी महसूस किया करते थे। उनको पता था कि न उनकी ज़्यादा लोगों में दिलचस्पी बनी रह सकती है और न ही ज़्यादा लोग उनमें दिलचस्पी रखते हैं। अपने स्वभाव के इस आयाम पर वे मुझे भी काफ़ी कुछ बताते रहे थे।

"तुम्हें याद है साँवली, कभी हंसा मुझे रोज़ ही फ़ोन किया करती थी।"

"अब नहीं करती?" मैं उत्सुक हो जाती।

"नहीं।"

"क्यों?"

"उसको लगता रहता था कि मैं उसको सुन नहीं रहा हूँ...जबकि मैं उसकी एक-एक बात को ध्यान से सुना करता था।"

"वह तो यहीं रहती है ना।"

"यहीं रहती है...पर तीन बरसों से हमारी मुलाक़ात नहीं हुई।"

"उनको आपकी बीमारी का पता है?"

"मैं नहीं जानता।"

"आप कहें तो उनको फ़ोन कर सकती हूँ। मेरे पास भी उनका नम्बर है।"

"वह समझ जाएगी कि तुम मेरी ख़ातिर कर रही हो।"

"इससे क्या फ़र्क़ पड़ता है।"

"मैं अपनी ख़ुद्दारी बचाना चाहता हूँ।"

यह भी मैं जानती हूँ। कोई उनके पास दया से आए, कोई उन्हें दयनीय समझे,

किसी को उन पर तरसना पड़े, यह सब उन्हें पसन्द नहीं रहा। सीधे हाथ में चोट लगी तो उलटे हाथ से ही सही, पर अपने काम उनको ख़ुद करते ही देखा था। अभी-अभी की बात है। वार्ड में एक नर्स आई और वहाँ ड्यूटी कर रही नर्स से कहा कि वे बेचारे अकेले ही पड़े रहते हैं। क्या यहाँ इनका कोई नहीं है? दादा को उनका यह कहना अच्छा नहीं लगा था। वह नर्स सहज रूप से अपनी सहानुभूति व्यक्त कर रही थी। जब मैं वार्ड में पहुँची तो मुझे सबसे पहले उस नर्स के पास भिजवाया और उनसे कहना चाहा कि उनके पास कोई आता है उसे अपने काम से काम रखना चाहिए।

"लोग दूसरों की ज़िन्दगी में इतनी दिलचस्पी क्यों लेते हैं?" दादा ने मेरे लौटने पर कहा था।

"उसने माफ़ी माँगी है।"

"ठीक ही किया।"

"वह सचमुच की चिन्ता जता रही थी।"

"मैं जानता हूँ पर मुझे यह सब अच्छा नहीं लगता।"

तब मेरे मन में आया था कि उनसे कहूँ कि यह संसार किसको बहुत अच्छा लगता है? कौन इससे लिपटकर रहना चाहता है, पर रहते तो सभी इस संसार में ही हैं। हमारा जीना-मरना यहीं होता रहता है, उन लोगों के बीच में ही जिनसे हम प्यार भी करते हैं और नफ़रत भी करते हैं। जिनके साथ हमें कभी अच्छा भी लगता है और कभी बुरा भी। दुनिया सदियों से ऐसी ही रहती आई है। दुनिया में अपना मन लगाना होता है। सभी लोग दुनिया में अपना मन लगाने की कोशिश करते रहते हैं। यही हमारे बस में है। यही हमारी दुनिया है।

उस वक़्त मेरे मन में न जाने क्या-क्या कितना कुछ आता रहा था पर कहा मैंने कुछ और ही जिसे सुनकर दादा का मन आहत ही हुआ होगा। बुआ बैठी हुई हैं। शायद सुन भी रही होंगी। आरामकुर्सी पर लेटे हुए होने से बुआ का चेहरा नज़र नहीं आ रहा था।

"मैं कुछ दिन आपके पास ही रहूँगी।"

"क्यों?" दादा ने कहा था।

मैं वार्ड की खिड़की के उड़ते हुए परदे को ठीक करने के लिए उठ गई।

उनको एक टेबलेट देनी थी। बाद में वह कॉफ़ी जिसे बुआ घर से ले आई थीं। मैंने टेबलेट के बाद पानी का प्याला उन तक बढ़ाया तो उन्होंने कहा—"तुम यहाँ क्यों रुकना चाह रही हो?"

"क्या आपको अच्छा नहीं लगेगा?"

"तुम्हें अपनी देखभाल करनी चाहिए।"

"वह मैं कर ही रही हूँ।"

"निरंजन से पूछ लिया है?"

"यहाँ से लौटकर बता दूँगी...कम-से-कम आपके अस्पताल में रहने तक रुकना चाह रही हूँ।"

"मुझे ज़रूरी नहीं लगता...इलाज चल ही रहा है। बुआ आती रहती है...घर के दूसरे लोग भी आ जाते हैं।"

इस झूठ को कहते-कहते वे भी अपने झूठ को देख ही रहे थे।

"आपको बुरा लगता हो तब नहीं रुकूँगी...मेरा मन जाने की इजाज़त नहीं दे रहा है।"

"तुमने मेरे लिए बहुत किया है साँवली...पहले का ही तुम्हारा क़र्ज़ चुकाया नहीं है।"

"कह रही है तो रहने दे...तेरे लिए ठीक है ये जानती है कि तुझे क्या खाना है और क्या नहीं खाना...हमारे घर के लोगों को तू भी जान चुका है, मैं भी जान गई हूँ...यह लड़की परायी होकर..." बुआ कर रही थीं।

"बुआ!" दादा ने टोका था।

"साँवली को भी सब समझ में आ रहा है...वह कोई बच्ची नहीं है। तुम्हारी बहन महीने भर में एक दिन आई थी।"

"तुम लोग अस्पताल में यह सब कह रहे हो...लोग क्या सोचेंगे।" दादा कह रहे थे।

मुझे लगा कि अस्पताल में ही कौन लोग होंगे जो अपने-अपने रिश्तों से, अपने रिश्तेदारों के व्यवहारों से दुखी नहीं हो रहे होंगे। कभी-न-कभी। कहीं-न-कहीं, रिश्ते-नातों की इस पीड़ा को हर कोई महसूस करता ही होगा। रिश्तों के मामले में ज़्यादातर लोग अभागे ही होते होंगे। यह सोचना भी ग़लत ही होगा कि अगर दादा

का विवाह हो गया होता, दादा का अपना परिवार होता तब वे इस तरह का, इतना ज़्यादा अकेलापन नहीं झेल रहे होते।

मेरे साथ यह सान्त्वना अस्पताल छोड़ने के बाद भी देर तक बनी रही कि मुझे कुछ और दिन दादा के पास रहना था। मैं और क्या कर सकती थी, लेकिन हर शाम कुछ देर के लिए अस्पताल के वार्ड में, दादा के पड़ोस में बैठ तो सकती ही थी। अपने बच्चे के लिए स्वेटर, मोजा या टोपी बुनते-बुनते दादा को सुनती रह सकती थी। सुना सकती थी। मैं क्या जानती नहीं थी कि आज मैं जो भी हूँ, उसके वैसा होने में दादा की कितनी मेहनत और मदद मेरे साथ रही है। कितना कुछ सीखा-समझा है मैंने उनसे। इतना कुछ जाना है मैंने जीवन और संसार के बारे में। क़स्बाती सुबह और शाम में मैं अपना काम करती रहती थी और दादा मुझे कभी पढ़कर, कभी बिना पढ़े हुए, इस दुनिया के बारे में, इस दुनिया में पलते-बढ़ते सुख-दुख के बारे में, नया-नया, दिलचस्प-सा, उपयोगी जान पड़ता हुआ इतना कुछ, कितना कुछ सुनाते रहते थे। वही सब तो रहा कि मेरे भीतर पढ़ने के लिए, जानने के लिए, आवेग और अनुराग जागता चला गया। मैं पढ़ने में कुछ इस तरह डूबी कि जंगल में चौकीदारी करते हुए एक ग्रामीण और अनपढ़ आदमी की बेटी, अध्यापक बन गई। सतपुड़ा के क़रीब के जंगल में भटकती साँवली ने कभी सपने में भी नहीं सोचा था कि एक दिन वह अध्यापक की कुर्सी पर बैठेगी। उसके हाथ में चाक होगा और उसके सामने ब्लैकबोर्ड।

दादा कहते हैं कि जब किसी से गहरा रिश्ता बन जाता है तब हम एक-दूसरे को बदल भी सकते हैं। सम्बन्ध सच्चे हों, उनमें समर्पण की भावनाएँ हों, तब बदलाव भीतर से ही ख़ुद-ब-ख़ुद जन्म लेने लगता है। मेरे साथ यही हुआ था। मैं तेरह की रही हूँगी और दादा जब शहर से लौटते तब उनके बैग में मेरे लिए, बच्चों के लिए लिखी गई किताबें होतीं। देश-विदेश का नक़्शा होता, रंग और ब्रश होते या कोई चार्ट, कम्पास या पत्रिका। हर वीकएंड में कुछ-न-कुछ मिलता ही था। शुद्ध वाक्य लिखने के लिए, गणित का कोई सवाल हल करने के लिए। मेरे घर में भी माँ और बाबू को मेरी पढ़ने में दिलचस्पी का अहसास मिलने लगा था। वे दोनों मुझे घर के कामों से बचाते रहते। मेरा छोटा भाई भी पढ़ने में अपना मन लगाने लगा था।

अब जब कभी दादा शहर जाते तब मेरे परिवार की कोशिश रहती कि उनके

घर के लिए कोई मौसमी फल भेजा जा सके। किसी बारिश में हमारे इलाक़े के जामुन को उनकी मित्र हंसा ने बहुत पसन्द किया था। उसने ही मेरे लिए एक गुड़िया और हरे रंग की कुछ चूड़ियाँ भिजवाई थीं। इधर के दिनों में किसी अस्पताली शाम में, मैंने दादा को उस बारिश की, उन चूड़ियों और जामुन की याद दिलाई तो वे न जाने कहाँ से और क्यों यह बात उठाकर ले आए थे।

"यह ज़रूरी नहीं कि हमारे मन में किसी के लिए अनुराग है तब उसके मन में भी हमारे लिए अनुराग होगा ही।"

"क्या आपको ऐसा कोई अनुभव मिला है?"

"मेरे ज़्यादातर अनुभव ऐसे ही रहे हैं।"

"मेरे साथ यह आज तक नहीं हुआ।"

"तुम बहुत भाग्यशाली हो साँवली।"

उस रोज़ अस्पताल से लौटते हुए मुझे लगा था कि वे शायद हंसा की ही बात कर रहे थे। इन दोनों के बीच ज़रूर कुछ घटा होगा। यह कैसे हो सकता है कि इतनी देर-देर तक, इतनी ज़्यादा बातचीत कर रहे दो लोग, बिना किसी वजह से एक-दूसरे के प्रति इतना अधिक उदासीन रहने लगे। हंसा इसी शहर में रहती है। पत्रकार है। उसका कितनी जगहों पर आना-जाना होता होगा। फिर वह एक बार भी दादा के पास नहीं नज़र आई। इसमें दादा की भी बड़ी भूल है। फ़ोन पर अपनी बीमारी की बात बता ही सकते थे। ख़ुद बताना नहीं चाह रहे हैं और मुझे भी मना कर रहे हैं।

"हर आदमी अपनी ज़िन्दगी जीता है।"

"इसमें ग़लत क्या है?"

"मैंने कब कहा कि यह ग़लत है।"

"लेकिन हमें दूसरों के साथ भी तो रहना पड़ता है।"

"हमारे लिए ज़्यादातर लोग दूसरे ही बने रहते हैं।"

"क्या यह आपको रिश्तों में सही जान पड़ता है?"

"मैं नहीं जानता कि सही क्या है...ग़लत क्या है। इतना जानता हूँ कि होता यही है।"

"पर इससे दुख मिलता है।"

"दुख तो मिलता ही है।" दादा ने कहा था।

बाद में वे बताते रहे थे कि दूसरे चाहे जैसे रहें, उनके बिना जीवन चलता भी तो नहीं है। आदमी अकेले रह ही नहीं सकता है। अगर अकेला रहता भी है, तब अकेले होने का अफ़सोस लिये हुए। वे बुआ की बताने लगे थे। दोनों बेटों में से किसी के पास रहती नहीं है, रहना चाहती भी नहीं है और हमेशा अपने इस फ़ैसले को लेकर अशान्त बनी रहती है। चिड़चिड़ाने लगती है, शिकायतें करती चली जाती है। यह शायद आदमी होने की हमारी विवशता है। आदमी होने का हमारा अभिशाप।

"तुमसे पहले सिर्फ़ अम्मा को बताया था।"

"क्या?" मैं उत्सुक हो गई थी।

"हंसा मुझसे विवाह करना चाहती थी।"

"फिर क्या हो गया?"

"मैं जब लौटा था तब वह तैयार थी। फिर एक दोपहर में उसने मना कर दिया।"

"कोई कारण बताया होगा।"

"नहीं।"

"आपने नहीं पूछा?"

"नहीं।"

"क्यों?"

"कारण जान भी लेता तो कोई फ़र्क़ नहीं पड़ता था।"

फिर उस प्राइवेट वार्ड में अशान्ति छा गई थी। दादा ने दीवार की तरफ़ करवट ले ली थी। शायद उन्हें नींद आ रही थी। वार्ड की खिड़की से सर्दियों की शाम का अँधेरा उतरने लगा। तभी देहरी पर कुछ आहटें उभरीं। नर्स थी। हाथ में चीनी मिट्टी की ट्रे लिये हुए। पता नहीं मुझे ऐसा क्यों लगा था कि वह लड़की न नर्स है और न उसके हाथ में सफ़ेद रंग की ट्रे है। मुझे लगा था कि कमरे में आती हुई लड़की हंसा है और उसके हाथों में रजनीगन्धा के फूल हैं। नर्स अपना काम कर रही थी। मैंने अपना पर्स उठाया और कमरे से बाहर निकल गई थी।

मैं अस्पताल की सीढ़ियों से नीचे जा रही थी। मैं दादा के घर लौट रही थी। मैं कोई स्वप्न देख रही थी जिसमें सफ़ेद रंग के फूल-ही-फूल थे। रजनीगन्धा के फूल।

मार्च की एक सुबह

"मुझे नहीं पहचाना?"

"माफ़ करेंगे...आपसे भूल हो रही है।"

"मैं श्यामली हूँ...श्रीकान्त की बहन।"

"कितनी बदल गई हैं आप।"

"तीस साल कम नहीं होते हैं।"

"आप यहाँ कैसे खड़ी हैं।"

"दरगाह के पड़ोस की गली में रह रही हूँ।"

"आप लोगों का पुराना मकान भी तो वहीं था।"

"बाबू ने पड़ोस में ही ख़रीद लिया था।"

"वे कैसे हैं?"

"आपको नहीं पता...उनको गुज़रे पाँच साल हो गए।"

"कैसे पता चलता...श्रीकान्त चला गया...मैं यहाँ अभी-अभी लौटा हूँ। आप भी शायद विशाखापट्टनम में थीं।"

"वहाँ से चली आई। पाँच साल से यहीं रह रही हूँ।"

"श्रीकान्त की बेटियाँ?"

"पिछली गर्मियों में ही दोनों की शादी हो गई। एक रानीखेत में गई दूसरी अल्मोड़ा में।"

"अब चलता हूँ। अम्मा इन्तज़ार कर रही होंगी। फिर कभी आऊँगा। आजकल अम्मा बीमार हैं।"

"आप कभी नहीं आएँगे। कुछ देर के लिए घर चलें। चाय पीकर जाएँगे।"

"आपके हाथ की कितनी ज़्यादा चाय पी है।"

"तब फिर एक और बार...घर देखना भी हो जाएगा। इतने बरसों के बाद आपको देखा है।"

"ठीक है। अम्मा को फ़ोन कर देता हूँ।"

वे वाई.डब्ल्यू.सी.ए. के होटल की तरफ़ बढ़े। वहीं पब्लिक टेलीफ़ोन बूथ था। मैं धूप छोड़कर छाँव में चली आई। वसंत के दिन। सड़कों पर झरे हुए पीपल के पत्ते। सुबह है इसीलिए दोनों सड़कें शान्त हैं। कुछ ही देर के बाद भारतीय विद्या भवन के छात्र-छात्राएँ, मीठा नीम दरगाह में आए भक्त, म्यूज़ियम देखने आए दर्शक। इस पूरे इलाक़े को अशान्त बना देंगे।

गौतम लौट आए। उनकी दाढ़ी बढ़ी हुई है, बाल पक गए हैं। चश्मा तब भी था जब रोज़ ही भैया के पास आया करते थे। तब यह इलाक़ा सुनसान हुआ करता था। जहाँ मैं खड़ी हूँ वहाँ भूरे पत्थरों का एक स्मारक खड़ा रहता था। शताब्दी के शुरू में अकाल पीड़ितों के इलाक़े में मरे युवा डॉक्टरों की याद में खड़ी हुई स्मारक।

"आप यहाँ कहाँ आए थे?"

"राशन कार्ड ऑफ़िस में।"

"नया बनाना है?"

"मेरा नाम कट गया था। अब जोड़ना होगा। गैस कनेक्शन के लिए ज़रूरी है।"

"आप वहीं रह रहे हैं?"

"नहीं, वह एम्प्रेस मिल का क्वार्टर था। बाबा रिटायर हुए और उसे छोड़ना पड़ा था। आजकल नीलबाग में रह रहा हूँ।"

"घर के बाक़ी लोग?"

मैं धीरे-धीरे उनके जीवन में अपने पैर फैलाने लगी थी। क्या यह ठीक था? पर अधीरता साथ थी। जंगली जिज्ञासा भी। क्या इनका जीवन भी कहीं मेरे जीवन की तरह बिखर तो नहीं गया है? चेहरे का रंग उड़ा नज़र आता है। आँखें धँसी हुई हैं। पचास के क़रीब ही तो होंगे। श्रीकान्त के सहपाठी थे। वह मुझसे तीन बरस बड़ा था। मैं जनवरी में सैंतालीस की हो गई।

वे बताने लगे कि फिलहाल अम्मा के साथ रह रहे हैं। पत्नी और बेटियाँ पूना में हैं। पूना में कॉलेज में अध्यापन की नौकरी छोड़े हुए इन्हें तीन साल होने को आए हैं। यहाँ लौटे हुए एक बरस होने को आ रहा है। बीच-बीच में पूना चले जाते

हैं। पत्नी स्कूल में पढ़ा रही है और दोनों बेटियाँ भी हाईस्कूल तक पढ़ने के बाद, अध्यापन की नौकरी कर रही हैं।

"कितनी अजीब बात है।" गौतम ने कहा।

"क्या?"

"हम बरसों बाद मिले भी तो वहीं जहाँ हम कभी रोज़ ही मिला करते थे।"

"आपको याद है?"

"मैं और श्रीकान्त आपके बरामदे में कुर्सी डाले हुए घंटों बातचीत किया करते थे। आपको बार-बार चाय बनानी पड़ती थी।"

"मुझे आप दोनों की बातचीत बहुत अच्छी लगती थी। आप दोनों को कितना ज़्यादा पता था।"

"उन दिनों मैं पढ़ता भी बहुत था। श्रीकान्त को भी कितना ज़्यादा पता रहता था। वह गया और फिर वैसी बातचीत किसी से नहीं हो सकी।"

कभी-कभी ये हमारे यहाँ आते और इनके कपड़ों पर घास के तिनके, पत्तियाँ, पंखुरियाँ चिपकी रहती थीं। मैं समझ जाती कि ये म्यूज़ियम के बाग़ के लॉन में लेटकर पढ़ रहे होंगे। श्रीकान्त तब कॉलेज के लिए तैयार हो रहा होता। दोनों कॉलेज पैदल ही जाते। म्यूजियम के पड़ोस की सँकरी गली सीधे कॉलेज की तरफ़ जाती थी। रास्ता कच्चा और निर्जन रहता।

गली का आख़िरी मकान हमारा है। हम उसके गेट तक आ गए हैं। दरवाज़े पर ताला है। दोनों बच्चे कॉलेज गए हुए हैं। मैं उनका नाश्ता मेज़ पर रखकर गई थी। अचानक इनसे मुलाक़ात हुई और मुझे लौटने में देर हो गई। मैं अपने चमड़े के बैग की मरम्मत के लिए बाहर निकली थी।

मेज़ पर नाश्ते के बाद के जूठे बर्तन हैं। पानी के गिलास और चाय के कप। वे सोफ़े पर बैठ गए हैं। दीवारों पर टँगी तसवीरें देख रहे हैं। एक कोने में अम्मा, बाबू, श्रीकान्त और भाभी की काली-सफ़ेद तसवीरें हैं। उन पर डली मालाएँ सूखी हुई। दूसरी दीवार पर मेरे परिवार की तसवीर है।

बम्बई के समुद्र के सामने खड़ा मेरा पूरा परिवार।

"आपने मुझे पहचाना कैसे?" वे पूछ रहे हैं।

मन में आता है कि कह दूँ कि आपको मैं कहीं भी, कभी भी पहचान लेती। आप

नहीं जानते कि आप मेरे लिए कौन रहते आए हैं पर अभी कुछ भी नहीं बताऊँगी। अपने जीवन के बारे में तो बिलकुल भी नहीं। आधे घंटे के लिए बड़ी मुश्किल से आए हैं। मेरी कहानी के अन्त का कोई सिरा ही नहीं। शुरू होगी तो चलती चली जाएगी। मुझे ही उसका अन्त कहाँ मालूम है? फिर मैं यह भी नहीं जानती कि इनका जीवन कैसा रहा है? कौन-कौन-सी मुसीबतों और मुश्किलों को इन्होंने झेला है?

"मैं आपको पहचान नहीं सकता था।"

"आप तो तब भी मेरी तरफ़ देखते तक नहीं थे जबकि मैं आपके लिए ही तैयार हुई रहती थी।" (मैंने मन-ही-मन में कहा था।)

"आप पिछले संडे कोहिनूर एजेंसी में आए थे।"

"आपको कैसे पता?"

"मैं वहीं काम करती हूँ।"

"अरे! पर आप तभी कह देतीं।"

"मैं निश्चित नहीं थी। बाद में मैंने बिल की कार्बन कॉपी पर आपका नाम देखा।"

"मुझे कुछ भी याद नहीं।"

"जोआन बायज का रिकॉर्ड मैंने ही खोजा था।"

"सॉरी, मुझसे बहुत बड़ी भूल हो गई।"

"तीस साल में आदमी बदल ही जाता है। फिर आप कैसे जानते कि मैं इस शहर में लौट आई हूँ। और मैं मोटी हो गई हूँ। चश्मा पहनने लगी हूँ।"

"श्रीकान्त के जाने के बाद इस इलाक़े में पहली बार आया हूँ। आपसे मुलाक़ात हुई तो यहाँ का कितना कुछ याद आने लगा है।"

"कभी फ़ुरसत में आएँ...मेरे दोनों बच्चों ने श्रीकान्त और आपके बारे में काफ़ी कुछ सुन रखा है। वे दोनों ख़ुश हो जाएँगे।"

"उनको किसने बताया है?"

"कुछ बाबू ने और थोड़ा-सा कुछ मैंने। आप दोनों की ही कुछ किताबें यहीं रखी हैं।"

"कौन-सी किताबें?"

"शरतचन्द्र और रवीन्द्रनाथ के उपन्यास।"

"क्या कोई उन किताबों को पढ़ता है?"

"बाबू पढ़ा करते थे...अब मैंने भी पढ़ा है। आपको मेरी बिटिया को शरतचन्द्र पर सुनना चाहिए। आपको अच्छा लगेगा। उसकी समझ गहरी है।"

"वह क्या कर रही है?"

"एम.ए. कर लिया है। सोशियोलॉजी में रिसर्च करना चाह रही है। एक कॉलेज में पार्ट टाइम पढ़ा रही है।"

"और आपका लड़का?"

"वह एम.एससी. कर रहा है।"

"आपने शायद इंग्लिश लिटरेचर में एम.ए. किया था?"

"आपको याद रहा।"

"थॉमस हार्डी के उपन्यासों पर मैंने ही आपके लिए नोट्स तैयार किए थे।"

"अब भी मेरे पास हैं।"

मैं इन्हें कैसे बताऊँ कि इनके हाथ से लिखे गए नोट्स को मैंने उन बरसों में कितनी-कितनी बार पढ़ा था। श्रीकान्त की समझ में आ गया था। वह इनसे शायद कह भी देता लेकिन एक शाम मैंने ही उसे मना कर दिया था। ये तो मेरी तरफ़ देखते भी नहीं थे। मैं क्या जान पाती कि इनके मन में भी मेरे लिए कुछ है भी या नहीं?

"आप अगली बार आएँगे तब आपको आपकी किताबें, आपके नोट्स बता सकूँगी।"

"इधर अम्मा कुछ ज़्यादा ही बीमार चल रही हैं...वे थोड़ी-सी ठीक हो जाएँ... उनको भी आपसे मिलना अच्छा लगेगा, श्रीकान्त को मेरी अम्मा बहुत चाहती थीं। आपके बारे में सुना है।"

"हम भी आपके घर आ ही सकते हैं। गुरुवार को मेरा ऑफ़ रहता है। यहाँ हमारा कोई है भी नहीं। पहाड़ से आए लोगों को बाबू जानते आए थे।"

"यह हमारा फ़ोन नम्बर है।" गौतम कह रहे थे।

"मैं आपको शॉप का नम्बर दे देती हूँ।"

मैं काग़ज़ और पेन के लिए दूसरे कमरे में चली आई। परदे की आड़ से कुछ देर तक उनकी तरफ़ देखा। उनको बुढ़ापे ने घेरना शुरू कर दिया है। चमड़ी का तेज़ और रंग उतर रहा है। अब उनका पुराना चेहरा नहीं रहा। कपड़ों का रंग भी

फीका-फीका-सा। पुराने होंगे। पूरे बाल सफ़ेद हो गए। बहुत सारे झर भी गए हैं।

"आपकी बेटियाँ क्या-क्या कर रही हैं?"

"मैंने बताया था कि दोनों ही नौकरी करने लगी हैं। ज़्यादा पढ़ा नहीं दोनों ने। एक ने शादी कर ली है। दोनों ही प्राइमरी स्कूलों में पढ़ाती हैं।"

"आप यहाँ चले आए?" मैंने पूछ ही लिया।

"अम्मा बहुत बीमार रहने लगी थीं।"

"माँ को वहाँ ले जाते।"

"अम्मा वहाँ नहीं रहना चाहतीं। सास-बहू के झगड़ों से मैं परेशान हो जाता था।"

"आपकी पत्नी कहाँ की हैं?"

"वह पूना में पली-बढ़ी है।"

"क्या आपके माँ-बाप ने तय किया था?"

"नहीं, हमारी शादी दोनों के ही माँ-बाप की मर्ज़ी के ख़िलाफ़ हुई थी।"

"प्रेम विवाह था?" मैं मुस्कुराई।

"ऐसा ही कुछ रहा होगा। नौकरी की शुरुआत में मैं उनके घर में पेइंग गेस्ट रहा था। सात-आठ बरस तक।"

वे कुछ इतने धीरे, इतने बेमन से बोल रहे थे कि जैसे अपनी नहीं, किसी दूसरे की शादी की बात कर रहे हैं। क्या बरसों बाद विवाह की घटना सबके लिए ही कोई इतनी दूर की चीज़ हो जाती होगी? कैसे रहता है अपने विवाह को याद करना? मैं अपने विवाह को लेकर क्या सोचती हूँ? आख़िर विवाह से मुझे ऐसा क्या मिल गया जिसके बिना मैं जी नहीं सकती थी?

"शारदा पहले से ऐसी नहीं थी।"

"कौन शारदा?"

"मैं अपनी पत्नी की बात कर रहा हूँ।"

"मुझे क्या पता उनका नाम शारदा है।" मैं मुस्कुराई।

"हमारा पहला बच्चा सात बरस की उम्र में एक एक्सीडेंट में मर गया था। शारदा उस सदमे से कभी उबर नहीं पाई। वह दिमाग़ी रूप से बीमार रहने लगी।"

"उनका इलाज हुआ था।"

"अभी तक चल रहा है। नदी में डूबने के पहले हमारा बेटा मेरे माँ-बाबा के साथ ही था। बाबा अपने पैंट को पानी से बचाने के लिए मोड़ रहे थे और अम्मा वहाँ चली गई। इतनी-सी देर में हमारा बेटा नदी में उतर गया था।"

वे बताने लगे कि उनके बाबा की इस घटना के कुछ दिनों बाद ही मृत्यु हो गई। उनकी अम्मा भी बीमार रहने लगीं। नौकरी के बाद इनका जो समय बचता वह अपनी माँ और पत्नी की बीमारियों में, दो छोटी-छोटी बच्चियों के पालन-पोषण में ही गुज़र जाता था। वे दिन उनके बहुत कठिन दिन रहे। किसी का भी सहारा नहीं मिला। जितना बन सका वह सब अकेले ही करना पड़ा। पत्नी का एक भाई था जो बम्बई में रह रहा था। उसका अपना परिवार था और अपनी परेशानियाँ।

"आपने हम लोगों को याद करना था," मैंने कहा था।

"श्रीकान्त होता तो मुझे बहुत मदद मिलती।"

"पर मैं तो थी।" (यह मैंने मन-ही-मन कहा था।)

इसका मतलब गौतम की ज़िन्दगी भी मुसीबतों और उलझनों के बीच ही सुलगती-बुझती रही थी। हम ख़ुद की ज़िन्दगी और उसकी उलझनों से कुछ इतना ज़्यादा आक्रान्त हो जाते हैं कि हमारे ध्यान में ही नहीं आता है कि हर आदमी अपनी ज़िन्दगी से उलझा हुआ ही रहता है।

"मैं अपनी ही रामकथा सुनाने लग गया। आपके बारे में कुछ पूछा ही नहीं, सॉरी।"

"फिर कभी बताऊँगी। वैसे बताने लायक कुछ भी नहीं है।"

"यह तो अच्छा नहीं हुआ मैं अपनी ही सुनाता रह गया लेकिन जल्दी ही आऊँगा।"

"आपकी चाय, एकदम ठंडी हो गई। गरम कर ले आती हूँ, आपने एक भी बिस्कुट नहीं खाया।"

"नाश्ते के बाद निकला था।"

"आपको मेरे साथ ही एक घंटा हो गया है।"

मैंने चाय गरम करने के लिए रखी और परदे के पीछे से उनकी तरफ़ देखने लगी। वे खड़े होकर मेरे परिवार की तसवीर को देख रहे थे। सोच रहे होंगे कि मैं यहाँ क्यों रह रही हूँ? मुझे इतनी छोटी-सी नौकरी क्यों करनी पड़ रही है? मेरे पति

कहाँ हैं? और न जाने क्या-क्या उनके मन में आ रहा होगा? आज तो मैं नहीं ही बताऊँगी। बताने से हो भी क्या जाएगा? कोई नया रास्ता तो निकलने से रहा। मेरे लिए उनके मन में दया ही जन्म लेगी। ज़्यादा-से-ज़्यादा मेरी तरह वे भी कहेंगे कि जब मेरे साथ वह सब घट रहा था तब मैंने इन्हें याद करना चाहिए था। एक तरह की औपचारिकता। तसल्ली देता हुआ एक तावीज़। अपनों के लिए सहज रूप से खड़ी होती सहानुभूति। हमारे भीतर का संस्कार, जो दूसरों के संकटों को सुनते हुए सँवरने लगता है। बाहर निकल आता है।

"श्रीकान्त की बेटियों से बातें होती रहती हैं?"

"हम लोग एक-दूसरे को चिट्ठियाँ लिखते रहते हैं। कभी-कभार फ़ोन भी। दोनों ही गर्मियों में आ रही हैं। आपको बताऊँगी उन दोनों ने भी आपके बारे में बहुत कुछ सुन रखा है।"

वे चाय पी रहे थे। मुझे तीस से भी ज़्यादा बरस पहले की वे दोपहरें याद हो आईं जब ये श्रीकान्त के साथ, हमारे घर के बरामदे में घंटों बतियाते रहते थे और मुझे बीच-बीच में चाय तैयार करनी पड़ती थी। वह बाबू को मिला सैनिकों का क्वार्टर था। आँगन में पीपल का बूढ़ा पेड़ जिसकी छायाएँ दीवारों पर तैरती रहतीं। पड़ोस में आवारा बिल्लियों का आना-जाना शुरू रहता। कुछ ही दूरी पर मिलिटरी कैंटीन थी, जहाँ मटन चॉप, समोसे और चाय के लिए सैनिक कॉलोनी के लोग आते रहे थे।

"आप यहाँ कब तक रहने वाले हो?" मैंने पूछा।

"अम्मा की बीमारी पर निर्भर है।"

"और जब आप पूना जाते हैं?"

"एकाध साल से जा ही नहीं पाया। सर्दियों में अम्मा अस्पताल में रही थीं।"

"कोई काम हो तो हमें बताएँगे?"

"ज़रूर, आप क्या ख़ुद कम परेशान हैं।"

"संकोच मत करना। श्रीकान्त की ख़ातिर ही सही पर हमारे सम्बन्ध बहुत पुराने हैं।"

"अगर आप लोग यहाँ रहे तब ज़रूर।"

"हम यहीं रहेंगे। अब आपसे क्या छिपाना। आप घर के ही हैं...मेरे पति ने एक दूसरी औरत के साथ अपना घर बसा लिया है।"

"और आपने बसाने दिया।"

"मैं क्या करती और क्यों करती? क्या किसी को उसकी मर्ज़ी के ख़िलाफ़ बाँधना ठीक रहता है? हर आदमी को अपना जीवन ख़ुद ही चुनना चाहिए।"

"और बच्चे? आप लोगों का आगे का जीवन?"

"वे हमारी पूरी मदद करना चाहते हैं...मैंने ही मना कर दिया। बाबू ने घर बना ही लिया था। श्रीकान्त की बेटियों के लिए भी मेरी ज़रूरत बन ही रही थी। बाबू बीमार रहने लगे थे। मैं उनको छोड़ यहाँ चली आई।"

"यह सब कुछ बाबू के सामने ही हुआ था?"

"वे ही हम सब लोगों को विशाखापट्टनम से ले आए थे।"

"तुम्हारे पति ने मना नहीं किया?"

"वे रोकना चाह रहे थे। शर्मिन्दा भी थे। मुझे ही वहाँ रहना अच्छा नहीं लगा। तब ये दोनों चौदह-पन्द्रह के रहे होंगे। बाद में इनके लिए भी मुश्किलें खड़ी हो जातीं।"

"और वह नौकरी कब से शुरू की आपने?"

"वह एक पारसी दम्पती की दुकान है। बाबू की बरसों से जान-पहचान थी। पाँच साल से काम कर रही हूँ। बाबू का बैंक बैलेंस था। मैंने अपने गहने बेचकर दोनों की पढ़ाई के लिए बैंक में पैसे रख दिए थे।"

मैं कहती रही थी। वे सुनते रहे थे। मुझे बीच में याद आया कि उन्हें जल्दी घर जाना था। उनकी माँ इन्तज़ार कर रही थीं। मैंने उनके चेहरे पर चिन्ता, उदासी और सहानुभूति की लकीरें देखीं। मैंने उनके चेहरे पर अपने मरे हुए बड़े भाई श्रीकान्त का चेहरा देखा।

"अम्मा से कह दिया है। थोड़ी देर और रुक जाऊँगा। आप अपनी बात शुरू रखें।"

"अम्मा परेशान होंगी। आप बाद में आ सकते हैं। मैं ही कभी बच्चों के साथ आ जाऊँगी।"

"कुछ देर रुक ही जाता हूँ। मेरा अपना जीवन ही अनिश्चित-सा हो गया है। नहीं जानता कि फिर कभी मुलाक़ात होगी भी या नहीं।"

"ऐसा क्यों सोच रहे हैं आप?"

"मेरी तबीयत ठीक नहीं रहती है आजकल।"

"क्या हो गया है आपको?" मैं चिन्तित हो गई।

"साँस की तकलीफ़ है। कभी-कभी लगता है कि दूसरी साँस लौटेगी भी या नहीं।"

"इलाज करवा रहे हैं?"

"मौसम बदले इसीलिए पूना छोड़ा था। डॉ. रानाडे की ट्रीटमेंट ले रहा हूँ। लेकिन थक-सा गया हूँ। एक तरफ़ अम्मा और दूसरी तरफ़ पूना में पड़ा परिवार। कुछ समझ में नहीं आता।"

"हमारे शॉप में होम्योपैथी के डॉ. कर्नाड आते हैं। कभी मेरे साथ उनके पास जाया जा सकता है।"

"आपकी अपनी परेशानियाँ ही क्या कुछ कम हैं?"

"श्रीकान्त होता तो क्या मैं यही सब नहीं करती? भैया एक्सीडेंट में मरे और कुछ करने का मौक़ा ही नहीं मिला।"

"वह रहता तब मेरा बड़ा सहारा बनता।"

मुझे लगा कि उसका जीवित होना, क्या मेरे लिए कम बड़ा सहारा होता। उसका बहुत मन रहा था कि मैं उसके दोस्त गौतम से अपने मन की बात कहूँ। मेरी सगाई होने-होने तक वह मुझे समझाता रहा था कि ऐसा हो गया तब हमारा पूरा परिवार सुखी हो सकेगा। पर मैं ही अपना मन तैयार न कर सकी थी।

"रुक ही रहे हैं तो हम सबके लिए खिचड़ी बना लेती हूँ। अम्मा के लिए टिफिन में ले जा सकेंगे।"

"नहीं-नहीं, सुजाता बनाकर गई होगी।"

"हमें भी खाना ही है। तब तक आप कुछ रिकॉर्ड्स सुन सकते हैं।"

"कौन-कौन से रिकॉड्र्स हैं?"

"पुराने फ़िल्मी गानों के हैं। आप पन्नालाल घोष की बाँसुरी सुन सकते हैं। बाबू सुना करते थे। बेगम अख़्तर के रिकॉड्र्स भी उनके लिए ही ख़रीदे थे।"

मैंने कुछ रिकॉड्र्स स्टूल पर रख दिए। एक गिलास पानी भी। वे रिकॉड्र्स देखने लगे। मैं रसोई में चली आई। रसोईघर की घड़ी बारह बजा रही थी। एकाध बजे मेरी बेटी को आ जाना था।

"बोर होने लगें तो यहाँ आ जाना।" मैंने कहा।

"यहाँ विलायत ख़ान के सितार का भी रिकॉर्ड है। इसे लगा दें, उनका यह राग मैंने कभी नहीं सुना। शायद उनका ही बनाया राग है।"

सितार का स्वर उठ और गूँज रहा था। मेरे मन में यह आया कि कैसे सम्बन्धों का स्वरूप बदल जाता है। इस वक़्त मेरे मन में गौतम के लिए ऐसा कुछ भी नहीं है, जो तीस बरस पहले मेरे भीतर हमेशा ही बना रहता था। आज उनके साथ जो थोड़ा-सा समय बीता तब मैंने महसूस किया कि वह सब कहीं झर गया है, फिसल गया है, जो मेरे मन में बीस-इक्कीस की उम्र में गौतम के लिए रहा करता था। एक उम्र का एक तरह का प्रेम। अब उसकी जगह स्नेह है, सहानुभूति है, जैसे कि मैं उनसे बड़ी हो गई हूँ, उनकी माँ या बड़ी बहन हो चुकी हूँ। उम्र के साथ-साथ सम्बन्धों के स्वरूप बदल जाते हैं।

मुझे लगा कि सितार का विस्तार मुझे कहीं दूर ले जा रहा है। उन पहाड़ों के क़रीब, जहाँ मेरा बचपन बीता था। मुझे पहाड़ी पगडंडी पर श्रीकान्त का हाथ पकड़े हुए बाबू नज़र आए। बारिश से बचाने के लिए तार से कपड़े निकालती मेरी माँ नज़र आईं। धीरे-धीरे मैं पहाड़ी क़स्बे के अपने बचपन के लैंडस्केप में लौट रही थी। यह क्या विलायत ख़ान के सितार का जादू था या गौतम से बरसों बाद हुई मुलाक़ात का असर?

खिड़की से सरसराते हुए नीम के पेड़ नज़र आ रहे हैं। मीठा नीम के दरगाह का हरे रंग का गुम्बद और सेंट्रल म्यूज़ियम की कवेलुओं की आयताकार छत। म्यूज़ियम, दरगाह, स्मारक और जंगलनुमा जगह के इस इलाक़े में ही मैं, श्रीकान्त और गौतम अपने किशोर जीवन का, अपनी युवावस्था के शुरुआती दौर का कितना सारा समय बिताते रहे थे। खिचड़ी पकने की गन्ध आने लगी थी। सितार अपनी ऊँचाइयों पर था। मैंने परदा हटाकर गौतम के चेहरे की तरफ़ देखा था। वहाँ शायद अब चिन्ता नहीं, तसल्ली थी। वहाँ अब अधीरता नहीं, इत्मीनान खड़ा था।

पकती हुई खिचड़ी को छोड़कर मैं जब ड्राइंग रूम में आई, तब गौतम आरामकुर्सी पर लेटे हुए सितार सुन रहे थे। आँखें मुँदी हुईं। आँखों के क़रीब के बाल भी सफ़ेद हो चले थे। चश्मा और ब्राउन रंग का लिफ़ाफ़ा स्टूल पर था, क़मीज़ की सामने की जेब में पेन। शायद अब भी फाउंटेन पेन से ही लिखते होंगे। थामस हार्डी के उपन्यासों पर इनके नोट्स फाउंटेन पेन से ही लिखे हुए थे।

"आप कब आ गईं?"

"बस खिचड़ी पकने में ही है।"

"मुझे झपकी लग गई थी।"

"क्या कल रात नींद नहीं हुई थी?"

"मैं आजकल अम्मा को महाभारत पढ़कर सुना रहा हूँ।"

"यह तो बड़ी अच्छी बात है।"

"कल रात महाभारत की लड़ाई के आख़िरी दिनों में हुए कर्ण और कुंती के संवादों को पढ़ रहा था।"

"रवीन्द्रनाथ ठाकुर की कविता है उस संवाद पर।"

"मैंने पढ़ी थी। माँ बीच में सो गईं...लेकिन कर्ण के बारे में सोचते हुए मैं देर तक जागता रह गया।"

"क्या गीता प्रेस का महाभारत पढ़ रहे हैं?"

"नहीं-नहीं, यह पूना के भंडारकर इंस्टीट्यूट से आया था। मैंने वहीं ख़रीदा था।"

"आपके कारण सितार सुनना हो गया। मुझे पता ही नहीं था कि मेरे पास कोई इतना अच्छा रिकॉर्ड है।"

मैंने अपने हाथों से बनाए गए कुछ अचारों को शीशियों में रखा। खिचड़ी और दही को डिब्बों में भरा। हमारे पेड़ के कुछ नीबू बैग में रखे और बैग इनके हाथ में पकड़ा दिया। वर्मा शेल के पास से इनको ऑटो मिलना था। ये मना न करते तब मैं उन्हें ऑटो तक छोड़ आती। बाहर मार्च की धूप निकल आई थी। धीरे-धीरे सड़कों पर ट्रैफ़िक और उसका शोर बढ़ने लगा था। नीम के पेड़ों से पीली-सूखी पत्तियाँ झर रही थीं। यह मार्च का पहला ही दिन था।

उनके जाने के बाद मैं सुबह की अपनी इस अकस्मात् मुलाक़ात के बारे में सोचने लगी। मैंने विलायत ख़ान के रिकॉर्ड को दुबारा प्लेयर पर चढ़ा दिया। धीरे-धीरे सितार के स्वर उठने-उभरने लगे। अब फिर सितार मुझे पहाड़ों के क़रीब बीते मेरे बचपन में ले जा रहा था। वहाँ काली बाड़ी का मन्दिर था। मन्दिर की परिक्रमा करती हुई माँ थीं। एक कोने में बाबू का हाथ पकड़े हुए श्रीकान्त था। स्कूल की चढ़ाई चढ़ते हुए भाई-बहन थे। मेरे कन्धों पर मेरा और श्रीकान्त का बस्ता था।

इतने बरसों के बाद गौतम से मिलना और बतियाना मेरे लिए आत्मीय अनुभव बना। बरसों बाद किसी से अपने छूटे-बीते दिनों पर इतनी बातचीत हो सकी। सदियों के बाद श्रीकान्त का कॉलेज के दिनों का चेहरा सामने आया। बेगम अख़्तर के रिकॉर्ड को सुनती, रात में अपना शराब का गिलास लिये हुए बाबू की आकृति कितने-कितने दिनों के बाद उभरी। यह होता है। जीवन की किसी गली से, जीवन की कोई एक और गली खुल जाती है। हम एक गली से दूसरी में, दूसरी से तीसरी में और इस तरह कितनी ही गलियों से गुज़रते हैं। कितनी ही गलियों में भटकते हैं।

घर लौटते हुए शायद गौतम मेरे बारे में सोच रहे होंगे। बीस बरस की उस साँवली और पहाड़ी लड़की के बारे में, जो उनके और उनके भाई के बीच की लम्बी-लम्बी बातचीतों और बहसों को गहरे विस्मय के साथ सुना करती थी। उन्हें यह भी लग रहा होगा कि कहाँ तक चली आई है वह लड़की जिसे श्यामली नहीं, शन्नो के नाम से पुकारा जाता था।

"शन्नो शन्नो," अम्मा रसोई से पुकार रही हैं।

"मैं बरामदे में हूँ अम्मा।"

"यहाँ आकर मेरी कुछ मदद कर बाबू की ट्रेन का वक़्त हो रहा है।"

"मैं उनकी क़मीज़ की बटन टाँक रही हूँ।"

"पहले तू इधर आ। बहाने बनाना तो कोई तुझसे सीखे।"

मुझे बरामदे में चल रही दिलचस्प बातचीत को छोड़कर रसोई के उस अँधेरे, धुएँ से भरे कमरे में जाना पड़ता। अम्मा प्याज़ और चाकू सामने कर देतीं या रोटियाँ बेलनी पड़तीं। बहुत बाद में मैंने जाना था कि अम्मा को मेरा बरामदे में बैठकर लड़कों की बातचीत और बहसों को सुनना अच्छा नहीं लगता था। अम्मा के लिए वह सब पुरुषों की बातचीत थी और पुरुषों के लिए ही। औरतों को उस तरह की बहसों में शामिल नहीं होना था। अम्मा के लिए पुरुष, पुरुष थे और औरत, औरत थी।

"क्या औरतों के लिए कोई दूसरी बातचीत रहती है?" मैंने पूछा था।

"हमारा काम घर सँभालना है। बच्चों की अच्छी तरह देखभाल करना है।"

"यह सब तुमसे किसने कहा है?" मैं चिढ़ जाती।

"शन्नो, अब तुम उन्नीस की हो गई हो। हर बात पर सवाल करना बचपना कहलाता है।"

"अगर ऐसा है, तब मुझे बड़ा होना ही नहीं है।"

"बिलकुल पगली हो तुम।"

अम्मा मुस्कुराने लगतीं। मुझे अपने पास खींच लेतीं। उनकी देह की गन्ध मुझे अच्छी लगने लगती। उनके बालों से आती मेहँदी, आँवले और रीठा की मिली-जुली गन्ध। मैंने बीस पार ही किया था कि मुझसे अम्मा की वह गन्ध हमेशा के लिए दूर चली गई। अम्मा की मौत के वक़्त, बंगलादेश बन रहा था। भारत और पाकिस्तान की लड़ाई चल रही थी। मुझे याद आता है कि कैसे बाबू किसी-किसी शाम में, शराब पीते हुए श्रीकान्त और मेरे बालों को सहलाते हुए अम्मा के लिए रोने लगते थे। तब बाबू पैंतालीस के रहे होंगे। अम्मा बयालीस की उम्र में नहीं रही थीं। अब मैं अड़तालीस के क़रीब जा रही हूँ। लेकिन मृत्यु ने नहीं, जीवन ने मुझे अपने पति से हमेशा के लिए अलग कर दिया है।

यह क्या हो रहा है? गौतम से मिलना हुआ और मैं अपने जीवन के एक ऐसे दौर को जीने लगी हूँ, जो तीस बरस पहले हुआ करता था। मेरा अठारह-उन्नीस बरस के वक़्त का वह जीवन, जिसमें सैनिकों का क्वार्टर है, उसके सामने खजूर का पेड़, फेंस से घिरा इलाक़ा, क्वार्टर से क्वार्टर तक जाती कच्ची पगडंडियाँ, शिवमन्दिर के सामने की नदी की संगमरमर की प्रतिमा, बरामदे की कुर्सियों पर बैठकर बतियाते श्रीकान्त और गौतम। उनके लिए चाय ले आती हुई शन्नो। गौतम के पास बने रहने की लालसा लिये हुए एक साँवली लड़की श्यामली, जिसे घर में सब शन्नो कहकर पुकारते हैं। कहाँ चली गई वह शन्नो?

क्या कोई मुलाक़ात हमें हमारे जीवन के इतने पहले के बरसों पहले छूटे हुए इलाक़े में ले जा सकती है? बचपन के दिनों के, जवानी की शुरुआत के दिनों के रिश्तों के साथ ही यह सम्भव होता होगा कि हम उन बरसों के किसी चेहरे से मिले और हमारे मौजूदा जीवन का चेहरा ही बदल जाए। जीवन का बदलता हुआ चेहरा। सम्बन्धों का बदला हुआ स्वभाव।

शायद गौतम भी अपने उन बरसों में लौट रहे होंगे, अपने उन दिनों को जी रहे होंगे। जब वे म्यूज़ियम के बाग़ की घास पर लेटे हुए पढ़ते रहते थे। गौतम के लिए

भी वसंत के ये दिन। मार्च का यह महीना कुछ और हो चुका होगा। कितना कुछ याद आ रहा होगा उनको। कभी इसी इलाक़े में, हमारे सैनिक क्वार्टर के आसपास। हमारे परिवार के बीच, उनके चार-पाँच बरस बीते थे। वे रोज़ ही हमारे घर आ जाते। दोनों साथ-साथ कॉलेज जाते। कितना ज़्यादा टूट गए थे गौतम भैया-भाभी की एक्सीडेंट में हुई मौत से। कितना सँभाला तो उन्होंने बाबू को। बाबू ने ही मुझे सब कुछ बताया था। बाद में गौतम को पूना जाना पड़ा था। मैं जब यहाँ लौटी तब वे पूना में थे।

मार्च की इस पहली सुबह में अगर मैं गौतम से नहीं मिलती तब शायद ही कभी जान पाती कि जीवन में जो कभी हमारे हाथ से छूट जाता है, हमारी अँगुलियों से फिसल जाता है वह वैसा का वैसा दुबारा कभी नहीं लौटता है। बढ़ती उम्र के साथ-साथ हमारे लोगों से भी सम्बन्ध बदलते जाते हैं और जीवन से भी। कुछ भी, कभी भी, एक-सा नहीं रह सकता। सब कुछ बदलता चला जाता है, बाहर का भी, भीतर का भी।

इस वक़्त स्वयं मैं अपने भीतर, एक तरह का बदलाव महसूस कर रही हूँ। मैंने तीसरी बार विलायत ख़ान के सितार का रिकॉर्ड अपने प्लेयर पर चढ़ाया है। बाहर मार्च की धूप फैल रही है और भीतर सितार के स्वर। गौतम अपने घर में होंगे। अपनी माँ को हमारी मुलाक़ात के बारे में बता रहे होंगे। मैं भी अपने दोनों बच्चों को अपनी सुबह की मुलाक़ात के बारे में बताना चाहूँगी। मेरी बिटिया आती ही होगी। खिचड़ी देखते ही ख़ुश हो जाएगी और सोचेगी कि उसकी माँ आज ख़ुश है और इसीलिए बार-बार सितार का रिकॉर्ड सुन रही है। बाहर वसंत की दोपहर है, मार्च का पहला दिन, श्यामली के सुख का दिन।

खँडहर

श्रीनिवास अपनी नियमित शाम की सैर करते-करते काफ़ी दूर तक चले आए। बोटेनिकल गार्डन काफ़ी पीछे छूट चुका था। इस वक़्त वे जहाँ थे वहाँ से वह जगह नज़र आती थी, जहाँ पर घुड़सवारी सीखने का स्कूल खड़ा था। मैदान, क़तार में बने हुए अस्तबल, घास के ढेर, घोड़े पर सवार लोग और आसपास खड़े हुए कर्मचारी और प्रशिक्षक। वे आज तक घोड़े पर नहीं बैठे थे। बहुत-बहुत पहले, कान्हा किसली के जंगल में, शेरों को देखने की ख़ातिर, हाथी पर ज़रूर बैठे थे। अपनी पत्नी और दो बेटों के साथ जिनकी उम्र आठ-दस बरस की रही होगी।

समय कितनी तेज़ी से भागता है। आदमी का कितना कुछ पीछे छूट जाता है। कुछ लोग आपके जीवन में आते हैं। उनको साथ लिये हुए कुछ घटनाएँ आती हैं। उनके साथ आपके जीवन में कुछ घटनाएँ घटती हैं और वे घटनाएँ, वे लोग कभी आपको सुख देते हैं और कभी दुख। फिर एक दिन आता है जब वे लोग आपसे अलग हो जाते हैं और आप उनसे दूर। उनकी यादें ज़रूर लौटती रहती हैं। जैसे मौसम लौटते रहते हैं, रात और दिन लौटते रहते हैं।

वहीं खड़े-खड़े वेटरनरी कॉलेज की लाइब्रेरी के सामने खड़े हुए गुलमोहर को देखकर उनको याद आया कि कुछ देर पहले ही वे अपनी बूढ़ी और बीमार माँ से बहस कर रहे थे, लड़ रहे थे और वे रो रही थीं। आज का पूरा दिन ही माँ-बेटे के बीच की बहसों, असहमतियों और लड़ाइयों के साथ बीतता चला गया। इन दिनों उनके साथ ऐसा होता ही जा रहा है।

पिछले दो बरसों से वे अपनी माँ के साथ ही रह रहे हैं। दो साल पहले तक उनकी पत्नी और दोनों बेटे भी इसी घर में रह रहे थे। घर के ऊपरी हिस्से में इनकी छोटी-सी कैंटीन थी जो माउंट कारमेल स्कूल के कारण अच्छी तरह चल रही थी।

उनका पूरा परिवार उस कैंटीन की आमदनी, माँ की पेंशन और मकान के किराये से ठीक-ठाक ढंग से चल रहा था। अपनी उम्र के पचासवें बरस पर आते-आते, उनकी पत्नी बीमार रहने लगी, चिड़चिड़ी होती गई और सास-बहू के रिश्ते बिगड़ते चले गए। उस वक़्त उनका बड़ा लड़का उन्नीस और छोटा सत्रह का हो चुका था और दोनों बोर्ड की परीक्षाएँ दे रहे थे। श्रीनिवास का आधा ध्यान बच्चों की पढ़ाई में और आधा कैंटीन में लगा रहता और वे न सास-बहू के बीच के मतभेदों को जान रहे थे और न ही उनको दूर करने के लिए कुछ कर पा रहे थे। पत्नी बीमार चल ही रही थी और माँ भी बीमार रहने लगी। माँ ने कैंटीन में बैठना छोड़ दिया और श्रीनिवास को बाहर का आदमी रखना पड़ा, जिससे आमदनी तो घटी ही और दूसरी झंझटें भी बढ़ने लगीं। इन दिनों में ही श्रीनिवास पहले से भी ज़्यादा शराब पीने लगे और वह भी रोज-रोज़ ही। इस तरह घर का माहौल बिगड़ता चला गया। घर में रोज़ ही किसी-न-किसी बात पर लड़ाई हो जाती और कभी कोई रोने लगता तो कभी कोई भूखा रह जाता। बच्चों की पढ़ाई में भी परेशानियाँ आने लगी थीं। तीन-चार महीनों में दोनों बेटों के इम्तहानों के बाद, वह दिन आया जब उनकी पत्नी और दोनों बच्चे उनको छोड़कर पत्नी के मायके में एक दूसरे शहर में रहने लगे थे। श्रीनिवास ने इन घटनाओं को गम्भीरता से नहीं लिया था।

श्रीनिवास ख़ुद अपने परिवार को छोड़ने के लिए विशाखापट्टनम गए थे। उनको लगा था कि उनकी पत्नी अपने मायके में अपना अच्छी तरह इलाज करवा सकेगी। बेटों के स्कूलों में गर्मियों की छुट्टियाँ चल ही रही थीं। श्रीनिवास की अपनी सेहत में भी विकार उतरने लगे थे। उनको लगा था कि विधाता की यही इच्छा है कि उनके घर में शान्ति और सुख लौट आए और ईश्वर ने ही यह सब सोचा और किया है। पर बाद में एक महीने बाद आए पत्नी के रजिस्टर्ड पत्र से उन्होंने जाना था कि अब उनका पूरा परिवार विशाखापट्टनम में ही रहेगा। उनकी पत्नी वहीं के एक प्राइवेट स्कूल में अध्यापन करेगी और उनके दोनों बेटे वहीं पढ़ेंगे।

श्रीनिवास को ऐसे अप्रत्याशित अन्त की कल्पना तक न थी और न ही ऐसी किसी अराजक और अकेली ज़िन्दगी को जीने की तमन्ना और आदत। उनके वे दिन अराजक, अँधेरे और असहनीय बने रहे। माँ का एक ऑपरेशन करवाना पड़ा। कैंटीन बन्द करने का फ़ैसला लेना पड़ा। देवकी मौसी ने खाना बनाना शुरू किया।

माँ की युवा भांजी कुछ दिनों तक घर पर रही और धीरे-धीरे श्रीनिवास और उनकी माँ का जीवन पटरी पर आने लगा। पर शुरुआत में सब कुछ बेतरतीब ही बना रहा।

वेटरनरी छात्रों के होस्टल के सामने की बेंच से उठ, श्रीनिवास ने अपने घर की तरफ़ क़दम बढ़ाए। शाम गहराने लगी। हवाओं में उमस थी। गर्मियों के दिनों की अपनी-सी गन्ध भी। झाड़ियों के बीच से आती हुई एक तरह की गन्ध, जो उन्हें अपने स्कूली दिनों की याद दिलाती है, जब वे जंगली झाड़ियों के क़रीब से सँकरी और लम्बी गली से बरसों पुराने म्यूज़ियम के बग़ल से होते हुए, पैदल-पैदल अपने स्कूल पहुँचा करते थे।

"तुम इतने सनकी और अड़ियल न होते तो तुम्हारे परिवार का ऐसा हाल नहीं होता।" आज शाम को उनकी माँ ने कहा था।

"क्या हाल हुआ है मेरा?" श्रीनिवास बिफरे थे।

"न घर में बीबी है और न बच्चे। एक बूढ़ी माँ है जिससे तुम इतनी बेरहमी से बात करते रहते हो, तुम्हें शर्म आनी चाहिए।"

"तुम करती ही कुछ ऐसा हो। इतना चीख़ना-चिल्लाना क्या ज़रूरी है?"

"दूध के फ़्रीज़ से बाहर रह जाने की बात ही तो कही थी...कल रात भर बाथरूम की लाइट जलती रही...सब्ज़ी-भाजी सड़ जाती है...तुमसे कितनी बार कम-कम सब्ज़ियाँ लाने को कहा है। रुपये-पैसे झाड़ में नहीं लगते हैं।"

तब नहीं लेकिन इस वक़्त श्रीनिवास बड़ी शिद्दत से महसूस कर रहे हैं कि उनकी माँ का वह सब कहना ठीक ही था। इधर के दिनों में सचमुच में उनका घर पर, घर के कामों पर ध्यान कम होता गया है। माँ के चश्मे का फ्रेम बदलना है। छत की कवेलुओं को सँवारने के लिए कारीगर को बुलाना है। टेलीफ़ोन और बिजली के बिल्स भरे नहीं गए हैं और सबसे ज़्यादा अम्मा को चेक-अप के लिए डॉक्टर के पास ले जाना कुछ दिनों से टलता ही जा रहा है।

अब उनको लग रहा है कि उन्हें अपनी माँ की बातों और तकलीफ़ों को धीरता के साथ सुनना चाहिए था। यह तो वे कर नहीं पाए और उनको अनाप-शनाप, उलटा-सीधा बोलकर रुलाते रहे और माँ को अकेली छोड़कर घर से बाहर निकल आए। भीतर पछतावे का लौटना था कि अब उनके अपने घर की तरफ़ क़दम तेज़ हो गए। शाम का आख़िरी उजाला तालाब पर खड़ा था। तालाब से आती दुर्गन्ध

भी। तालाब के किनारे के चबूतरों पर प्रेमियों के जोड़े बैठे हुए थे। गुब्बारा बेचता हुआ एक लड़का था और शरबत, कोल्ड-ड्रिंक्स और आइसक्रीम बेचती हुई एक अधेड़ औरत।

श्रीनिवास के मन में आया कि आदमी अपने घर अपने शहर से बाहर निकल भी जाए, लेकिन वह अपने आप से बाहर कहाँ निकल पाता है। उसका अपना आप तो उसे घेरे ही रहता है। आदमी, ख़ुद की आत्मा, उस आत्मा के अँधेरे के अधीन भटकता ही रहता है। अपने अँधेरों से जूझता ही रहता है।

एक-एक कर आकाश में कुछ तारे निकल आए हैं। लैम्पपोस्ट की बत्तियाँ जल चुकी हैं, लेकिन अभी भी शाम का उजाला बना ही हुआ है। तालाब से गुज़रती शाम, तालाब पर उतरती रात और रोशनी को पार कर वे चौराहे पर पहुँचे ही थे कि उनको कुछ दूरी से ये शब्द सुनाई पड़े—

"क्या आपके पास माचिस होगी?"

"नहीं।" श्रीनिवास ने उत्तर दिया।

जहाँ से यह बात आई थी वहाँ एक बूढ़ा आदमी, फेंस के उस पार, टूटी हुई, टूटती हुई सीढ़ियों पर बैठा हुआ था। शाम की रोशनी में उनकी बढ़ी हुई सफ़ेद दाढ़ी और बुझी हुई सिगरेट नज़र आ रही है।

"पास में ही दुकान है...आपके लिए एक माचिस की डिबिया ले आता हूँ।"

"नहीं...नहीं...घर में ही है, चौके तक जाने से बचना चाह रहा था।"

"आप कहाँ रहते हैं?"

"फ़िलहाल यहीं रह रहे हैं।"

"यहाँ!" श्रीनिवास बुरी तरह चौंक गए थे।

श्रीनिवास की निगाहें बूढ़े के चेहरे से हटकर उनके आसपास घूमने लगीं। आधी-अधूरी, टूटी-फूटी दीवारें, ईंटों-कवेलुओं और चूने-मिट्टी के अलग-अलग ढेर। दरवाज़े और खिड़कियों के फ्रेम, दीवार पर टँगी हुई लोकमान्य तिलक की तसवीर और ब्लैकबोर्ड। यह शायद स्कूल की इमारत रही होगी। अब यह खँडहर में बदल चुकी थी। सामने फेंस से सटा हुआ साइकिल स्टैंड था। कोने में खड़ी हुई लोकमान्य तिलक की प्रतिमा। श्रीनिवास उस ढहाई गई इमारत को देख रहे थे और वह बूढ़ा सिगरेट सुलगा रहा था।

"आपको लग रहा है कि कोई यहाँ कैसे रह सकता है?" बूढ़े ने कहा।

"नहीं...नहीं, मुझसे भूल हो गई।"

"दो दिन पहले मैं भी यहाँ रहने के ख़याल से चौंक गया था।"

"फिर?"

"पीछे का हिस्सा साबुत है। वह कभी रसायनशास्त्र की प्रयोगशाला रही होगी... वहाँ पंखे टँगे हुए हैं...चौकीदार वहीं रहता है। कभी मैं भी स्कूल में टीचर था।"

"आपकी उम्र में ऐसी जगह पर अकेले रहना!"

"मेरी पत्नी भी साथ है...अभी बाज़ार गई हुई है...चौकीदार हमें जानता है।"

"और आपके बच्चे कहाँ हैं? उनको आपके यहाँ होने की ख़बर है?"

"एक बेटा है...बेटी अपने ससुराल में रहती है...दूसरे शहर में। यहाँ से क़रीब है।"

"बेटे ने आप दोनों को इस तरह घर छोड़ने दिया? वह परेशान हो रहा होगा।"

"हम दोनों उसको बिना बताए घर छोड़ आए थे...मुझसे सहा नहीं जा रहा था... मेरी पत्नी मेरी वजह से आ गई...वह शायद घर लौट जाएगी लेकिन मैं नहीं लौटूँगा।"

"वह आपको ढूँढ़ रहा होगा?"

"अब क्या फ़ायदा। वक़्त-वक़्त की बात होती है।"

"आपको उसे माफ़ कर देना चाहिए।"

वह बूढ़ा चुप रहा था। कुछ देर तक श्रीनिवास भी चुप रहे। तभी एक तरह की सरसराहट हुई और एक स्त्री एक हाथ में टिफिन और कन्धे पर झोला लिये हुए बूढ़े के क़रीब बढ़ी। जूट के बैग के ऊपरी हिस्से में मोमबत्तियों का पैकेट था, कोई पत्रिका और अख़बार, सरसों के तेल की बोतल। वह उस बूढ़े आदमी की पत्नी थी। धानी रंग की सूती साड़ी, घड़ी और चश्मा पहने हुए। वह उस बूढ़े के क़रीब से भीतर की तरफ़ बढ़ी थी, उस प्रयोगशाला की ओर जो फ़िलहाल इस अभागे दम्पती का अस्थायी ठिकाना बन गई थी।

श्रीनिवास को माँ के अकेले होने के सवाल ने और कसकर पकड़ लिया और वे उस बूढ़े को नमस्कार कर, सड़क की तरफ़ बढ़ने लगे। बिशप कॉटन स्कूल का खँडहर पीछे छूटता चला गया। उनके सामने हज़ारी पहाड़ पर खड़ी हुई मछुआरों की झोंपड़ियाँ थीं। वहीं से आती धीमी-धीमी शहनाई और सारंगी की आवाज़ें। किसी के घर में शादी के वक़्त का वातावरण था। निगाहें ऊपर जाने पर शामियाना नज़र

आता और हल्दी से पीला हुआ एक बाँस जिस पर कुछ घड़े लटके थे, कुछ फूल और आम के पत्ते। उनके पीछे एक परिवार उजड़ रहा था, उनके आगे एक परिवार बस रहा था, बढ़ रहा था।

आदमी के जीवन में दुख कितने अलग-अलग रास्तों से उतरता है! श्रीनिवास का अपना परिवार उनको छोड़कर चला गया था और वह बूढ़ा अपने परिवार को छोड़कर इस उम्र में उस खुली और खँडहरनुमा जगह में अपनी पत्नी को साथ लिये रह रहा था। एक ऐसी जगह में जहाँ गर्मियों की उड़ती हुई धूल थी। गर्मियों की उमस। घूमती हुई आवारा बिल्लियाँ। उनका पीछा करते आवारा कुत्ते।

बूढ़े के चेहरे पर उतरे हुए विषाद का ध्यान आते ही श्रीनिवास को आज शाम को अपनी माँ की डबडबाती आँखों का ध्यान आया था। कुछ ही बरस तो बीते जब श्रीनिवास का अपना बसा-बसाया घर था। बाँस के फेंस से घिरा हुआ। जामुन, बादाम और नीबू के पेड़ लिये हुए छोटा-सा बग़ीचा, बग़ीचे के साथ लगी हुई लाल दीवारों की एक दुमंज़िला इमारत थी। पहली मंज़िल पर कैंटीन होने से चहल-पहल बनी रहती। छात्र-छात्राओं की हँसी-ठिठोली और शरारतों के साथ-साथ कैंटीन में बैठे हुए लोगों की बातचीत-बहसों का सिलसिला बनता रहता, टूटता रहता। रेडियो पर फ़िल्मों के नए-पुराने गाने आते रहते। घर-परिवार सब ठीक चल रहा था और उनकी पत्नी बीमार रहने लगी। पत्नी को बीमारियाँ घेर रही थीं और माँ को बुढ़ापा। सास-बहू के बीच रोज-रोज़ ही झगड़ा होने लगा था, बहसें होने लगी थीं। कभी उनकी माँ अपनी तकलीफ़ें व्यक्त करने लगतीं और कभी उनकी पत्नी। घर में रोज़ ही कुछ-न-कुछ बुरा घटता रहता।

"एक तो मेरा ख़ून जाना बन्द नहीं हो रहा है और उस पर तुम्हारी माँ अलग मेरा ख़ून जलाती रहती है।" उनकी पत्नी ने कहा था।

"क्या तुम्हारी पत्नी मुझे चैन से मरने भी नहीं देना चाहती है?" उनकी माँ ने कहा था।

"वे बूढ़ी हो रही हैं।" श्रीनिवास कहते।

"मैं क्या जवान हो रही हूँ?" पत्नी कहती।

"आप दादी को क्यों नहीं समझाते बाबा?" उनका बड़ा बेटा कहता।

"क्या इस बुढ़ापे में अपनी माँ को छोड़ दूँ?"

"माँ को मत छोड़ो। हमको तो छोड़ सकते हो, मैं अपने मायके चली जाऊँगी।"

श्रीनिवास इस तरह की कितनी ही घटनाओं, बातों और बहसों को याद करने लगे हैं। रात उतर आई है। आसमान तारों से लबालब। वे अपने घर के क़रीब हैं। 'प्रेमदान' के आँगन में कुछ बूढ़े लोग कुर्सियों पर बैठे हैं। मरियम की मूर्ति के क़रीब। यह वृद्धाश्रम अभी-अभी खुला है। एक कैथोलिक संस्थान इसे चला रहा है। यहाँ कभी एडवोकेट डिसूजा का बँगला हुआ करता था। पुराने पेड़ों से घिरा हुआ। हमेशा वहाँ एक कुत्ता रहता ही रहता था। श्रीनिवास के किशोर जीवन में, उसी बँगले के कुत्ते ने उसे बुरी तरह काट लिया था। तब ही वे अपनी दादी के साथ उस घर का नमक माँगने उस बँगले में गए थे। वहीं मीनाबाई ने काटी हुई जगहों पर नमक लगाया था।

चालीस से भी ज़्यादा बरस होने को आए हैं, उस शाम को बीते हुए। इन बरसों में श्रीनिवास ने क्या-क्या नहीं देखा? कितने ही लोगों की मौत। अपने सगे-सम्बन्धियों की बीमारियाँ। उनका पहला प्रेम। उस प्रेम का टूटना-बिखरना। छत्तीस-सैंतीस बरस में उनका विवाह। दो-दो बेटों का जन्म, उनका बड़े होते जाना। पिता की मृत्यु। पत्नी और माँ की बीमारियाँ। अपनी बड़ी बहन का विवाह के दस साल बाद विधवा हो जाना और इस तरह का न जाने कितना कुछ। क्या-क्या उन्होंने नहीं देखा है? अपने बग़ीचे का गेट खोलते हुए वे सोच रहे थे कि पता नहीं उन्हें आगे क्या-क्या देखना है, क्या-क्या सहना है?

घर का दरवाज़ा देवकी मौसी ने खोला। वे पान चबा रही थीं।

"आप गईं नहीं?"

"अक्का को बुख़ार आ रहा है।"

"खाना यहीं खाकर चले जाना।"

"तेरे मौसा की भी तबीयत ख़राब है।"

"मैं स्कूटर से छोड़ देता हूँ।"

"नहीं...नहीं...गलियों से चली जाऊँगी। बस दाल ज़रूर गर्म करना...फ़्रीज़ में रखी है...दही में शक्कर डाल दी थी।"

उनकी माँ को हल्का बुख़ार था। वे कल रात सो न सकी थीं। उनका एक दाँत भी तकलीफ़ दे रहा है। उसके लिए भी वे लौंग का तेल ले आना भूल रहे हैं।

उस बूढ़े की पत्नी के बैग में सरसों के तेल की बोतल देख, उन्हें भी घर में सरसों के तेल के ख़त्म हो जाने का ख़याल आया था। क्या आदमी की याददाश्त छप्पन-सत्तावन की उम्र में ही जवाब देने लगती है? इधर वे बहुत ज़्यादा भूलने लगे हैं। अपनी माँ का लिखा गया एक पत्र चार-पाँच दिनों से उनकी मेज़ पर पोस्ट करने के लिए रखा हुआ है। रोज़ ही सैर के लिए सराफ चेम्बर्स के पोस्ट ऑफ़िस के सामने से गुज़रते हैं। लेटर-बॉक्स देखते ही बड़ी बहन को लिखे गए माँ के पत्र को पोस्ट करने की बात मन में आती है, लेकिन दूसरी शाम तक भी पत्र का लिफ़ाफ़ा उनकी मेज़ पर ही पड़ा रहता है।

गुसलखाने से लौटकर श्रीनिवास ने दाल की देगची को गैस के चूल्हे पर रखा। माँ के कमरे में मच्छरों को भगाने के लिए अगरबत्ती जलाई। पंकज मलिक के कैसेट को बजाना शुरू किया। माँ सो नहीं रही थीं लेकिन उनका चेहरा दीवार की तरफ़ था। वे अब भी नाराज़ बनी हुई थीं।

"खाना लगा रहा हूँ।" श्रीनिवास बोले।

"मुझे नहीं खाना है।" माँ ने ग़ुस्से से कहा।

"ठीक है। मुझे भी भूख नहीं लग रही है।"

"फिर उस बेचारी से बनवाया ही क्यों है?"

"पता नहीं था कि तुम्हें खाना नहीं है...मेरी तबीयत ठीक नहीं है।"

"तुमको पता ही क्या रहता है?"

"माफ़ करना मुझे तुमसे वह सब कहना नहीं था, पता नहीं आजकल मुझे क्या होता जा रहा है...मैं तुम्हारा दिल दुखाना नहीं चाहता हूँ..."

कुछ देर के बाद उन दोनों ने ही खाना खाया। उनकी माँ खाने के बाद थोड़ा सा ठंडा दूध पिया करती हैं। बाद में एक-एक कर उनको दो टेबलेट देनी पड़ती हैं। एक ब्लड प्रेशर के लिए और एक विटामिन है। जब श्रीनिवास अपनी माँ के बिस्तर को सँवार रहे थे तब माँ ने कहा—

"मुझे लगता है कि तुम्हें नीलू से बात करनी चाहिए...वह शायद अपने घर लौटने का मन बना सकती है।"

"उसका घर है...मैं नहीं कहूँगा...चार-पाँच बार मैं ख़ुद गया था...माफ़ी माँग आया था...बार-बार मिन्नतें की थीं।"

"मेरी ख़ातिर एक बार और चला जा...कहना कि माँ अपने भाई के घर जा रही है, मेरे न रहने से आ जाएगी।"

"मुझे जाना ही नहीं है।"

"तब क्या सारा जीवन अकेले ही रहेगा?"

"तुम हो न!"

"मैं अब कितने दिन रहूँगी...?"

पंकज मलिक गा रहे थे। माँ बिस्तर पर चली गईं। नाइट लैम्प की रोशनी में अमृतांजन बाम को अपने माथे पर लगाता उनका हाथ नज़र आ रहा था। श्रीनिवास अपने कमरे में अपनी कुर्सी तक आए। कुर्सी पर ही अगाथा क्रिस्थी की किताब औंधी पड़ी थी। बाजू में पड़ा बुकमार्क। कभी ये किताबें उनकी पत्नी पढ़ा करती थीं। उनकी पत्नी को कभी-कभार कैंटीन काउंटर पर बैठना पड़ता था और वे वहाँ बैठे-बैठे अगाथा क्रिस्थी को पढ़ा करती थीं। उन दिनों में माँ भी सहगल, पंकज मलिक और जुथिका राय को अपनी फ़ुरसत की घड़ियों में रोज़ ही सुना करती थीं। तब घर में ग्रामोफ़ोन था।

उनको लगा कि कैसे उम्र के साथ-साथ हर आदमी का एकाकीपन, उसकी उदासी और उदासीनता बढ़ती जाती है। कभी इसी घर में, इसी घर के हर कमरे में कितनी चहल-पहल, कितनी आवाज़ें, कितनी-कितनी हँसी और ख़ुशियाँ फलती-फूलती रहा करती थीं और अब इस घर में सन्नाटा तैरता रहता है। ख़ामोशी पलती रहती है। ज़िन्दगी कहाँ से कहाँ चली आती है। आदमी कहाँ-कहाँ से गुज़रता चला जाता है और जीवन है कि थमता ही नहीं। रुकता ही नहीं।

उनको खँडहरनुमा स्कूल की सीढ़ियों पर बैठे हुए बूढ़े का चेहरा याद आया। कभी वह अध्यापक रहा था। उसी स्कूल के खँडहरों के बीच रह रहा है, जहाँ कभी उसने छात्रों को पढ़ाया होगा। क्या-क्या याद नहीं आता होगा उसे? अपना ही घर छोड़ने, इस उम्र में अपने घर से निकलने के पहले उस बूढ़े के मन में कितने सारे ख़याल आए होंगे? कितनी-कितनी यादें। उस बूढ़े की पत्नी का मन कैसा रहता होगा? एक तरफ़ बूढ़ा पति है दूसरी तरफ़ अपनी कोख से बाहर आया बेटा, उसी बेटे की पत्नी और बच्चे।

अन्ततः आदमी थक ही जाता होगा। उसकी हताशा उसको हलकान कर देती

होगी। कोई भी कितना और कितनी देर तक सह सकता है। इसीलिए उनकी माँ बीच-बीच में, उनके परिवार को ले आने की बात करती है। उनकी माँ उनकी सहनशीलता को जानती है, उनके अकेलेपन को समझती है। आख़िर में वह उनकी माँ है। बरसों से उनको देखती आई है, समझती आई है। उनकी माँ से ज़्यादा कौन उनकी पीड़ा के क़रीब तक पहुँचता होगा? कौन उनके पोर-पोर में बहते हुए दुख की आवाज़ को इतना साफ़-साफ़ सुन पाता होगा?

अपनी माँ की मार्मिक-सी याद, श्रीनिवास को उनकी माँ के कमरे तक खींच लाई थी। नाइट लैम्प की रोशनी में, मच्छरदानी के उस पार, उनकी माँ सो रही थी। वहाँ धुँधला-सा था। वे कुछ देर तक अपनी माँ की चढ़ती-उतरती साँसों के साथ खड़े रहे। अपने कमरे में गए तो वहाँ अपनी माँ के साथ बीते दिनों की, बीते हुए क्षणों की स्मृतियाँ भी चली आई थीं। एक उम्र का अपनी माँ का साँवला चेहरा। सीढ़ियों की धूप में बैठी हुई माँ के स्वेटर बुनते हुए हाथ। उन्हीं हाथों ने बचपन में श्रीनिवास को नहलाया था, सहलाया था और थपकी देते हुए सुलाया भी था। श्रीनिवास बचपन से ही कमज़ोर रहे, दुबले-पतले भी। हमेशा अपनी बड़ी बहन से मार खाते हुए, डरते हुए। उनकी बहन उनसे अपने तरह-तरह के छोटे-छोटे काम करवाती रहती थी। कभी वे मना कर देते तो वह उनको रात में भूत-प्रेत के नाम से डराने-धमकाने में पीछे नहीं रहती। सुबह-सुबह चाय में डुबाकर खाने को जो आटे के टोस्ट श्रीनिवास को मिलते, उनमें से आधे को उनकी बहन हड़प लिया करती थी। वे अपने माता-पिता के पास शिकायत नहीं किया करते थे क्योंकि उन्हें बहन के साथ सोना पड़ता था और उन्हें भूत-प्रेत, रात और रात की हर आहटों, हरकतों से डर लगता रहता था।

अगाथा क्रिस्थी की उस किताब में श्रीनिवास का मन नहीं लगा। वे किताब में हुए ख़ून के रहस्य से ज़्यादा, ज़िन्दगी के रहस्यों से उलझ रहे थे। सत्तावन बरस की अपनी ज़िन्दगी में आए हुए, फैले हुए रहस्यों की आहटें, सरसराहटें उनकी नींद के आसपास चक्कर लगा रही थीं। बाहर के आकाश में तारे ही तारे थे। उन तारों के अपने-अपने रहस्य थे तो श्रीनिवास के जीवन के अपने रहस्य। उन्होंने बत्ती बुझा दी। मच्छरदानी को बाँधकर बिस्तर पर लेट गए। उन्हें स्कूल के खँडहरों के बीच रह रहे बूढ़े का चेहरा फिर से याद आया। नींद में जाते-जाते उन्होंने माँ की

चिट्ठी को सुबह-सुबह ही लेटर बॉक्स में डालने की बात सोची। उनको लगा कि पता नहीं माँ ने बड़ी बहन को क्या-क्या लिखा होगा? तभी यह आशंका भी उनके भीतर उतरी कि कहीं माँ भी नीलू को घर लौटने के लिए पत्र न लिख दें। उन्होंने पत्र लिखा तो ये उनके लिए भी ठीक नहीं रहेगा।

घड़ी में रात के ग्यारह बजने को आए थे। रात की चौकीदारी के लिए गोरखा की लाठी की ठकठक की आवाज़ आने लगी थी। श्रीनिवास की आँखों में नींद उतरने लगी। उतरती नींद के बीच उनको अपनी माँ से किए गए, दुर्व्यवहार का फिर ख़याल आया और उन्होंने सोचा कि कल सुबह ही वे अपनी माँ से अच्छी तरह से अपने पछतावे को व्यक्त करेंगे। माँ अभी सो नहीं रही होतीं तो वे अभी इसी वक़्त अपनी माँ के पास जाते। माँ सो रही थी। श्रीनिवास सोने जा रहे थे।

नींद के एकदम किनारे पर खड़े हुए श्रीनिवास ने यह भी महसूस किया कि अपनी पत्नी के साथ के आख़िरी दिनों में वे उसके साथ कुछ ज़्यादा ही दुर्व्यवहार करने लगे थे। देर रात में, दिनोदिन तक नशे में घर लौटते रहे थे। वे डाइनिंग टेबल की कुर्सी पर बैठे हुए, सोती रहती, जागती रहती। तबीयत उसकी ख़राब चल रही थी। उन दिनों में ही, श्रीनिवास की बड़ी बहन ने उनकी पत्नी और उसके मायके के परिवार को लेकर कितना कुछ अनाप-शनाप बोल दिया था। पत्नी सोचती रहती होगी कि वे श्रीनिवास से अपनी तकलीफ़ों और तनावों को साझा करेगी और श्रीनिवास इतने नशे में होते कि उनके जूतों के फीतों को खोलना पड़ता, उन्हें बिस्तर पर ठीक ढंग से लिटाना पड़ता। उनके दोनों बेटे रोज़ रात को यह तमाशा देखते रहे थे। दो-तीन महीनों तक देखते रहे थे।

श्रीनिवास को नींद के एकदम क़रीब, नींद को अच्छी तरह छू लेने के पहले यह भी लगा कि भले ही डॉक्टर की सलाहों से उनका शराब पीना छूट गया है, लेकिन वे अब भी, कभी माँ से, कभी देवकी मौसी से और कभी-कभार अपनी बड़ी बहन से कुछ ज़्यादा ही कठोर व्यवहार करते रहे हैं। यह उनकी नींद के पहले का अहसास था जिसे नींद के भीतर चले जाना था। अब श्रीनिवास नहीं रह रहे थे, उनकी नींद रहने लगी थी। नींद की नदी में डूबते-उतराते श्रीनिवास, जो बरसों पहले, रातों से, रातों की आहटों और सरसराहटों से बुरी तरह भयभीत बने रहते थे।

वीराना

सर्दियों की धूप के कुछ धब्बे डॉ. ब्रगांझा की डिस्पेंसरी की मेज़ पर पड़े थे। मेज़ पर धूप, धूल और धुएँ की गन्ध भी थी जो ऐश-ट्रे में अभी-अभी बुझाई गई सिगरेट से आ रही थी।

"उन दिनों मैंने कुमाऊँ का वह पूरा इलाक़ा घूमा था। मैं जिम कॉर्बेट का मुरीद बन गया था।"

"तब आपका विवाह नहीं हुआ होगा!"

"मैंने डॉक्टरी की अपनी पढ़ाई पूरी की थी। जिम कॉर्बेट की किताबों से वहाँ जाने की इच्छा जागी थी...आपको जिम कॉर्बेट के बारे में कुछ पता है...वे..."

"फिर कभी फ़ुरसत से आऊँगा। यह सर्टिफिकेट बिटिया को अभी पोस्ट करना है।"

"कोई बात नहीं...आपने नैनीताल-रानीखेत का ज़िक्र किया और मुझे वहाँ के दिन याद आ गए।" डॉ. ब्रगांझा ने कहा।

मैं कुर्सी से नहीं उठता तो डॉक्टर बहुत कुछ कहने के मूड में थे। इधर उनके क्लीनिक में इक्का-दुक्का मरीज़ ही आते हैं। वह भी मेडिकल सर्टिफिकेट के लिए। वे रोज़ दोपहर तक बैठते ही हैं। पत्र-पत्रिकाएँ पढ़ते रहते हैं। अख़बारों की पहेलियाँ बुझाते हैं। अपने ट्रांज़िस्टर पर न्यूज़ सुनते हैं या कोई डिटेक्टिव उपन्यास पढ़ लेते हैं।

यह सब डॉक्टर ने मुझे आधे घंटे में बता दिया था। उनकी पत्नी नहीं रहीं। बच्चों के अपने परिवार हैं और वे इंडोनेशिया में रह रहे हैं। डॉक्टर अस्सी वर्ष के आसपास की उम्र में होंगे। अब कार और स्कूटर नहीं चलाते हैं। सदर के कॉफ़ी हाउस और छावनी के कैफ़े जॉन ब्रदर्स से उनके खाने की व्यवस्थाएँ हो जाती हैं। गोंडवाना क्लब के मेम्बर हैं और कुछ शामें वहाँ खेलते हुए, खाते-पीते हुए गुज़र जाती हैं।

मेरे बचपन में मेरी अम्मा मुझे इस क्लीनिक में लेकर आया करती थीं। हमें देर-देर तक अपनी बारी आने का इन्तज़ार करना पड़ता था। शहर के कोने-कोने से लोग इनसे इलाज करवाने के लिए आते थे। तब तक न यह शहर इतना फैला हुआ था और न इसमें इतने अस्पताल, डॉक्टर, विशेषज्ञ, पैथोलॉजिकल लेबोरेटरी और फार्मेसी हुआ करती थी। उन्नीस सौ पैंसठ के आसपास हमारा शहर छोटा था और इसकी आबादी भी बहुत कम थी।

शहर बढ़ने लगते हैं, नए होने लगते हैं और पुराने लोग, पुरानी जगहें हाशिये पर जाने लगते हैं। पुराने अस्पतालों में, पुरानी तरह की डिस्पेंसरियों में एक तरह का वीराना-सा उतर आता है। वहाँ जाते भी हैं तो ग़रीब लोग या ऐसे लोग जो बरसों से वहाँ जाते रहे हैं या उसी इलाक़े में रह रहे हैं। समय के साथ-साथ कितना कुछ बदल जाता है। आदमी के चेहरे पर झुर्रियाँ उतर आती हैं, घर की दीवारों पर दरारें, जीवन के उल्लास और उमंग पर उदासी की छायाएँ। वक़्त लोगों से कितना कुछ छीनता चला जाता है।

कुछ ही दिन तो हुए कि अगस्त की एक शाम को कल्याणेश्वर मन्दिर में गया था। सप्तपर्णी के पेड़ों की क़तार के पास से एक साँप को सरकते हुए देखा था। बूढ़ा हो चुका होगा। धीरे-धीरे मन्दिर के पीछे की बावड़ी की तरफ़ बढ़ रहा था। चौकीदार और उनकी पत्नी अपने घर के आँगन में बैठे हुए थे। लैम्पपोस्ट के उजाले में वहाँ रखा हुआ पलंग, चौकीदार के हाथ में बाँस का बना पंखा, पुरानी लाठी, भाजी तोड़ती हुई पुजारी की पत्नी नज़र आ रहे थे। अगस्त की शाम थी। बारिशहीन। उमस से भरी हुई।

"आप भाग्यशाली हैं।" चौकीदार ने कहा था।

"क्यों...ऐसा क्या हो गया?" मैं चौंका था।

"बहुत कम लोगों को इस बूढ़े साँप के दर्शन होते हैं।"

"पर अब इस मन्दिर में आता ही कौन है?"

"सच कह रहे हैं, बाबूजी। अब तो नागपंचमी और शिवरात्रि में भी यहाँ सुनसान बना रहता है।"

"इतनी वीरान जगह पर कोई क्यों आएगा...रास्ता तक नहीं है...पैदल आना पड़ता है।"

"पड़ोस के गाँव के गाँव बाँध बनाते वक़्त उजड़ गए थे..." चौकीदार की पत्नी कह रही थी।

मुझे उसकी बातों में सच्चाई नज़र आई। हर कोई वीराने से दूर रहना चाहता है। उजाड़ों के बीच जीवन कहाँ होता है! वहाँ से मृत्यु की गन्ध आती है। नष्ट हो जाने की आहटें।

रिटायर हो जाने के पाँच बरस बाद, मैं उस लोको शेड में गया था जहाँ कभी लोको फोरमैन हुआ करता था। कभी वहाँ भाप के इंजन खड़े रहते, उनकी साफ़-सफ़ाई चलती रहती, उनकी मरम्मत और देखभाल करते हुए रेलवे कर्मचारी रहते, धुएँ, पानी, कोयले, भाप और उनके बीच काम करते हुए लोगों से चहल-पहल बनी रहा करती थी। पड़ोस में गुमटी थी। वहाँ चाय-नाश्ता तैयार होता रहता। पान, सिगरेट, बीड़ी और तम्बाकू के लिए कर्मचारियों का आना-जाना बना रहता। उनके नीले रंग के सूती कपड़ों पर तेल, कोयले और मिट्टी के दाग़ पड़े रहते थे।

पर उस रोज़ वहाँ भयावह वीराना था। लोको शेड बन्द हो चुका था। वहाँ उन दिनों का अस्थिपंजर खड़ा था जिन दिनों में मैंने वहाँ अपनी नौकरी के आख़िरी बरस गुज़ारे थे। पहाड़ी रेलवे स्टेशन के क़रीब का विशालकाय इलाक़ा, जो कभी चहल-पहल, शोरगुल से भरा रहता था, मेरी निगाहों के सामने मरुस्थल सा सुनसान हुआ खड़ा था। लम्बी-लम्बी, ऊँची-ऊँची दीवारों पर कालिखें थीं, पटरियाँ बिछी हुईं। कहीं-कहीं जमा हुआ पानी। उस गँदले पानी में नज़र आती बियर की बोतलें। वहाँ पड़े हुए टायर, जूते, चप्पलें, अंडरवियर और बनियान...जिनको न जाने किसने और कब वहाँ छोड़ा होगा।

"मुझे लोको शेड देखने नहीं जाना था।" मैंने कहा था।

"आप किसी की सुनते हैं? आपकी सनक के सामने किसकी चलती है? बेटियों की सुन भी लेते थे और अब वे भी चली गईं।"

लोको शेड से लौटकर मैं कुछ दिनों तक बुख़ार में पड़ा रहा था। नींद में बड़बड़ाता रहा था। कभी अपने मातहत रहे कर्मचारियों को नींद में डाँटता रहा था। पत्नी और देवकी मुझे डॉक्टर ब्रगांझा के पास ले गए थे। मेरा बुख़ार उतर ही नहीं रहा था। बरसों बाद, शायद बचपन के दिनों के बाद, पहली बार डॉ. ब्रगांझा मेरी नब्ज़ टटोल रहे थे।

उनकी मेज़ पर धूल थी। वहाँ रखे हुए काग़ज़-पत्तर पर धूल थी और थी सिगरेट से झरी हुई राख। पड़ोस की खिड़की को कई दिनों से खोला नहीं गया होगा। वहाँ से पेशाब की गन्ध आ रही थी। बुख़ार में मैंने महसूस किया कि खिड़की से वह बिच्छू अन्दर आने की कोशिश कर रहा है जिसे मैंने लोको शेड के परिसर में मरे हुए देखा था। डॉक्टर मेरे पैरों के पंजों को इधर-उधर कर रहा था। मेरी छाती और पीठ पर अपना कान रख कुछ सुन रहा था। मेरे शरीर पर धीरे-धीरे मुक्के मार रहा था।

"इनका सब कुछ ठीक है...कहीं से ख़ौफ़ खा गए हैं।" डॉक्टर कह रहे थे।

"अपने काम की पुरानी जगह पर गए थे...अब वह उजड़ गया है...वहाँ कुछ देख लिया होगा।" पत्नी ने बताया था।

बुख़ार के उन दिनों में ही पत्नी मुझे उस दरगाह तक ले गई थी जो हमारे इलाक़े से सात-आठ किलोमीटर की दूरी पर, नीम के एक पेड़ के नीचे, पहाड़ी के पायताने खड़ी थी। सरसराते हुए नीम के पेड़ के नीचे किसी औलिया की मज़ार। आसपास खड़े हुए संतरे के बग़ीचे। कुछ दूर खड़ा हुआ रेलवे स्टेशन। वहीं अपनी युवावस्था में केरल से आया हुआ वह आदमी मिला था जो दरगाह की देखभाल किया करता था। बहुत-बहुत पहले उस अधेड़ फ़क़ीरनुमा आदमी से मैं रेलवे प्लेटफ़ॉर्म पर मिला था। हम दोनों ही पत्थर की बेंच पर बैठे हुए पैसेंजर ट्रेन का इन्तज़ार कर रहे थे। मैंने अपने बैग से उस आदमी को संतरा निकालकर दिया था और कुछ देर के बाद मठरियाँ, जो मेरी बेटियाँ एक डिब्बे में मेरे लिए रख दिया करती थीं।

"इसे क्या कहते हैं?" उसने पूछा था।

"मठरी...यहाँ बहुत बनाई जाती है।"

"हमारे यहाँ नहीं बनती है शायद...।"

"आप कहाँ के हैं?"

"तीस साल पहले यहाँ केरल से आ़या था...यहीं बस गया हूँ...अब तो मध्य प्रदेश का ही हूँ।"

"क्या काम करते हैं?"

"पहले फ़ैक्टरी में काम करता था। कुछ दिनों के लिए अपने माँ-बाप से मिलने के लिए केरल गया था...माँ चल बसीं। एक महीने बाद आया तो मेरी जगह कोई और काम कर रहा था...मैनेजर से लड़ाई हो गई। मुझे कुछ महीने जेल में रहना

पड़ा...वहीं से मेरा ध्यान संसार से हटने लगा था। जेल से निकलकर दरगाह के पास ही रहने लगा...अब यहीं रहता हूँ...रेलवे स्टेशन नज़दीक ही है।"

बाद में ट्रेन में भी वह दक्षिण भारतीय आदमी अपने बारे में बताता रहा था। उसने कभी अच्छे अंकों से मैट्रिक की परीक्षा पास की थी। थोड़ी-बहुत अंग्रेज़ी जानता था। मध्य प्रदेश में रहते-रहते हिन्दी पढ़ना-लिखना भी सीख चुका था। रेलवे स्टेशन के प्लेटफ़ार्म पर खड़ी व्हीलर की किताब की दुकान से ही, उसके हाथ कभी अमीर ख़ुसरो, बुल्लेशाह, कबीर, रैदास और गुरु नानक के जीवन पर आधारित किताबें लगी थीं।

रेलवे प्लेटफ़ार्म के वेटिंग रूम में ही उसका नहाना-धोना हो जाता। कुली-कबाड़ी का छोटा-मोटा काम मिल जाता। ढाबे में खाना खा लेता और ख़ाली समय में कभी पढ़ता, कभी दरगाह में होती कव्वाली सुनने चला जाता था। गाँव के मन्दिरों में होते भजनों को सुनता रहता। जब वह पैंतीस का रहा होगा तब उसका मन वेटिंग रूम की विधवा केयर टेकर पर आ गया। छोटी-सी जगह तो थी ही और उनके बीच के प्रेम की बात को फैलने में देर नहीं लगी। एक सुबह उसने ख़ुद को अधमरी हालत में जिला अस्पताल के पलंग पर पाया था। विधवा के घर के लोगों ने उसे बहुत पीटा था। अस्पताल से निकलकर वह एक दूसरी जगह, दूसरे स्टेशन पर आ गया और दूसरी दरगाह के आँगन के पेड़ के नीचे अपना डेरा डाल लिया। क़स्बाती लोगों ने कुछ दिनों तक उसे पेड़ के नीचे देखा और धीरे-धीरे वह फ़क़ीर होता चला गया। इधर-उधर के लोग दरगाह तक आने लगे। दरगाह का पुराना वीरानापन कम होता चला गया। लोगों ने सीमेंट और ईंटों की एक बड़ी-सी इमारत खड़ी कर दी और वह आदमी किसी पीर-फ़क़ीर की तरह प्रसिद्ध होता चला गया था। कोई-कोई ज़िन्दगी कहाँ से शुरू होती है और कहाँ तक पहुँच जाती है। कुछ आबाद जगहें वीरान हो जाती हैं और कुछ वीरान जगहें आबाद होने लगती हैं।

हमारे घर में काम करती आई देवकी का उस दरगाह पर भरपूर भरोसा रहता आया है। उसी के कहने पर पत्नी मुझे उस दरगाह तक ले गई थी। देवकी भी साथ थी। हमारी बेटियों के जाने के बाद से वह ज़्यादातर वक़्त हमारे घर में ही बनी रहती है। उसने अपनी बेटियों का ब्याह कर दिया है। वह ख़ुद विधवा है। दिनभर घर काटने के लिए दौड़ता है। हमारे यहाँ आ जाती है। अपने काम के बाद का

वक़्त मेरी पत्नी के साथ कभी पच्चीसी खेलते हुए, कभी अचार या पापड़ बनाते हुए, कभी बाज़ार, अस्पताल, डाकघर, बैंक, मन्दिर और दरगाह जाते हुए गुज़ार लेती है। देवकी बुन्देलखंड की है। वहाँ के क़िस्से-कहानियों को खूब जानती है। आल्हा गायन सुनती आई थी। कभी-कभार वह मेरी पत्नी को सुनाती रहती है और मैं भी सुन लेता हूँ पर कभी-कभी ही।

मेरा मन घर में नहीं रमता है। मैं आसपास घूमने के लिए निकल जाता हूँ। आसपास खेत रहते हैं या खुली-खुली वीरान और बंजर जगहें। दूर-दूर तक सड़कों का नामोनिशान नहीं। चरवाहे और उनके पशु नज़र आ जाते हैं। कोई किसान कभी अकेला तो कभी अपने परिवार को लिये हुए अपनी बैलगाड़ी में बैठा हुआ पगडंडियों पर नज़र आ जाता है। गर्मियों में यहाँ का वीराना और ज़्यादा बढ़ जाता है। यहाँ के बंजरपन का बोझ और ज़्यादा बढ़ जाता है। दूर-दूर तक वीराना-ही-वीराना नज़र आता है।

गर्मियों की ऐसी सूनी दोपहरों में ही जब मेरी पत्नी और देवकी अपने काम या खेल में डूबे हुए होते हैं, मेरा मन डॉ. ब्रगांझा या कल्याणेश्वर मन्दिर के चौकीदार के पास जाने, पूरी दोपहर में उनके साथ बतियाने, उस क़स्बाती फ़क़ीर से देर-देर तक सुनते रहने के लिए मचल उठता है। ट्रांज़िस्टर पर गाने आते रहते हैं। दूसरे कमरे से हँसने-बोलने की आवाज़ें। बाहर से साँय-साँय का स्वर। गर्मियों की दोपहरों के सन्नाटों की अपनी आवाज़ें और तब मेरे लिए, मेरे बाहर और भीतर खड़ा हुआ वीराना असहनीय हो जाता है। देवकी एक-दो बार आकर पानी, चाय, शरबत, छाछ या पना दे जाती है। उनके साथ ताश खेलने का आग्रह भी करती है लेकिन मैं लेटे-लेटे छत, दीवारों, दरवाज़ों और खिड़कियों को ताकता रहता हूँ।

यह भी रहा होगा कि हमारी दूसरी बेटी कुछ और बरसों के बाद अपना विवाह करना चाह रही थी।

"आप दोनों कैसे रहेंगे?" उसने कहा था।

"तुम हमारी फिक्र मत करो।" पत्नी बोली थी।

"तुम्हारी नहीं, बाबू की चिन्ता रहेगी...।"

"मेरी चिन्ता...मैं बरसों से अकेला रहता आया हूँ।" मैंने हकलाते हुए कहा था।

"और अब भी...हमारे बीच में भी आप ख़ुद अकेला ही महसूस करते हैं।"

छोटी बेटी की इस बात में कड़वा सच छुपा था। वह मुझे जानती है, वह मुझे समझती है, इस बात ने मुझे तसल्ली दी थी और उसकी माँ को दुख दिया था। उसकी माँ को एक तरफ़ यह दुख मिला होगा कि उसकी बाईस बरस की बेटी अपने पिता के दुखी और निराश बने रहने को समझ गई थी तो दूसरी तरफ़ यह पीड़ा भी कि पच्चीस बरसों के अपने दाम्पत्य जीवन के बाद भी, वह अपने पति की उदासी को, अपने पति की निराशाओं को और इस तरह उनके अकेलेपन को ज़रा-सा भी कम नहीं कर पाई थी। मेरी बिटिया के अपने दुख ने, मेरी पत्नी के अपने दुख को जन्म दिया था। दुख है कि आदमी का पीछा नहीं छोड़ता है और आदमी है कि सब कुछ जानते-समझते हुए सुख का पीछा करना नहीं छोड़ता है। सदियों से हमारे संसार में दुख और सुख के बीच का कभी न समाप्त होनेवाला खेल चलता रहा है। चलता रहेगा। कभी दुख हारेगा और कभी सुख।

"जीसस ख़ुद ही जीवन भर दुखी रहे थे।" उस दिन डॉ. ब्रगांझा कह रहे थे।

उस सुबह वह चालीस की उम्र में कैंसर से हुई अपनी पत्नी की मौत का ज़िक्र कर रहे थे। अपनी पत्नी की मौत के वक़्त डॉक्टर अड़तालीस बरस के थे। चार बच्चों के पिता, जिनमें सबसे छोटे की उम्र आठ बरस थी। वे प्रैक्टिस करते रहे। घर-घर जाते रहे। ग़ैर-सरकारी अस्पतालों से जुड़े भी रहे और अपनी नौकरानी के भरोसे अपने बच्चों का पालन-पोषण करते रहे थे।

"मेरी अम्मा एक महीने तक बेहोश रही थी।" केरल के उस अधेड़ ने बताया था।

मेरे पिता दिन-दिन भर मेरी अम्मा के ठीक हो जाने के लिए नमाज करते रहते थे। उस स्त्री ने पूरे महीने में एक बार भी अपनी आँख नहीं खोली थी। यह होता है। संसार को इतना ज़्यादा देखने की आदी और अभ्यस्त हो चुकी आँखें एक दिन खुलती ही नहीं हैं। जो बच जाते हैं, वे अपने आत्मीय रह चुके आदमी की खुली आँखों के लिए तरस जाते हैं, बन्द आँखों के आदमी को चिता पर जलता हुआ देखते रहते हैं।

"यह शायद अन्धा हो चुका है।" कल्याणेश्वर मन्दिर का चौकीदार कह रहा था।

"आपको कैसे पता है?" मैंने पूछा था।

"सँभल-सँभलकर सरकता है...जैसे डर हो किसी से टकरा जाएगा।"

"आपने पहली बार कब देखा था इसे?"

"मेरी उम्र तब नौ-दस बरस की रही होगी...बावड़ी के बाहर बैठा था...मेरे दादा मन्दिर की चौकीदारी करते थे...मैं उनके लिए बावड़ी से पानी लेने आया था...अब मैं ही पचास का हो रहा हूँ। शायद यह वही साँप हो सकता है।"

"और आपके दादा...आपके पिता?"

"दोनों ही नहीं रहे...कुम्भ के मेले में हरिद्वार गए थे...वहीं गंगा में उनकी नाव डूब गई थी...उनकी लाशें मिली थीं...पता नहीं कि लाशें बाबा और दादा की थीं भी या नहीं।"

उस शाम को मैं चौकीदार के जीवन को सुनता रहा था। उसके जीवन में आए दुख को, उसके जीवन से चले गए सुख को। मन्दिर की आरती का वक़्त न होता तो वह चौकीदार मुझे न जाने और क्या-क्या बताता चला जाता। उस रोज़ भी मेरे मन में आया था कि मैं सबकी सुनता रहता हूँ लेकिन मैं अपनी सुना सकूँ, ऐसा कोई भी मेरे पास नहीं आया। हाँ! मेरी बेटियाँ ज़रूर थीं जो मेरी तकलीफ़ों से, मुझसे जुड़ना चाहती थीं। उन दोनों के विवाह को छह बरस होने को आ रहे हैं। उन दोनों के ही दो-दो बच्चे हैं। परिवारों की ज़िम्मेवारियाँ हैं लेकिन वे बराबर मेरे सम्पर्क में बनी रहती हैं। बीच-बीच में हमारे घर आ जाती हैं। चिट्ठियाँ लिखती रहती हैं। फ़ोन की लाइन मिल जाए तो फ़ोन कर लिया करती हैं।

इन दोनों के ही दस-ग्यारह बरस के होने तक रेलवे में मेरी पोस्टिंग मेरे अपने शहर से, बहुत दूर ही रही थी। उन वर्षों में स्टीम इंजन हटाए जा रहे थे। इलेक्ट्रिक इंजन लगाए जा रहे थे। डबल लाइन की पटरियाँ बिछाई जा रही थीं और छुट्टियाँ मुश्किल से ही मिल पाती थीं। मुझे दूसरी बिटिया के जन्म के वक़्त प्रमोशन मिला था। उसके जन्म के बाद के चार-पाँच वर्षों तक तो मैंने उसे जागते हुए एकाध बार ही देखा होगा। मैं देर रात आता, एकदम सुबह चला जाता।

छोटी बेटी के बचपन की मेरी यादों में नाइट लैंप की रोशनी में उसका सोता हुआ चेहरा है। दरवाज़े के खुलने पर कमरे से बाहर आती धूप या उजाले की लकीर, ठंडा किए जाने के लिए गर्म दूध के एक गिलास से दूसरे में जाने की आवाज़ें, उसका रोते रहना और पत्नी का उसको समझाना-सहलाना। मेरी यही बिटिया जब

सोलह की होने को आई, तब से मेरे बहुत ज़्यादा क़रीब होती चली गई। कभी-कभी मेरे लिए इस बेटी का अनुराग, उसकी बहन और माँ की ईर्ष्या का कारण भी बनता गया था। बाईस बरस की उम्र में उसका विवाह हुआ था लेकिन यह लड़की कुछ और बरस हमारे साथ रहने की अपनी जिद पर आख़िर तक अड़ी रही थी।

"इतने वीराने में मकान बनवाया है आपने।" छोटी बेटी कहती रहती।

"शहर के बीचोबीच बनवाने के लिए ज़्यादा पैसे लगते।"

"मकान छोटा रहता लेकिन पड़ोसी होते।" वह कहती।

"तब तुम्हारे दादा-दादी जीवित थे। तुम्हारे मामा-मामी अकसर आते रहते थे। यह इलाक़ा अच्छी तरह बस नहीं पाया। हमें इसका अन्दाज़ा ही नहीं था।"

"अभी बेच देते हैं।" बेटियाँ सुझातीं।

"तुम्हारे बाबू कहीं भी ऐसे ही रहेंगे। उनको पच्चीस वर्षों से देखती आई हूँ। कुछ लोग जीवन में सुखी होना ही नहीं जानते हैं। दुखी रहना उनका स्वभाव बन जाता है...तुम्हारे बाबू एबनॉर्मल हैं।"

पत्नी का अपनी बेटियों के सामने मेरी शिकायतों का सिलसिला शुरू हो जाता। अपने दाम्पत्य जीवन का, मेरी ग़ैर-ज़िम्मेवारियों और कमज़ोरियों का ज़िक्र करते-करते रोने लगती थी। उसके कहने में कड़वी और गहरी सच्चाइयाँ रहतीं। बरसों-बरस तक मेरी पत्नी ने ही मेरे माँ-बाप की, मेरी बेटियों की अकेले ही देखभाल की थी। अस्पताल हो या बाज़ार, बैंक हो या स्कूल, रिश्तेदारों में सगाई हो या मृत्यु, बेटियों के स्कूल हों या कॉलेज...हर जगह वह ही कभी अकेले, कभी देवकी के साथ जाती रही थी। बेटियों के लिए रिश्ते खोजना हो या उनके विवाह की तैयारियाँ, इन सबमें मेरी भूमिका ज़्यादा-से-ज़्यादा पैसे जुटाने तक ही सीमित रहती आई थी। मेरी छोटी बेटी भी यह सब जानती-समझती थी और इसके बावजूद उसका मेरे लिए अनुराग और सरोकार दिनोदिन बढ़ता ही गया।

"आपको किसी मन्दिर में पूजा करवानी चाहिए।" कल्याणेश्वर मन्दिर के पुजारी ने कहा था।

"मेरा इन सब बातों पर विश्वास नहीं है।"

"उससे क्या होता है? ग्रह तो अपना काम करते ही रहते हैं...आप मूल नक्षत्र में पैदा हुए थे...यह भी नहीं जानते कि उस वक़्त पूजा की गई थी या नहीं।"

उस रोज़ के बाद से पत्नी का बराबर मन रहा था कि हम लोग त्र्यम्बकेश्वर के मन्दिर में जाएँ, वहाँ पूजा करवाएँ लेकिन मैंने नहीं माना तो आख़िर तक नहीं ही माना। यह सब विश्वास-अविश्वास का उतना नहीं, जिद और अहंकार का विषय था मेरे लिए। ऐसा ही कुछ-कुछ मैं अपनी अम्मा के साथ भी करता ही आया था। मुझमें हमेशा से कोई ऐसा आदमी बसा रहा जो दूसरों की सुनता ही नहीं था। जिसे अपना सुनना ही सुनना लगता रहा था। अपनी इस कमज़ोरी ने मुझे कभी भी लोगों के बीच अपनी आत्मीय जगह को बनने-बनाने नहीं दिया। मेरा स्कूल रहा या कॉलेज, मेरी नौकरी की जगह रही हो या बस्ती, जहाँ मैं रहा वहाँ लोग मुझसे अन्तर बनाए रखने की कोशिश करते रहे। ऐसा सिर्फ़ मेरे परिवार के लोगों के बीच ही नहीं हुआ। मेरे लिए उनके प्रेम के कारण। उनके भीतर की समझ, करुणा और बड़प्पन की वजह से।

"भाग्य से कौन लड़ सकता है साहब?" दरगाह के पास के फ़क़ीर ने कहा था।

वह केरल के किसान का बेटा था। परिवार की मदद करने के लिए मध्य प्रदेश में आया था। वहाँ उसने प्रेम किया। वहीं उसको जेल में रहना पड़ा और अस्पताल में भी। उसके अनुसार, उसके साथ यह सब होना ख़ुदा की मर्ज़ी से ही सम्भव हो सकता था।

डॉ. ब्रगांझा के बारे में सोचता हूँ। कम उम्र में पत्नी को खो दिया। बच्चों का पालन-पोषण करते रहे। दूसरा विवाह नहीं किया और अब इस उम्र में इतने बड़े बँगले में अकेले रहते हैं। उस फ़क़ीर से डॉ. ब्रगांझा की बात करता तो वह फिर भाग्य की दुहाई देता था। कल्याणेश्वर मन्दिर के चौकीदार ने बचपन में अपने पिता को खो दिया था और जीवन-भर ख़ुद पिता नहीं बन पाए। देवकी ने घरों में बर्तन माँज कर बच्चों को बड़ा किया और अब बिना किसी के सहारे इस उम्र में अकेले रह रही है। कभी इन सब बातों को साझा करने के लिए उस फ़क़ीर के पास जाऊँगा। कभी कुछ वक़्त लेकर डॉ. ब्रगांझा की क्लीनिक भी।

बहुत-बहुत पहले की बात है। कॉलेज की शुरुआत के मेरे दिन रहे होंगे। दोपहर में कॉलेज से लौट रहा होता और इमली के पेड़ों के झुंड के नीचे खड़ी गुमटी में चाय-सिगरेट के लिए रुक जाता था। कभी-कभार उन पेड़ों के पीछे चला जाता। वहाँ क़ब्रिस्तान की ख़ामोशी और शान्ति खड़ी रहती। किसी क़ब्र पर ताज़े फूलों

का गुलदस्ता रखा रहता। मैं उन फूलों को देखकर उदास हो जाया करता था। घर लौटता। अपने बिस्तर पर लेट जाता। अम्मा खाने के लिए कहतीं और मैं मना कर देता। उनसे क़ब्रिस्तान की फूलों की बात बताता।

"तू ऐसी जगह पर जाता ही क्यों है?" अम्मा डाँटतीं।

"अब नहीं जाऊँगा।" मैं कहता।

"कितनी वीरानी रहती है वहाँ।" अम्मा कहतीं।

अम्मा को कह देने के कुछ दिनों के बाद ही, मेरे क़दम अनायास ही क़ब्रिस्तान के गेट की तरफ़ बढ़ते। वहाँ ताज़े फूल ना भी रहें, तब क़ब्रों के आसपास फूलों की मुरझाई हुई पंखुड़ियाँ, बुझी हुई मोमबत्तियाँ, अभी-अभी खोदी गई क़ब्र के बाहर की मिट्टी पर उड़ती हुई तितलियाँ...फिर मेरे मन को निराशा की नदी तक ले जाती थीं। इस तरह वहाँ न जाने के प्रण लेने और वहाँ जाते रहने का लम्बा सिलसिला मेरे साथ बना ही रहा था।

अब अपनी पैंसठ बरस की उम्र में इतना कुछ देख लेने के बाद, इतना ज़्यादा जी लेने के बाद, सोचता हूँ कि क्या कॉलेज के उन दिनों से मेरे भीतर एक तरह की उदासी, एक तरह की उदासीनता ने अपना घर बनाना शुरू कर दिया था? उन दिनों के बाद से ही, फूलों को देखना, मेरे लिए निराशा देनेवाला अनुभव बना रहा। मुझे इससे कभी कोई फ़र्क़ नहीं पड़ा कि वे फूल शादी के वक़्त के हैं या किसी की मृत्यु के अवसर के। उन फूलों को मन्दिर में देखा है या किसी की क़ब्र पर।

अम्मा जीवित होतीं तब मुझे मेरे उन बरसों के बारे में कुछ बता सकती थीं, समझा सकती थीं। अब वे नहीं हैं और न ही मेरे जीवन में दूसरा कोई और जो मुझे समझा सके कि फूलों को देखकर क्यों मेरा मन डूब जाता है, मैं क्यों निराशा की नदी में तैरने लगता हूँ? यही सब कुछ सोचता हुआ, मैं शहर की सरहद के इलाक़े में खेतों-खलिहानों, बंजर और निर्जन मैदानों के बीच देर-देर तक, दूर-दूर तक भटकता रहता हूँ। कभी-कभी शाम हो जाती है और मेरे आसपास पालतू पशुओं के झुंड, चरवाहे और किसान भी होते हैं जो अपने-अपने घरों की तरफ़ लौट रहे होते हैं। मैं लौटते हुए उदास बना रहता हूँ और दिन भर की अपनी मेहनत और थकान के बावजूद, उन किसानों और चरवाहों के चेहरों पर कम-से-कम उदासी तो नहीं ही नज़र आती है। मैं गायों के गले में बँधी घंटियों को सुनता हूँ और मुझे याद आता

है कि इस वक़्त मेरी पत्नी अपने छोटे से पूजाघर में दीया जला रही होगी। फिर वह और देवकी छोटी-सी कोई आरती गाएँगे। उसके बाद घर की बत्तियाँ जलाने के लिए, दोनों में से कोई एक स्विचबोर्ड की तरफ़ बढ़ेगा। मैं जब घर के क़रीब पहुँचूँगा तब मेरे आँगन में तुलसी के चौरे पर जलता हुआ दीया होगा। उस दीये से बाहर आती रोशनी बनी रहेगी।

घर के आँगन की तुलसी के चौरे की, वहाँ रखे हुए दीये की रोशनी का ख़याल आएगा और मैं अपने चलने की गति बढ़ाऊँगा और इस तरह धीरे-धीरे शाम की मेरी उदासी, शाम का मेरे भीतर का वीरानापन, कुछ-कुछ कम होता चला जाएगा।

इस वक़्त मैं सितम्बर की शाम की धूप में हूँ और मेरे सामने शहर के प्रमुख डाकघर की बरसों पुरानी मज़बूत, सुन्दर और विशालकाय इमारत है। डेढ़ सौ बरस से भी ज़्यादा पुरानी लेकिन पुख़्ता, परिपक्व। नीम, अमलतास और आम के पेड़ों से घिरी हुई। डाकघर की घड़ी के रोमन काँटे छह बजा रहे हैं।

समय सरकता जाता है। उसके सामने हमारी ज़िन्दगी सिमटती चली जाती है। एक उम्र रहती है तब कितना कुछ करना पड़ता है और इतना कुछ करने की सामर्थ्य भी साथ रहती है और फिर एक उम्र आती है जब करने के लिए न बहुत ज़्यादा काम होते हैं और न उनको किए जाने के लिए ज़रूरी क्षमता ही पास होती है।

अम्मा की मौत के पहले के कुछ दिन याद आते हैं। उनकी बुझी-बुझी, थकी-थकी, मृत्यु की तरफ़ बढ़ती निगाहें घर की छत को ताकते रहा करती थीं।

"क्या कुछ देर और दबा दूँ?" मैं पूछता।

"अब सो जा...तुझको सुबह-सुबह ही जाना है...नींद पूरी नहीं होगी।"

"मैं ट्रेन में सो लेता हूँ।"

"मुझे घर में ही नींद नहीं आती।"

"डॉक्टर से कहा था?"

"वह नींद की गोलियाँ लिख देता है।"

ये अम्मा के जीवन के आख़िरी दिन थे और उनकी याददाश्त बहुत ज़्यादा कमज़ोर होने लगी थी। वह दिन को रात समझ लेतीं और अपनी बहू को अपनी बेटी के नाम से पुकारा करती थीं। कभी-कभार मैं उनके सिरहाने पर पोटली देखा करता जिसे वे कहीं जाने के लिए बाँधा करती थीं।

यह उनका बुढ़ापे का अपना वीराना था। जीने की अपनी थकान और मंज़िल। उनका कोई और ही जीवन, हमारी निगाहों के सामने कभी खुल भी जाता और बन्द भी हो जाता। वे एक समय से किसी दूसरे समय में चली भी जाती थीं और लौटकर भी आ जाती थीं। उनकी ज़िन्दगी, उनका समय, हमारे लिए अजनबी होता जा रहा था। अम्मा की वह अप्रत्याशित-सी, अनजानी-सी ज़िन्दगी, हमें एक क़िस्म की वीरानगी में धकेल देती और हमारी वह वीरानगी अम्मा की अपनी वीरानगी से अलग थी।

अम्मा इस संसार से गईं और उनके साथ उनकी वह वीरानगी भी। कवेलुओं और बाँस की छत की तरफ़ अपलक देखती हुई उनकी निगाहें भी। उनका अपनी यादों में खोया हुआ एकालाप और मुझे मेरे बचपन के नाम से पुकारती हुई उनकी आवाज़ भी। मुझे पुकारती हुई अम्मा की आवाज़ जो बचपन की गलियों में मेरे कानों में गूँजती रहती थी। अम्मा की इस आवाज़ के भीतर, मेरी अपनी एक ज़िन्दगी ठहरी हुई है, मेरी इस ज़िन्दगी से अलग-थलग एक दूसरी ज़िन्दगी, जहाँ साँय-साँय करती गर्मियों की दोपहरों का भयावह अकेलापन नहीं था, खेतों, खलिहानों और खँडहरों पर उतरता सन्नाटा नहीं था।

सितम्बर की रात के अँधेरे की शुरुआत हो गई है। लैम्पपोस्ट की बत्तियों के उजाले में एक सड़क नज़र आ रही है और उसके किनारे खड़े हुए पेड़ और फुटपाथ। पुरातत्त्व विभाग बौद्धकालीन मूर्तियों की एक प्रदर्शनी लगाए हुए है जिसे कुछ ही दिनों में देखने के लिए आऊँगा। इस वक़्त मैं अपने घर की तरफ़ बढ़ रहा हूँ। अपने उस मकान में, जिसके बाग़ में तुलसी के चौरे पर दीया जल रहा होगा।

सर्दियों का नीला आकाश

जब मैं हॉल में पहुँचा तब रमा अपनी बात को समेट रही थी। लाइब्रेरी के रीडिंग रूम में पन्द्रह-बीस पत्रकार रहे होंगे। दिसम्बर के आख़िरी दिनों की शाम। स्वेटर, कोट और मफ़लर पहने हुए शहर के दैनिक अख़बारों से जुड़े हुए पत्रकार। ज़्यादातर युवा और अंग्रेज़ी पत्रकारिता से जुड़े हुए। इसलिए भी रमा अपनी बात अंग्रेज़ी में रख रही थी। बीच-बीच में मेरा ध्यान उसकी धानी रंग की साड़ी, काले रंग के पुलोवर और आँखों पर चढ़े हुए चश्मे पर ठहर जाता। चश्मा उसे अभी-अभी लगा होगा। बम्बई में उसे कभी भी चश्मा चढ़ाए हुए नहीं देखा था।

"दीदी को स्कूल में ही चश्मा लग गया था।" रमा ने कहा था।

"तुम्हारी दीदी बहुत ज़्यादा पढ़ा करती थी।"

"और आप!"

"सुभद्रा की तरह नहीं...हमारे अध्यापकों के बीच सुभद्रा का बड़ा मान-सम्मान था।"

यह संवाद मेरे, सुभद्रा और रमा के बीच बम्बई के एक रेस्तराँ में दो बरस पहले हुआ होगा। रमा का वक़्तव्य समाप्त हो गया है। वह श्रोताओं के सवालों का जवाब दे रही है। मैं सिगरेट पीने के लिए बाथरूम तक चला आया हूँ। यहाँ की खिड़की से कल्चरल सेंटर में हो रहे, होनेवाले कार्यक्रमों के पोस्टर नज़र आ रहे हैं। कालिदास समारोह का बड़ा-सा विज्ञापन, जिस पर गिरती लैम्पपोस्ट की रोशनी में, वीणा सहस्त्रबुद्धे का चेहरा नज़र आ रहा है।

"यहीं कैंटीन में बैठ जाते हैं।" रमा ने कहा।

"बहुत ज़्यादा महँगा रेस्तराँ है...शोरगुल भी रहेगा...इंडियन कॉफ़ी हाउस ठीक रहेगा।"

"तब क्या धरमपेठ जाएँगे?"

"नहीं...नहीं, वहाँ का बन्द हो गया है...सदर जाना होगा।"

"ऑटो मँगाना पड़ेगा।"

"मेरे पास स्कूटर है।"

"तुम्हारे कजिन का होगा।"

"नहीं मेरा है।"

"क्या तुम यहीं आ गए हो?"

"साल भर हो गया।"

"क्या दीदी को पता है?"

"मालूम नहीं...सुभद्रा मुझसे नाराज़ है।"

"कोई बात हुई है?"

"कभी बताऊँगा...अभी तुम्हारे समाचार जानने हैं...पता नहीं अब तुमसे कब मिलना होगा...तुम बम्बई कब लौट रही हो?"

"मैंने बम्बई छोड़ दिया है।"

"कब...मुझे किसी ने भी नहीं बताया।"

"बारिश में यहाँ आ गई थी।"

"नौकरी का क्या हुआ?"

"छोड़ दी है।"

"प्रतीक भी आए हैं?"

"नहीं...मैं और मेरी बिटिया...अम्मा के साथ रह रहे हैं...पुराने घर में...तुम तो वहाँ आते रहे हो।"

इंडियन कॉफ़ी हाउस की पुरानी घड़ी छह बजा रही थी। हमारी मेज़ के आसपास किचन से आती गन्ध थी, कोने के टायलेट से आती बहते पानी की आवाज़ और फ़िल्म स्टार रागिनी की तसवीर लिया हुआ इंडियन कॉफ़ी हाउस का विज्ञापन।

"अम्मा कैसी हैं?" मैंने पूछा था।

"पहले की बात नहीं रही...सत्तर पार कर चुकी हैं...बाबा का जाना उनके लिए भी अच्छा नहीं रहा..."

रमा के उस घर की याद आ गई। आलमारी के काँच से नज़र आती बरसों

पहले प्रकाशित हुई किताबें, बड़ा-सा मरफी रेडियो, बेंत की बनी कुर्सियाँ और रमा के माँ-बाबा के बीच की बातचीत और बहसें।

तब हम दोनों ने ही कॉलेज जाने की शुरुआत की थी। देश में आपातकाल था। रमा के माँ-बाबा गांधी-विनोबा के काम और विचारों से जुड़े हुए, अधेड़ उम्र के लोग थे। रमा उनकी छोटी और सुभद्रा उनकी बड़ी लड़की थी।

बैरे ने हमारी मेज़ पर टोस्ट की एक प्लेट और कॉफ़ी के दो सफ़ेद रंग के कप रख दिए थे। हमारे क़रीब कॉफ़ी की गन्ध और कप से बाहर आती भाप थी, दरवाज़े से आती सर्द हवाएँ भी।

"तुम्हें अपनी किताब की पांडुलिपि पढ़वाना चाह रही हूँ...मेरे अलग-अलग विषयों पर लेख हैं।"

"तुमने पूरी लिख ली है?"

"आख़िरी चैप्टर पर काम कर रही हूँ। कुछ किसानों से बातचीत करना शुरू कर दिया है...उन परिवारों से भी जिनके घरों में आत्महत्या हुई है...नर्मदा आन्दोलन का हिस्सा पूरा कर लिया है।"

"सुभद्रा ने पढ़ी है?"

"किसानों से बातचीत का सुझाव दीदी का ही है...हम दोनों साथ-साथ भी विदर्भ के कुछ गाँवों में गए हैं।"

"क्या हालात सचमुच में भयावह है?"

"हम शहर में बैठे हुए लोग ज़रा-सी भी कल्पना नहीं कर सकते...मैंने बम्बई में सोचा ही नहीं था कि हमारे देश में इतना कुछ भयावह घट रहा है...देहात के लोगों के बुरे हाल हैं।"

धीरे-धीरे रमा अपने अनुभवों को व्यक्त करने लगी थी। कुछ नर्मदा नदी के आसपास के, कुछ विदर्भ के किसानों के। मुझे भी लगा कि शहर से सौ किलोमीटर की दूरी पर रह रहे कुछ लोगों को इतना कुछ सहना पड़ रहा है और मुझे इसका हल्का-सा भी अनुमान नहीं है।

"मैं तुम्हें क्या सुझाव दे सकूँगा?"

"मेरी पहली किताब है...तुम दो-तीन किताबें लिख चुके हो। मुझसे ज़्यादा दुनिया देखी है।"

"मैंने फिक्शन लिखा है...गाँव की ज़िन्दगी के बारे में पढ़ा भर है...बम्बई में तुम्हारे घर से पत्रिकाएँ ले जाया करता था...तुमसे ही बाढ़, अकाल, दंगों और विस्थापन की रिपोर्टिंग के अनुभव सुना करता था।"

"तुम्हें यही देखना है कि मेरे अनुभव किताब में अच्छी तरह आए भी हैं या उन पर मुझे और काम करना होगा। कुछ निबन्ध छपे ही नहीं हैं।"

"ठीक है...मुझे कब तक बताना है?"

"जनवरी के आख़िरी दिनों में प्रेस से जाएगी...हम संक्रांत के वक़्त विदर्भ जाएँगे।"

बैरा कॉफ़ी के और दो कप रख गया। रात घिर आई थी। कॉफ़ी हाउस का शोर बढ़ने लगा। पड़ोस में टॉकीज है। खिड़की से टिकट की लाइन नज़र आ रही थी। एकदम नई फ़िल्म होगी। शुक्रवार को बदलती है।

"तुम आजकल क्या कर रहे हो?" रमा ने पूछा।

"एक उपन्यास का अनुवाद कर रहा हूँ...दूसरे महायुद्ध के यूरोप के संकट पर है।"

"लिख क्या रहे हो?"

"बम्बई से आकर कुछ भी नहीं लिखा है...ख़ुद को दुहराना नहीं चाहता हूँ... नया कुछ सूझ नहीं रहा।"

"सुजाता क्या कर रही है?"

"अब हाईस्कूल में पढ़ाने लगी है...ट्यूशन भी लेती है...अपनी बेटी को पढ़ने के लिए बाहर भेजना चाहती है।"

"क्यों, हमारे यहाँ पर कॉलेज नहीं है?"

"सुजाता को लगता है कि उसकी बेटी की ज़िन्दगी अच्छी रहनी चाहिए। मेरा नौकरी नहीं करना उसे शुरू से ही अच्छा नहीं लगा है।"

"लेकिन वह शादी के पहले से ही जानती थी।"

"इससे कोई ज़्यादा फ़र्क़ नहीं पड़ता...बाद के बरसों में बहुत कुछ भुला दिया जाता है।"

"तुम ठीक कह रहे हो...जिन्दगी शुरू कहीं से होती है और ख़त्म कहीं और ही होती है।"

"सुजाता बहुत ज़्यादा प्रतिभाशाली है...मेहनती भी...मुझसे विवाह नहीं करती तो बहुत ज़्यादा सुखी और सम्पन्न रह सकती थी।"

"क्या वह भी ऐसा सोचती है?"

"मैं नहीं जानता...मुझे ज़रूर लगता रहता है कि मैं उसे सुख नहीं दे पाया।"

अब रमा को अपने सामने बैठे हुए कॉलेज के दिनों से बने रहे मित्र की धीमी, धुँधली होती हुई आवाज़ का अर्थ और मर्म महसूस होने लगा। पचास की उम्र को पार करते हुए एक बेरोज़गार लेखक की थकान, जो सिर्फ़ अपने पुराने मित्रों के बीच ही बाहर आने लगती है। मैं ख़ुद को लेकर सचेत होने लगा था।

"तुमको शायद पता नहीं चला," रमा बोली।

"क्या नहीं पता चला?" मैं चौंक गया।

"मैंने प्रतीक को छोड़ दिया है। मुझे तलाक़ मिल गया है।"

"यह क्या कह रही हो!"

"तुमने बम्बई में हमारे बीच होती लड़ाइयाँ देखी ही थीं...अब मैं बर्दाश्त नहीं कर पा रही थी...मेरे दोनों बच्चों का जीवन नर्क बनने लगा था...वह पियक्कड़ हो चुका था।"

"क्या दोनों बच्चे भी यहीं हैं?"

"मॉर्डन स्कूल में पढ़ रहे हैं।"

"बिना नौकरी के तुम्हें तकलीफ़ हो रही होगी।"

"मैंने कुछ बचाया था...फ्रीलांसिंग से थोड़ा-बहुत मिल जाता है...अम्मा की पेंशन है, घर हमारा अपना है...कुछ महीनों के बाद यहीं किसी अख़बार से जुड़ जाऊँगी।"

कॉफ़ी हाउस की सारी कुर्सियाँ भर गई थीं। पड़ोस के गिरजे का शाम का मास छूटा होगा। ज़्यादातर बूढ़े हैं। ख़ूब सारे गरम कपड़े पहने हुए। पुराने दिनों के कोट और पतलून, अब जिनका ज़माना नहीं रहा। कुछ युवा भी हैं। कन्धे पर वायलिन का केस उठाए हुए। क्रिसमस के लिए कैरल की रियाज़ शुरू हो चुकी होगी।

"तुम्हारी अम्मा और सुभद्रा को क्या लगता है?"

"दोनों को ही मेरा फ़ैसला ठीक लगा था...दीदी मुझे दस साल से समझा ही रही थी...मुझे ही लगता रहा था कि मेरी मैरिड लाइफ़ एक दिन अच्छी हो जाएगी...

मैं इन्तज़ार करती रह गई...प्रतीक का हमारी शादी से पहले का ही एक प्रेम रहा था...मुझे इस बात का पता अभी-अभी चला।"

"अब तुम ठीक हो?"

"पूरी तरह नहीं...लेकिन धीरे-धीरे सब ठीक हो जाएगा...इधर आकर अच्छा लग रहा है।"

रमा कुछ देर तक ख़ामोश बनी रही। मैं बाहर उतरती रात को देखता रहा। कुछ देर बाद उसने विस्तार से बताया था कि जब उसके बचपन में उसके माँ-बाप भूदान यात्रा के दिनों के उनके गाँवों के लोगों की तकलीफ़ों के अनुभव सुनाया करते थे तब उसे विश्वास नहीं होता था कि गाँव में इतनी ग़रीबी, ऐसी लाचारी और उदासी रहती होगी। बाद में पत्रकार की हैसियत से उसने हिन्दुस्तान के कितने ही ग्रामीण इलाक़ों की ज़िन्दगियों को क़रीब से देखा। गाँवों में घूमते हुए रमा ने जाना था कि असली भारत कौन-सा है, कहाँ रहता है, उसके दुख-सुख क्या हैं और उसका शहरी भारत से क्या और कैसा रिश्ता है।

रमा को सुनते हुए मैं अपने बारे में भी सोच रहा था। पैंतालीस बरस का हो गया हूँ। कहानियाँ लिखता रहा हूँ। दो-दो किताबें प्रकाशित हुई हैं। थोड़ा-सा नाम भी है लेकिन मैंने अपना एक भी दिन गाँव में बिताया नहीं है। मुझ नहीं पता कि एक ग्रामीण का पूरा दिन कैसे बीतता है? गाँव का एक किसान अपनी ज़िन्दगी में कौन-कौन-सी परेशानियों से गुज़रता है? गाँवों में पानी, बिजली और सड़कों का क्या हाल है?

"क्या तुम पांडुलिपि साथ लाई हो?"

"नहीं, पहले तुमसे पूछना चाह रही थी।"

"कुछ दिनों बाद तुम्हारे घर आऊँगा...अम्मा से मिले हुए भी कई दिन बीत गए...सुभद्रा को भी बुला लेंगे।"

"वह न आ सकेगी...जीजा को अस्पताल ले जाती है...तुम्हें शायद यह भी मालूम नहीं होगा।"

"तुम लोगों की कोई भी ख़बर नहीं है।"

"हमको तुम्हारे यहाँ आ जाने की ख़बर ही नहीं थी...तुमको बम्बई के नम्बर पर फ़ोन करते रहे थे।"

"तुमको कब पता चला कि मैं यहाँ आ गया हूँ?"

"मैं लाइब्रेरी गई थी। वहाँ पता चला कि तुम रोज़ ही लाइब्रेरी आते हो।"

"पिछले साल माँ नहीं रहीं...बम्बई से उनकी बीमारी के कारण ही आया था। दस बजे मेरा घर सूना हो जाता है। मेरा मन नहीं लगता। दिनभर लाइब्रेरी में रहता हूँ। अनुवाद का काम करता रहता हूँ।"

"तुम्हारी बेटी किस कॉलेज में है?"

"हमारे ही कॉलेज में...बारहवीं की परीक्षा देगी। मॉरिस कॉलेज घर के पास भी था।"

"मैं किसी संडे को तुम्हारे घर आऊँगी...सुजाता और बिटिया से भी मिलना हो जाएगा।"

हम दोनों कॉफ़ी हाउस के बन्द होने तक बैठे रहे थे। साल भर बाद हमारी मुलाक़ात हुई। इस बीच हम दोनों के ही जीवन में कुछ बड़े बदलाव आए थे। रमा का गाँवों की ज़िन्दगी को इतने नज़दीक से देखा जाना, अपने दाम्पत्य जीवन का विषाद, एक बड़ी नौकरी को छोड़ने के बाद ही आर्थिक तंगहाली, मेरी माँ की मृत्यु, सुभद्रा के पति का कैंसर का शिकार होना और न जाने क्या-क्या हमारी बातचीत के बीच नहीं आया था।

यह सब, ऐसा सब हमारे कॉलेज के बरसों में रोज़ ही हुआ करता था। हम चार-पाँच मित्र कहीं अड्डा जमा लेते और दुनिया-जहान की बातें किया करते। उस ग्रुप में सुभद्रा भी रहतीं। हम लोगों के बीच हर तरह से सबसे ज़्यादा पढ़ी-लिखी, गम्भीर और सोचने-समझने वाली। बाद में वे कॉलेज में सोशियोलॉजी पढ़ाने लगीं और इतिहास पढ़ाने वाले लेक्चरर से विवाह कर लिया। अब इतिहास का वह अध्यापक अपने दिन गिन रहा है।

"तुम दीदी से आख़िरी बार कब मिले थे?"

"वह एक सेमिनार के लिए बम्बई आई थीं...तब मैं एसएनडीटी कॉलेज गया था। कुछ देर हम लोग एशियाटिक लाइब्रेरी की सीढ़ियों पर बतियाते रहे थे।"

"मैं कहाँ थी?"

"तुम रिपोर्टिंग के लिए बिहार में थीं?"

"याद आ गया...मैं पटना से नालंदा चली गई थी। उन दिनों में ही मैंने प्रतीक से अलग हो जाने का फ़ैसला किया था।"

"क्या प्रतीक यहाँ आते हैं?"

"बारिश में बच्चों से मिलने आए थे...मैं अपनी किताब के सिलसिले में पूना में थी। मेरी फ़ोन पर कभी-कभी बात हो जाती है। अपने सास-ससुर के हाल जान लेती हूँ।"

"अब क्या सोचते हैं?"

"परिवार से अलग हो जाने का पछतावा रहता है। उनके साथ उनके माँ-बाप भी बीमार रहने लगे हैं।"

"तुम्हें क्या लगता है उनके बारे में?"

"अब मैं उनके साथ नहीं रह सकती...मैं मिडिल क्लास की हिपोक्रेसी से तंग आ चुकी हूँ।"

"तुम लोगों को बहुत ज़्यादा मिस करते होंगे?"

"वे हमारे साथ कभी नहीं रहे...अपने दोस्तों, पार्टियों, शराब और जुए से उनको फ़ुरसत ही नहीं मिलती थी।।"

"तुम्हारा मन भारी हो रहा है...कोई दूसरी बात करते हैं।"

"जी हल्का हो जाएगा...दीदी से ही यह बस कहा था...अम्मा से भी नहीं... अम्मा को पता है कि मैंने किताब के लिए नौकरी से ब्रेक लिया है।"

"बच्चे कैसा महसूस कर रहे हैं?"

"मुझे बहुत अच्छी तरह मालूम नहीं है। पन्द्रह-सोलह की उम्र नाजुक भी होती है। उनकी अपनी झूठी-सच्ची समस्याएँ होंगी...हर काम में मेरा हाथ ज़रूर बँटाते हैं। मेरी बेटी किचन में मेरा बहुत साथ देती है।"

"तुम जब लेक्चर दे रही थीं तब तुम्हारा चश्मा देखा...यह भी लगा कि अब तुम्हारी भी उम्र हो गई है।"

"मैं भी चालीस की हो गई हूँ। पता ही नहीं चला और इतनी उम्र बीत गई। बहुत कुछ ज़रूरी जाना भी अभी-अभी ही है...लम्बा वक़्त ग़ैर-ज़िम्मेवारी के साथ जीने में चला गया। अपनी इस किताब से थोड़ी-सी उम्मीद बँधी है। दो-तीन निबन्धों पर ख़ूब काम भी किया है।"

हमें कॉफ़ी हाउस से बाहर निकलना पड़ा था। वे कॉफ़ी हाउस का शटर गिरा रहे थे। बाहर ठंड थी और दिसम्बर की सर्द हवाएँ। हम कुछ देर तक बाहर, लैम्पपोस्ट की रोशनी में, सेमल के पेड़ के क़रीब खड़े हुए अपनी-अपनी बात को बढ़ाते रहे थे। टॉकीज से फ़र्स्ट शो के दर्शक बाहर आ रहे थे।

"तुमने इस किताब को लिखने का कब मन बनाया था?"

"मैं नर्मदा पर खड़े किए जा रहे बाँध के विरोध में हो रहे आन्दोलन को कवर करती रही थी। उन दिनों में ही इस किताब का ख़याल पहली बार आया था।"

"मैंने तुम्हारे कुछ लेख पढ़े थे।"

"वहाँ जाते-जाते, लोगों से बातचीत करते-करते ही मुझे इस किताब को लिखने का ख़याल आता रहा था।"

"कौन प्रकाशित कर रहा है?"

"बम्बई के एक प्रकाशक हैं।"

"अभी कितना काम बचा है?"

"कुछ लोगों से बातचीत करनी है।"

"ये लोग बरसों से किसानों के सवालों से जुड़े रहे हैं?"

बाहर की सर्द हवाओं से मुझे लगा कि मुझे ही रमा को उसके घर तक छोड़ना चाहिए। रात के नौ बजने को आए थे। उसे भूख भी लग रही होगी।

"मैं तुम्हें घर छोड़ देता हूँ।"

"यही ठीक रहेगा। अम्मा परेशान हो रही होंगी। मैं दोपहर में घर से निकली थी।"

"तुम्हारी पांडुलिपि भी ले लूँगा...अम्मा और बच्चों से मिलना भी हो जाएगा।"

मैंने सिगरेट की गुमटी से आग लेकर अपनी सिगरेट जलाई थी। रमा पब्लिक बूथ से अपने घर फ़ोन कर रही थी।

अभी-अभी मुझे रमा के घर की बैठक की सफ़ेद दीवार पर टँगी हुई, फीकी और मैली होती अंडाकार फ्रेम में धँसी, उसके पिता की तसवीर याद आ गई। रमा का अपना पुराना घर बहुत ही कम बदला था। एच.एम.वी. का ग्रामोफ़ोन तक उसी मेज़ पर, उसी जगह पर रखा था। बाजू में एक के ऊपर एक रखे गए रिकॉर्ड्स।

"क्या तुम इनको सुनती हो?"

"अम्मा सुनती हैं। सहगल, पंकज मलिक और कानन देवी को सुनना हमेशा से ही उनको अच्छा लगता रहा है।"

"तुम्हें याद है कि एक शाम उन्होंने हमको सहगल का गाना सुनाया था।"

"अभी भी कभी-कभार बाबुल मेरा नइहर छूटो जाए गुनगुनाती हैं।"

"और तुम्हारे बाबा की किताबें?"

"मैं पढ़ती हूँ। रमाबाई पंडित के पत्र अभी-अभी पढ़े हैं।"

"बम्बई की तुम्हारी किताबें कहाँ हैं?"

"ऊपर के कमरे में...बच्चे वहीं सोते हैं। अभी पढ़ रहे होंगे। तुमसे मिलने आएँगे। अम्मा से तो तुम्हें, उनके कमरे में जाकर ही मिलना पड़ेगा।"

अदरक, हल्दी और दालचीनी से बनी चाय पीने के बाद मैं रमा की अम्मा और बच्चों से मिला था। वह मुझे गेट तक छोड़ने आई थी। नीलबाग के उसके घर के सामने मैदान था जहाँ बारिश में फुटबाल के मैच हुआ करते थे। यहीं से डॉक्टर बराट के पास कभी मैं अपनी माँ को इलाज के लिए लाया करता था। वहाँ से घर लौटते हुए माँ की याद आ गई। माँ की दुबली-पतली देह, साँवली नाक में लौंग पहने हुए चेहरे की याद।

रमा ने मुझे अपना नीले रंग का मफ़लर दे दिया था। सर्द हवाएँ बढ़ गई थीं। सड़क पर धुँधलका-सा छाया हुआ। आकाश, अमूर्त-सा, अस्पष्टता लिये हुए। ज़िन्दगी में कितना कुछ आता रहता है, जो ज़रा-सा भी समझ में नहीं आता है, अगर समझ में आता है तो संशयों से घिरा हुआ होता है। रमा ने उस व्यक्ति से विवाह के लिए अपने माँ-बाबा को कितना ज़्यादा कष्ट पहुँचाया था। सुभद्रा ही उसके विवाह में शामिल हुई। न रमा का कोई रिश्तेदार और न ही कोई सहेली या मित्र। पन्द्रह बरस के बाद अब वही आदमी साथ रहने लायक़ नहीं रहा, एक दूसरी औरत के साथ रहने लगा। आदमी के रिश्तों के बीच यह अँधेरा कहाँ से उतरता है? रिश्तों के बीच रची-बसी ऐसी अमूर्तता, इस तरह की अराजकता देर-देर तक अपने को क्यों और कैसे छिपाए रहती है?

इन दिनों में मैं सुजाता को भी मुझसे दूर जाते हुए, अलग होते हुए महसूस कर रहा हूँ। बम्बई से लौटने के बाद से मैं अपनी पत्नी और बेटी को अपने लिए

अजनबी-सा महसूस कर रहा हूँ। माँ जीवित रहतीं तो मुझे कुछ-न-कुछ समझाती रहतीं, सान्त्वनाएँ देती रहतीं। माँ नहीं हैं। उनकी यादें हैं जो जब-तब घेर लेती हैं। मैंने जब अध्यापन की नौकरी छोड़ने का फ़ैसला किया था तब माँ ने ही उसका सख़्त विरोध किया था। सुजाता से मेरे विवाह से भी वे सहमत नहीं थीं। अपने बेटे की ही तरह, वह सुजाता को भी बचपन से ही देखती आई थीं।

माँ का अपना दाम्पत्य जीवन भी कठिन ही बना रहा। छोटी-छोटी ज़रूरतों से जूझती रहीं। मेरे बचपन के दिनों से ही, उनको तरह-तरह के कामों के ज़रिए पैसे कमाने पड़े। पिता की लम्बी बीमारी के बाद पचास की उम्र में ही मृत्यु हो गई। मैंने उनकी मर्ज़ी के ख़िलाफ़ शादी कर ली। अपनी सरकारी और पक्की नौकरी से अलग हो गया और घर में एक और बार तंगी, फटेहाली के दिन आ गए।

रमा की आपबीती सुनते हुए सोचने लगा था कि उम्र के साथ-साथ जीवन से बाहर आते सवाल सुलझते कम हैं, उलझते ज़्यादा हैं। रमा के पति जिस लड़की से जुड़ने लगे थे वह एक मिल मज़दूर के घर से आती थी। स्लम में रहते हुए मैट्रिक की परीक्षा पास की थी। अपने कॉलेज के दिनों में, बम्बई लोकल में प्रतीक से मिली और दोनों के बीच ऐसा रिश्ता बना कि प्रतीक अपनी शादी के बाद, दो-दो बच्चों के पिता होने के बावजूद, उस लड़की के साथ जुड़े ही रहे। रमा के तलाक़ के मुक़दमे के दिनों में वह लड़की प्रतीक के बच्चे की माँ बनने वाली थी। रमा उससे मिलने झोंपड़पट्टी के उसके मकान में गई थी। रमा ने ही उस लड़की की थोड़ी-बहुत आर्थिक मदद भी की थी। दुबली-पतली देह की उस लड़की को एबार्शन से गुज़रना पड़ा।

"उसकी हालात देखकर मेरा ग़ुस्सा उड़ गया।"

"क्या वह घर में अकेली थी?"

"उसके माँ-बाप मज़दूरी करने गए थे। इस लड़की का पति पियक्कड़ था। दो-दो बच्चों को छोड़कर मर गया। बच्चे स्कूल गए हुए थे...मुझसे उसकी हालत भुलाए नहीं भूलती है। कितना मरा हुआ था उसका चेहरा।"

रमा यह कर सकी। अपनी मुश्किलों से अलग-थलग, दूसरों की तकलीफ़ों से जुड़ पाई। कितने कम लोग ऐसा कर पाते हैं। उसके आवेगों को देखकर कौन यह विश्वास कर पाएगा कि यह लड़की पन्द्रह बरस के दाम्पत्य जीवन के बाद, एक

तलाक़शुदा स्त्री का जीवन जी रही है। अपने बच्चों को पाल-पोस रही है, ज्वलंत सवालों पर किताब लिख चुकी है।

"हम लोगों को कुछ भी सहना-भुगतना नहीं पड़ा...इस देश में हम सुखी लोग हैं।" रमा कह रही थी, "हमारी तकलीफ़ें भी तकलीफ़ें हैं।" मेरी बात अधूरी रही। "मैंने अपनी इन निगाहों से लोगों की तकलीफ़ें देखी हैं...ग़रीब लोगों की ग़रीबी, भुखमरी, बीमारी, मौत और लाचारी...पत्रकार बनी थी। किसी और बात के लिए लेकिन मैं कुछ और ही बनने लगी हूँ...अब बाबा की बातें समझ रही हूँ। पहले सिर्फ़ उनको सुनती रही थी।"

अपने मकान के सामने खड़े-खड़े, रमा ने पत्रकार होने के वक़्त का अपना एक मार्मिक प्रसंग सुनाया था। कहते-कहते उसकी आँखें गीली होने लगीं। मुझे लगा था कि हमने शहर में अपने-अपने घरों को, ख़ुद शहरों को अच्छी तरह सजा-धजा लिया है। सड़कें चौड़ी, आरामदेह और रोशन भले ही हो गई हों लेकिन हमारे गाँवों ने इस रोशनी को नहीं, अपने अँधेरों को ही देखा है।

"मुझे ख़ुद के रहने के ढंग पर शर्म आती है।"

रमा ने कहा था कि वह इसी शहर के स्लम में अपनी नौकरानी के घर गई थी। गर्मियों में तपती हुई टिन की पुरानी, जगह-जगह छेद ली हुई छत, बहते नाले के पास खड़ा बाँस और टिन से बना ग़ुसलखाना, आसपास घूमते हुए कुत्ते और सूअर। रमा वहाँ से बहुत जल्दी लौट तो आई थी लेकिन अपने मन में वह कल तक, मुझे बताने तक वहीं-की-वहीं खड़ी हुई थी।

ऐसा हो सकता है, ऐसा होता आया है कि हम दूसरों के जीवन की तकलीफ़ों को इतना ज़्यादा नज़दीक से देख पाते हैं, महसूस कर लेते हैं कि हमें उस वक़्त की अपनी तकलीफ़ें नगण्य, गौण नज़र आती हैं। यह कुछ-कुछ वैसा ही है कि हम शरीर के किसी एक हिस्से में हो रहे कम दर्द को शरीर के दूसरे हिस्से में हो रहे दर्द के कारण भले ही कुछ देर के लिए, मगर भूल ज़रूर जाते हैं।

"तुम तो बम्बई के दंगों के समय वहीं थे," रमा बोली थी।

"मैं तुम्हारी रिपोर्टिंग पढ़ता रहता था।"

"मैंने बहुत कुछ लिखा ही नहीं, उनको लिखना कठिन था...मैं घंटों रोती रहती थी...इतनी सारी लाशों को अपनी चौबीस बरस की उमर में देखना...।"

"बॉम्बे-ब्लास्ट के बाद के दिन मेरे लिए भी बहुत ज़्यादा मुश्किल के दिन रहे थे।"

"बाबा उस साल ही मरे...मैं उनके न रहने का ज़्यादा दिन शोक न मना सकी...पूरे देश के हालात बिगड़े हुए थे या बिगड़ रहे थे।"

रमा दंगों के दिनों के अपने अनुभवों को बताती रही थी। मैं एक के बाद एक सिगरेट सुलगाता रहा। हमारी बात ख़त्म नहीं हो रही थी लेकिन रात गहराने लगी थी। सर्द हवाएँ बढ़ने लगी थीं। सदर के उस इलाक़े में कुछ प्रसिद्ध रेस्तराँ खड़े थे। एक होटल के सामने एक कुबड़ी और अधेड़ औरत अपने सामने चादर बिछाए हुए भीख माँग रही थी। उसके आसपास कुत्ते थे जो किचन से बाहर फेंकी जानेवाली हड्डियों, मांस-मछली के जूठे टुकड़ों का इन्तज़ार करते हुए शान्त बने रहते थे। भौंकते और झगड़ते रहते थे। हम कॉफ़ी हाउस के सामने के सीमेन्ट के लम्बे-चौड़े चबूतरे पर खड़े हुए, कॉफ़ी देर तक बातचीत करते रहे थे।

क्या आकाश सर्दियों में ही इतना अमूर्त नज़र आता है?

रमा की बात सुनते-सुनते मेरी निगाहें आसमान की तरफ़ उठतीं और मुझे धुंध और धुएँ में लिथड़ा, आकाश का कोई टुकड़ा नज़र आ जाता। आकाश के उस टुकड़े का धरती की तकलीफ़ों से कोई रिश्ता बनता होगा? धरती की एक-एक घटना को आकाश देखता ही रहता होगा, लेकिन कौन जानता है कि आकाश क्या-क्या महसूस करता होगा, महसूस करता भी होगा कि नहीं? जब मैं छोटा था तब अपनी माँ को देर-देर तक रात के वक़्त आकाश को निहारते देखा करता था। गर्मियों में हम छत पर सोते। बाबा की हरे रंग की मच्छरदानी, मुँडेर के पास रखी सुराही, चन्दा मामा के अंक, टेबल लैम्प और पान का पिटारा अब भी याद आते हैं।

"मेरी माँ तारे गिनती रहती थी।"

"कभी तुमने गिनना चाहा है?"

"नहीं...मुझे बचपन से तारे अच्छे नहीं लगते।"

"क्यों?"

"मैं नहीं जानता...चन्द्रमा मुझे बहुत खींचता रहा है।"

"तुम्हें कभी जैसलमेर जाना चाहिए।"

फिर रमा ने अपनी राजस्थान यात्राओं के बारे में बताना शुरू किया था। रमा से संवाद मुझे हल्का कर गया। बहुत दिनों के बाद किसी से संवाद से ऐसी तसल्ली मिली। रमा के घर से लौटते वक़्त मैं संवाद की ज़रूरत, संवाद के सुख और संघर्ष के बारे में सोचता रहा था। मेरे ऊपर दिसम्बर के दिनों का आकाश अपना समूचा अमूर्तन लिये हुए खड़ा था। किसी भी आदमी की ज़िन्दगी की तरह अपना अमूर्तन, आधा-अधूरापन, अँधेरा लिये हुए सर्दियों का आकाश।

चाँद से मेरे लगाव की बात सुनकर, रमा ने रमज़ान के आधे चाँद का, गुरु-पूर्णिमा के समूचे चाँद का ज़िक्र किया था। चाँद पर उसकी बातों का ख़याल, मुझे मीठा नीम के दरगाह पर गिरती चाँदनी को देख आया था।

मीठा नीम की दरगाह के आसपास चाँदनी ही नहीं। दूसरी तरह की रोशनियाँ भी थीं। लटकते-झूलते बल्बों से बाहर आती हुई, गैसबत्तियों से निकलती हुई, संदल में शामिल भक्तों के चेहरों से बाहर आती, घोड़ों पर गिरती बैंड-बाजों को आलोकित करती रोशनी। मुझे रुकना पड़ा था। स्कूटर संदल गुज़रने के बाद ही उस सँकरी सड़क से निकल सकता था। मैं म्यूज़ियम की दीवार के पास खड़ा हो गया। अब म्यूज़ियम के सामने खड़ा हुआ, भूरे पत्थरों वाला पिछली सदी का क्रॉस वहाँ नहीं था। उस क्रॉस को पिछली सदी के शुरुआत के दिनों में आए अकाल में, अकाल पीड़ित लोगों की सेवा करते हुए मरे लोगों की याद में खड़ा किया गया था। पर नीम का पेड़ वैसा ही था जैसे मेरे बचपन में दूर-दूर तक फैला हुआ, घनी-घनी डालियों, पत्तियों और शाखाओं के साथ।

मैं रात ग्यारह के आसपास घर पहुँचा था। सुजाता और बेटी सो चुके थे और दरवाज़ा खुला हुआ था। डाइनिंग टेबल पर खाना था। दूध और हल्दी का गिलास भी। डाक से आई हुई एक पत्रिका। मेरा मन रमा और उसके साथ बीती अपनी शाम के आसपास भटकने लगा।

रमा के साथ बीते कॉलेज के दिनों में लौट गया। वह मुझसे चार बरस जूनियर थी। मेरी क्लास में सुभद्रा थी। उसकी बड़ी बहन।

जब रमा अंग्रेज़ी साहित्य में एम.ए. की फ़ाइनल परीक्षा दे रही थी तब हमारे कुछ मित्रों ने दुर्गा पूजा पंडाल में रवीन्द्रनाथ ठाकुर के नाटक 'लाल कनेर' का मंचन करना चाहा था। उसकी रिहर्सल कस्तूरबा लाइब्रेरी की छत पर होती रही। सुभद्रा

का विवाह हो चुका था और मैं एक अख़बार में पार्ट टाइम नौकरी करने लगा था। माँ के साथ अपने पुश्तैनी मकान में रह रहा था। शाम होती और मैं लाइब्रेरी चला जाता और वहीं से रिहर्सल में भी। इस तरह रमा के साथ रोज़-रोज़ ही, देर-देर तक मिलना होता रहा। नाटक का निर्देशन मैं ही कर रहा था।

उन शामों में ही, मैं महसूस करता रहा था कि रमा के मन में मेरे लिए भावनात्मक लगाव बढ़ने लगा है। वह धीरे-धीरे मेरे क़रीब आ रही थी। अख़बार में मेरा लिखा गया पढ़ती रहती, मेरी कहानियों को पसन्द करती और मेरी पढ़ी जा रही किताबों, देखी गई फ़िल्मों पर बातचीत करती रहती। तभी उसने हिन्दुस्तानी क्लासिकल म्यूज़िक को भी थोड़ा-थोड़ा सुनना शुरू कर दिया था और मुझसे रिकाड्र्स लेती रही थी।

रमा की पहल के बावजूद, मेरे लिए उसके प्रयत्नों को जानते-समझते हुए भी, मैं अपनी तरफ़ से नर्वस बना रहा, दुविधा में फँसा रहा। मैंने अपनी तरफ़ से न कुछ कहा और न ही यह जताया कि मैं कुछ कहना चाह रहा हूँ। मुझे उससे डर लगता था। उसके सामने मैं ख़ुद को कमतर, कमज़ोर और कायर महसूस करता रहा था। उसका आत्मविश्वास मुझे डरा देता। उसकी स्वतंत्रता और साहस से भरी हुई दृष्टि मुझे अपने छोटेपन का अहसास दिला जाती। धीरे-धीरे रमा ने मेरे भय को, मेरी उदासीनता और लाचारी को जान ही लिया था। बाद में हम एक-दूसरे के मित्र ज़रूर बने रहे और आज भी हमारी मित्रता कायम ही है। रवीन्द्रनाथ के नाटक की रिहर्सलों की उन शामों में ही एक रोज़ रमा ने कहा था—

"बाबा मुझे मद्रास जाने से रोक रहे हैं।"

"क्यों?"

"उनको जर्नलिस्ट का प्रोफ़ेशन डराने लगा है।"

"इधर का वातावरण हो भी ऐसा ही गया है।"

"उन्होंने मुझे ऐसे पालना ही नहीं था...अब मैं वापस लौटने के क़ाबिल नहीं रही।"

"तुम्हारी अनुपस्थिति खलने की बात भी हो सकती है?"

"मैं हमेशा उनके साथ कैसे रहूँगी?"

"तुमने क्या सोचा है?"

"मैं मद्रास जाऊँगी...मैं रिपोर्टर बनना चाहती हूँ। बाबा चाहते हैं कि मैं कॉलेज में लेक्चरर हो जाऊँ...।"

"माँ क्या कहती हैं?"

"बाबा के साथ हैं। माँ-बाप ही हमें बचपन से स्वतंत्र रहने की शिक्षा देते रहे और अब हमारी स्वतंत्रता उनको खलने लगी है।"

'लाल कनेर' का मंचन ठीक-ठाक हो रहा था। सुभद्रा भी दूसरे शहर से अपने माँ-बाप से मिलने, मित्रों से मिलने और हमारा नाटक देखने के लिए आई थी। उसकी गोद में उसका दो साल का बच्चा था। उसने भी बताया था कि अब रमा मद्रास में पढ़ेगी और बाद में वहीं रिपोर्टर का काम भी शुरू कर देगी। हुआ भी यही। रमा 'हिन्दू' की रिपोर्टर हो गई। बंगलौर में रहते-रहते बम्बई आ गई और तभी चार-पाँच साल जब मैं उससे बम्बई में मिला तो वह प्रतीक के साथ थी। उससे विवाह करने जा रही थी। मैं बम्बई की नौकरी छोड़कर, फ्रीलांसिंग करने लगा था। अनुवाद के काम मिलने लगे थे। अपना भी थोड़ा-बहुत लिख लिया करता था। किसी तरह बम्बई में अपना गुज़ारा करते-करते अठारह-उन्नीस बरस बीत ही गए थे और फिर माँ की लम्बी बीमारी के दिन आ गए। हम तीनों को ही अपने शहर लौटना पड़ा। सुजाता को अध्यापन का काम मिल गया और मैं बेरोज़गार ही बना हुआ हूँ, अनुवाद के कुछ काम कर लिया करता हूँ।

सुबह से ही रमा की किताब की मैन्युस्क्रिप्ट पढ़ता रहा। नींद खुली तो सुजाता और बेटी स्कूल के लिए निकल चुके थे। समूचा घर शान्त था। सर्दियों के कारण बाहर भी। बीच-बीच में सड़क पर लगती झाड़ू या किसी नल से बाहर आते हुए पानी की आवाज़ आ जाती। मैं अपनी कॉफ़ी, चश्मा और मैन्युस्क्रिप्ट लिये छत पर आ गया। हल्की धूप, मुंडेर पर खड़े पौधों के गमलों और सर्दियों के आकाश से थोड़ा और नज़दीक।

किताब की शुरुआत का हिस्सा नर्मदा पर बन रहे बाँध के विरोध में चल रहे आन्दोलन पर है। उस आन्दोलन के अलग-अलग पड़ावों, उसमें आए संकटों, उसमें शामिल लोगों के संघर्षों पर। रमा मध्य प्रदेश और गुजरात के इन इलाक़ों में बार-बार, लगातार जाती रही थी।

"औसत प्रतिभा हो तब परिश्रम बहुत ज़्यादा ज़रूरी हो जाता है।"

कल वह एक युवा पत्रकार से कह रही थी, "अब आप क्या करना चाह रही हैं?"

"हाशिये पर खड़े लोगों के सवालों और संघर्षों के दस्तावेज़ों को तैयार करने का मन है।"

"इस पर काम होता रहा है?"

"समाजशास्त्री, इतिहासकार, लेखक और पत्रकार यह सब करते आ रहे हैं। अभी-अभी मैंने फ्रेंच लेखक एमिल जोला का खान-मज़दूरों पर उपन्यास पढ़ा है।"

कल शाम जब वह श्रोताओं के सवालों का जवाब दे रही थी तब मैं यह भी सोच रहा था कि रमा ने पिछले बरसों में कितना कुछ देखा-सहा है, सोचा-समझा है। अपने जीवन में वह कितनी दूर तक निकल आई है। तब उसके चेहरे पर थकान उतनी नहीं, जितने एक तैरते हुए स्वप्न की छाया खड़ी थी। उसके अपने जीवन में संकट उतर आया था लेकिन तब भी वह अपने से बाहर निकलना चाह रही थी। दूसरों की तकलीफ़ों से जुड़ना चाह रही थी।

मुझे अपने घर का दरवाज़ा खोलने के लिए सीढ़ियों से नीचे आना पड़ा। नीचे देवकी ने बेल बजाई थी। उसे घर साफ़ करना है। मैं दोबारा अपनी छत की तरफ़ बढ़ रहा हूँ। कुछ और धूप निकल आई है। आकाश पर गाढ़ा नीला रंग फैल गया है। मैं रमा के जीवन के बारे में सोचने लगा हूँ। उसकी ज़िन्दगी के सपनों के बारे में, उन सपनों के सौन्दर्य के बारे में।

कुछ लोग होते हैं जिनके जीने का ढंग हमें खींचने लगता है। मन में उनकी तरह जीने की आकांक्षा जागती है। यह भी लगता है कि उनकी ज़िन्दगी को कहीं उतारना चाहिए। किसी कहानी में, किसी संस्मरण में। रमा के जीवन को लेकर मुझे ऐसा लगता रहा था। कल शाम से मेरा यह अहसास गहराया है।

छत से एक छोटे शहर की अपने नए दिन की शुरुआत नज़र आने लगी है। जहाँ-तहाँ लोग हैं, कहीं जाते हुए, कहीं से लौटते हुए। इनमें कुछ ऐसे लोग भी होंगे जिनके अपने-अपने स्वप्न होंगे, अपने-अपने यथार्थ और अपनी-अपनी स्मृतियाँ। एक ही आकाश है लेकिन उसके नीचे कितना-कितना अलग जीवन फलता-फूलता रहता है, बनता-बिगड़ता रहता है। सर्दियों के इस नीले आसमान के नीचे एक जीवन मैं जी रहा हूँ, एक जीवन रमा जी रही है। ऐसा हो न सका लेकिन यह हो सकता

था कि मेरे और रमा के जीवन के बीच इतनी ज़्यादा दूरियाँ खड़ी नहीं रहतीं, हम एक-दूसरे के जीवन के निकट हो सकते थे। यह सब क्या है? जीवन में कुछ घट जाता है, कुछ नहीं घटता है। कुछ लोग जीवन भर जीवन की, सुख और प्रेम की प्रतीक्षा ही करते रहते हैं।

देवकी का काम हो गया है। मैं दरवाज़ा बन्द करने के लिए नीचे जाऊँगा। कुछ देर के बाद मुझे टेलीफ़ोन का बिल भरने जाना है, अपनी बेटी के लिए एक किताब ख़रीदनी है। रमा की मैन्युस्क्रिप्ट को कल सुबह पढ़ूँगा और कुछ उसके जीवन के बारे में, कुछ अपनी ज़िन्दगी को लेकर सोचना चाहूँगा। अपनी ज़िन्दगी, जो इस पृथ्वी पर लगभग पैंतालीस बरस का जीना समाप्त कर रही है।

यह साल भी बीत रहा है। दिसम्बर का आकाश नीला होने लगा है। कुछ दिनों के बाद वह दिन आएगा जिसे माँ बड़ा दिन कहती आई थी। जीसस के पैदा होने का दिन। इसी दिन मैं भी जन्मा था। मुझे क्रिसमस पर माँ का कोई-न-कोई उपहार मिलता ही रहा था। पिछले बरस वे नहीं रहीं। मेरे लिए मेज़पोश काढ़ रही थीं। कशीदे का उनका काम अधूरा ही रह गया। अब नीले रंग का वही मेज़पोश मेरी टेबल पर बना रहता है। संयोग ही है कि वही आधा-अधूरा मेज़पोश आज भी टेबल पर चढ़ा हुआ है। उसी टेबल पर रमा की पांडुलिपि है, जिसको मैं पढ़ रहा हूँ।